鲜橙 著

下

太子妃升职记

全新修订版

作家出版社

目录

目录

第十章 一窝一个公主

绿篱还守着灯没睡，见我独自一人回来十分惊讶，后来又听我说拒绝了和齐晟打那个赌，气得差点没喷出一口鲜血来，恨铁不成钢地教导我："娘娘！您怎么就不明白呢，皇上那不是和您打赌，他是要许您誓言啊！"

"是啊，我看他那模样也是要起誓。"我点头，把腿抬高了，一边享受着绿篱的按摩，一边问她，"那又怎样呢？换你你就信？"

绿篱愣了愣，仔细地思量了一思量，换了个话题说道："娘娘，您还真打算从后宫里广选佳丽啊？"

她一说这个，我顿时来了精神，用手一拍床帮，叫道："真，比真金白银还真！"

绿篱说道："娘娘，奴婢倒觉得这是瞎折腾，除了太后那里想着趁机安插几个眼线，没准会挑几个狐媚子送过来，别的宫里送的，怕是连咱们宫里的粗使丫头都不如。"

我听了一愣，"不会吧？大伙怎么也得照顾照顾面子吧？"

绿篱不置可否，只轻轻地撇了撇嘴。

果然，第二日，太后那里挑选出来的宫女最先到了，品质也最高，一下子来了七八个，高矮胖瘦来了个齐全，有脸若银盘丰满圆润的，也有杏眼桃腮身如弱柳的……齐刷刷地在我面前站了一排。

那送人来的管事姑姑满脸堆笑地说道："太后娘娘说了，叫皇后娘娘可着顺眼的留下一两个即可。"

我心情大好，爽快地一摆手，"全部顺眼，都留下吧！"

那管事姑姑大喜过望，嘴都快合不拢了，夸了我好半天的贤惠大度，这才喜滋滋地走了。

其余宫里送来的“佳丽”，那就不太“佳丽”了。更过分的是黄贤妃那里，竟给我送了个乍一看挺丑，仔细一看更丑，甚至与历史上某位贤后都高度仿真的来！

我不由得感叹，黄贤妃真是一个很有气节的女子……

绿篱大为恼怒，恨恨道：“娘娘，您看看，她这是什么意思？是什么意思？”

我只得转身安抚绿篱，“淡定，要淡定，送美貌的来吧，你不淡定，送了这么一安全的来了，你怎么又不淡定了？”

绿篱深吸气，明显在努力压制自己的怒火。

一旁的写意却还觉得不热闹似的，紧着在边上煽风点火，“娘娘，这不是容貌的问题，这是态度的问题，黄贤妃对您不敬！”

我很是不悦地横了写意一眼，“哎？我说你能有点职业素养吗？你一眼线，没事你腿上勤快点，经常往幽兰殿跑跑也就得了，你挑什么火呢？”

写意听了脸色一白，立刻给我跪下了，一边磕头一边哭着辩白道：“娘娘冤枉啊，冤枉啊，奴婢自从进了兴圣宫，连宫门都不曾出去过一次啊，奴婢早已是洗心革面了啊，奴婢早已经发誓抛却前尘，只对娘娘尽忠了啊……”

嗯，小模样哭得是梨花带雨，嘴上倒是说得干脆利索，活脱脱又一个绿篱出来了。我转头看向绿篱，“你功不可没啊。”

绿篱十分不好意思地摆了摆手，谦虚道：“还是苗子好，孺子可教，可教……”

跪在殿中的那个“佳丽”却是没了耐性，抬着脸，粗声粗气地问我道："皇后娘娘，可是要留下奴婢？如果不留，奴婢还得赶着回去呢，笼上的粉蒸排骨快到起锅的时候了。"

我忙又转回头看她，点头道："嗯，好，好，你也留下吧，先别看你的粉蒸排骨了，去后面的小厨房看看我要的那道蒜香蒸肉怎么样了。"

那"佳丽"愣了一愣，不过也是个爽快人，就此一拍大腿，"好咧，奴婢这就过去！"

大伙都被这"佳丽"的爽快给镇住了，半晌没出声。

我咂了咂嘴，打破了这阵沉寂，赞道："果真是个爽快人，宫里就缺少这样的人才。"

话音一落，我就见绿篱与写意齐齐地哆嗦了一下。

我装作没有看见，只清了清嗓子，转头吩咐绿篱道："把今儿留下的佳丽上个数，都先留在咱们宫里，找几个妥当的嬷嬷教一教规矩，然后挨着个地给皇上寝宫里送。"

绿篱闻言，杏核眼顿时瞪成了杏子般大小，惊愕道："娘娘，还真的要给皇上送过去呀？"

我迟疑了一下，说道："要不就先把最漂亮的那几个挑出来，留在我身边伺候着，先送剩下的。"

绿篱估计是会错了我的意，立刻大松了口气，停了停，才又问我道："怎么个送法？先送哪个？"

我认真思量了片刻，与她商量道："要不就叫她们抓阄？"

殿中众人又都是一阵静寂。

我却觉得这实在是个公平的好法子，写个"上"字丢里面，谁抓到了，谁就先上！我张了嘴正要细说，绿篱那里已是忙着堵住了我的话，几步上前扶起我，一面扶着我向寝殿里走，一面高声说道："奴婢知道了，娘娘劳累了这一日，也该乏了，快点躺下歇一会儿去吧。”

待进了寝殿，绿篱步子才慢了下来，转过头忧愁地看着我，问：“小姐，您这是怎么了？”

是啊，我这是怎么了？自从那晚和齐晟彻底摊牌之后，我就发现自己忽地心慌起来，像是所有的事情都在渐渐脱离我的控制，而我明明发现了的，却仍是无能为力。

过了几日，赵王突然来宫里探望我，我遣退了身边服侍的宫女，向他描述我这些日子的心情，“我心里突然很害怕，是从没有过的慌乱，就像是不会水的人落入了深不见底的湖水中，抓哪里都是一把空，四处都没有着落，只能眼睁睁地看着湖水淹没口鼻，然后静静地等待着，要么憋死，要么呛死……”

赵王还是习惯性地蹲在廊下，转头瞥了一眼坐在太师椅上的我，视线从我日渐隆起的肚皮上一扫而过，然后很是平静地说道：“皇嫂，你不是已经会水了吗？”

我噎了一下，觉得自己刚才那么文艺的腔调都白打了，立刻高声唤人：“绿篱，快点领着赵王去趟幽兰殿。”

绿篱从偏殿门口探出头来，赵王见了忙冲她摆手，转过头来连声告饶道：“皇嫂，我知错了，我是真错了。”

绿篱见我再没表示，便又缩了回去，赵王这才长吐了口气，默了片刻，才又说道：“皇嫂，你不了解他，他看似无情，实际上却是个极为重情的人。”

我不由得乐了，问他道：“他对谁重情？对你媳妇？”

赵王面无表情，平静说道：“他对我也重情，我上次在他背后狠狠地捅了一刀，你都忍不住暴打了我一顿，可是他却没怎样我，只叫我做个闲散王爷，富贵荣华样样不少。若是换了别人，我怕是早不知道死了几回了。”

我冷笑，说道：“你死不了，是因为太后手里握着先帝的遗诏，不准他残杀手足，你不过是沾了老九的光，还真当他是记你的情呢？”

赵王抬眼看向我，慢慢说道：“一个帝王，若是想要一个闲散王爷死，可有无数的法子叫他死得名正言顺，可他却没有杀我。”他停了停，又继续说道，“皇嫂，你之所以会觉得自己像是溺了水，是因为不论是皇兄还是老九，你都不信任，哪怕是你身后的张家，你都是不能全然信任的，所以你才会害怕，会慌乱，会觉得抓哪里都是一把空。与其这样，还不如放开了手，任自己随波逐流，只要会水，总有能上岸的那天。”

我想不到他这样的人也能说出如此富含哲理的话来，一时不觉有些愣怔。

他静静地看了我片刻，却是笑了笑，从地上站起身来，笑问道：“皇嫂，别胡乱寻思了，还是安心养胎吧，生个白白胖胖的公主出来，皇兄必然十分欢喜。”

说完便转身走了。

我又愣愣地坐了片刻，这才回过味来，冲着他的背影怒声骂道：“你才生公主呢，你这一辈子都生公主！”

时节进入六月，天气越发地热了起来，朝中各方势力不禁也有些躁动起来。齐晟有意将张家兵权回收，但张家却借口北疆形势紧张，不肯放出手中兵权。同时，一直臣服于南夏的云西各部族也开始蠢蠢欲动，几次与南夏驻军发生冲突。镇守云西的贺良臣奏请朝廷对云西的叛乱予以严惩，可朝中却形成了以楚王为首的“温和派”，力主对云西应以安抚为主，反对武力镇压。

朝中各方势力正胶着着，齐晟却又出人意料地给贺秉则与张家二姑娘赐了婚。

此事一出，顿时在朝中激起了层层浪涛。

贺秉则是贺良臣的独子，而贺良臣则是齐晟最为倚重的老将，贺家，分明是为齐晟保驾护航的巨舰，而张家，却是另外一艘军中大船，这两家的结亲，到底是谁向谁抛出了绣球？

我从绿篱口中听到“绣球”两字，不由得喷笑出声，笑道：“这绣球倒是实在，后面还拴着铁索呢，也不知道谁能把谁拽了过去。”

绿篱也笑了笑，又说道：“家里送了信来，说是二姑娘的婚期选在了八月里，到时候也不这样热了，最是正好。”

我听了却是有些意外，现在眼瞅着就要进入了七月，这要是赶在八月里成亲，时间上可是够紧的。

绿篱看出了我心中的疑惑，她小心地看了看殿外，凑近了我低声说道：“没法子，二姑娘的肚子等不及了……”

我一下子愣住了，看着绿篱说不出话来。

绿篱生怕我不理解似的，把手放到自己腹部比了一比，又小声说道：“大了……”

我缓缓地合上了嘴，了然地点了点头，一抬眼见绿篱还眼巴巴地等着我的回应，只得又咂了咂嘴，叹道：“果真是块好地。”

绿篱闻言神色怪异，小眼神不由自主地往我肚子处瞟了过来。

我低头瞅了瞅已如西瓜般的肚子，不知怎的就想起了那才下了半场的雨，索性也扯了扯嘴角，自嘲道：“张家的地都不错！”

正说着，齐晟却是从外面进来了。看我与绿篱两个人挨得极近，神态随意地问道："说什么悄悄话呢？"

自从那夜在凉亭中与齐晟一番"恳谈"之后，齐晟不再像之前十天半月不进我的宫门，反而是隔三岔五地就来我这里坐上一坐，也不谈朝事，只随意地扯上几句闲话，可惜我们两个实在没什么共同语言，往往说到后面就会冷了场。

我觉得两人相对无言挺尴尬的，就打算趁着他在这儿的机会向他推荐暂居在我宫里的佳丽们，叫她们轮着番地给他上茶上水上糕点，直到齐晟瞧中了其中一个为止。

不过帝王就是帝王，说什么话都是点到为止，不肯说得太透，比如他从不说自己看中了哪个，而是说："芃芃，你这里的茶叶倒是不错。"

又或是说："芃芃，今儿这桂花糕不错。"

再或者是说："芃芃，水晶糕倒是做得精致。"

这个时候我心里就有数了，便偷偷给绿篱做个暗号，叫她赶紧把送茶的又或是端桂花糕的佳丽洗涮干净，等到晚上天一黑就给齐晟送寝宫里去。

齐晟都没什么表示，也没说到底是桂花糕好吃还是水晶糕好吃，不过他的胃口倒是不错，因为送过去的佳丽就没一个能再回来的。

不过，齐晟的口味也是越养越刁，到后来，我这里茶水点心都上了一个遍了，他也不开口说哪个好吃。有一次我实在没法了，只能问他："皇上，您吃粉蒸排骨吗？我叫她们给您上一份？"

"粉蒸排骨？"齐晟微张了嘴，有些愕然。

我点头，生怕他再被那"粉蒸排骨"给吓着了，紧着又解释："形、色看着虽难看了些，不过味道却是极不错的，没准就能合了您的口味。"

齐晟稳了稳心神，摆手道："算了，算了，朕最近吃素，不沾这些荤腥。”

再后来，他来我这里就滴水不沾了，我后面的那些佳丽就再没机会送出去。

绿篱忙屈膝向齐晟行礼，下去给他端茶。

齐晟径往我这边走了过来，随意地在一旁的椅子上坐了，还不忘刚才的事，追问道：“和绿篱说什么呢？怎么听着还提到了张家的地？”

我一噎，正不知道这话该怎么圆，绿篱已是端了茶回来，很自然地笑着答道：“娘娘说家里在翠山那边的几个庄子不错，该挑出两个来给二姑娘做陪嫁。”

齐晟闻言便点了点头，转头对我说道：“翠山那边还有不少皇家的庄子，拿一个出来给了贺秉则也成。”

我不由得咂舌，皇家的庄子可是比张家的庄子大得多了，齐晟对这贺秉则还真是够大方的，可见贺秉则虽因赐婚一事惹得齐晟不喜，但是却没失去他的信任。

齐晟瞥了我一眼，又问道：“想张二姑娘了？”

我自知和张家二姑娘没多大交情，若是说想她了齐晟一定不信，可碍着绿篱还在一边站着，我只得装模作样地感叹道：“我出门的时候她还是个小丫头，转眼间她也要嫁人了，这日子过得可真快。”

齐晟听了似笑非笑地说道：“他们成了亲会来宫中谢恩，到时候你留她好好叙叙便是。”

我自然明白他这“好好叙叙”暗含深意，不过我也正是这么打算的，反正也逃不过他的耳目，不如就大方地承认了。我点头，说道：“见一回挺不容易的，是得好好叙叙。”

齐晟笑了笑，又坐了片刻，这才走了。

绿篱收拾着桌面上动也未动的茶水，心有余悸地说道："娘娘，奴婢突然觉得现在的皇上和以前的不太一样了，虽然看着像是脾气小了许多，脸上也常带笑了，可奴婢见了皇上却更觉得害怕了。"

我深有同感地点了点头，正色说道："嗯，咬人的狗一般都不叫。"

绿篱的手便跟着哆嗦了一哆嗦。

到了八月底，张家与贺家正式联姻，因为是齐晟的赐婚，贺秉则和张家二姑娘的婚礼很是风光，据说二姑娘的嫁妆长龙这边都进了贺府的门，那尾巴还没出张府的门呢，看得盛都百姓齐齐咂舌，贺家娶的哪是媳妇啊，这是往家里搬了座金山啊！

不过，即便这样，贺府的当家主母林氏的脸依旧是拉着个老长，比往日里长了一寸有余。倒是二姑娘，脸上虽难掩新妇的羞涩，却一直带着温和的笑容，不管婆婆如何待她，都是一副柔顺模样。

两者相较，高低立现。

太皇太后宫中，我瞥了一眼来谢恩的林氏和二姑娘，侧过头偷偷地与绿篱叹道："二姑娘不简单啊，人前小白花，人后霸王花，这才是高手中的高手啊！"

绿篱怔了一怔，忽地低声问我道："比咱们幽兰殿的那位呢？"

我思量了一下才答道："没有可比性，江氏不管是什么花，反正都离了枝了，不足为患！"

绿篱还欲再问，那边的太皇太后已是转头瞧向了我这里，笑得很是慈祥，"皇后身子沉了，又在这坐了这许久，千万别累着了，还是早些回去歇着吧。二姑娘也陪着你姐姐过去，姐妹两个关上门好好说几句私房话，一会儿你母亲走的时候，我再使人去叫你。"

我稍稍有些意外，由绿篱扶着站起身来，恭敬地应了一声“是”。

二姑娘嘴上谢着恩，眼睛却是偷偷地去瞄贺母的脸色。贺母见她如此，脸上便又黑了两分。一旁坐着的太后却是先笑了，打趣道：“分明是母后自己想要留自家侄女说些贴心话，却偏要借着人家姐妹的由头，得了，臣妾也紧着回自己宫里去了，省得在您老人家这碍眼了。”

虽是这样说着，人却是没动地方。

太皇太后就指着她对众人笑道：“瞅瞅，这都是做太后的人了，还这般耍贫，也不怕皇后笑话你。行了，你就留这吧，听一听我们姑侄的贴心话。”

太后就掩着个嘴呵呵地笑，殿中的众人也忙都跟着凑趣地笑了起来。

婆媳大战如火如荼地在中国延续了几千年，我自问没本事能叫她二人化干戈为玉帛，又怕一个不留意那火星子再燎到自己身上来，忙借着太皇太后早前的话起身告辞。估计二姑娘也看出了些势头，这回连自己婆婆都顾不得再瞄上一眼，与绿篱两人一边一个地架起了我，如火烧屁股一般，脚不停歇地出了殿门。

回到兴圣宫中，绿篱借口去倒茶避了出去，二姑娘一看左右再无别人，一言不发地跪到了地上，郑重地给我磕了两个响头，口中说道：“菁菁谢大姐成全之恩。”

我有心敲打她，也没急着叫她起身，只是说道：“过往的事情我都不问了，我只告诉你一句话，若说丈夫是女子在娘家的脸面，那这娘家就是女子在婆家的腰杆。你是咱们张家的女儿，这是到什么时候都改变不了的。你是个懂事的，别的话我就不多说了。”

二姑娘明显地愣了一愣，这才又深深地磕下头去，沉声说道：“菁菁明白了，谢大姐教诲。”

我冲她抬了抬手，示意她起来，又与她闲话了几句，没等着太皇太后派人来叫，便叫绿篱送她回太皇太后那里。

绿篱这丫头腿脚利索，没一会儿的工夫就回来了，神神秘秘地走到我身边，连说带比画地小声嘀咕："奴婢送二姑娘过去的时候，贺夫人那脸拉得足有这么长，连眼圈都是红的，一看就知道是被太皇太后训斥过了……"

嘿！这一脸的幸灾乐祸啊！

我说："绿篱你还别笑话人家贺夫人，要是你有个独生儿子被人用绳子捆结实了吊在两艘大船之间，估计你连跳河的心都有了。你想想啊，这两艘船若是能一直亲亲密密地携手并行还好，若是一旦翻脸，不管从哪边挥刀砍绳子，这当中的贺秉则都要落水，换成你是他娘，你能不哭吗？"

绿篱认真地想了想，一本正经地点头道："哭，一准得哭，怕是到时候还不如贺夫人，我连哭的地方都找不着。"

看这丫头一点就透，我心中大为宽慰，一面下意识地摸着自己滚圆的肚皮，一面笑道："就是嘛，所以贺夫人也不容易的。"

两人正说着，写意从殿门外禀道："娘娘，大明宫来口信了，说是皇上一会儿过来用晚膳。"

此话一落，我顿觉得胸口有些憋闷，一旁的绿篱倒是立刻喜笑颜开，瞅了我一眼后忙又强压下了满脸喜色，苦口婆心地劝道："娘娘，奴婢说句僭越的话，皇上已是向您低头了，您也别太驳他的面子，若是真的惹恼了皇上，吃亏受苦的还不是娘娘自己吗？"

我明白绿篱的意思，她这话直白了说就是齐晟已经够给我脸的了，我千万不能给脸不要脸。

我默默地坐了片刻，转头问绿篱："你喜欢用自己的热脸去贴人冷屁股吗？"

绿篱被我问得一怔，下意识地摇了摇头。

喏，连绿篱一个小小的宫女都不喜欢，齐晟作为天底下最有权势的男人，每日里连小手指头都不用勾，就会有无数的美人往他身上扑，他为什么非要来这里看我的冷脸？

"人有所求，所以才会伏低做小，所求愈大，姿态愈低，明白吗？傻丫头！"

绿篱又摇了摇头，仍是一脸不解。

我本有心再给绿篱讲解几句，省得以后她被男人卖了还要给人生孩子呢，可看到她这一脸的懵懂之色，我忍不住长叹了口气，唉，算了，还是省省吧，与其费劲给她开窍，还不如想法把她卖一个富裕点的厚道人家算了。

待进入九月，天气一早一晚地凉爽起来，我那挺了几个月的肚子终于停下了继续变大的势头，眼瞅着就要瓜熟蒂落，事到临头，我倒是一反以前的惶恐忐忑，意外地镇定下来。

因是齐晟的头一个孩子，我又占着皇后的位子，各方大佬都对这一胎极为关注，兴圣宫的编制顿时满员，连那接生的稳婆都严重超编了。齐晟早前就派来两个，太皇太后与张家又各自送了两个过来，后来太后觉得自己没有表示面子上过不去，索性也送了两个稳婆过来。

好嘛，正好凑足了八个，够开两桌麻将的了。

我与齐晟提意见，说稳婆有两个经验老到的就够了，这又不是要搞八仙过海，非得凑足了数才能成仙，你搞这么多来，万一有个事，听谁的是呢？

齐晟沉思片刻，答道："你说得也有道理，总得有个拿主意的才好。再多叫两个擅妇科的太医在这候着吧，还稳妥些。"

我真想翻个白眼，一想那动作太娘了，这才强忍住了，沉着脸问他："用不用再叫两个擅长儿科的来候着？"

齐晟正色道："还是你想得周到，我倒是把这点给忘了。"说着便又转头吩咐随侍的内侍，"去太医院问问，看看哪个最擅儿科。"

得！又凑了一桌麻将来。

到了九月中，齐晟往我宫中跑得越发勤快起来，由三天两头逐渐地变为一天两趟，到后面索性宿在了我的宫中。

齐晟对我如此热情似火，叫绿篱真是又是欢喜又是愁，一会儿满脸喜色地和我念叨："娘娘，皇上是真看重您和小殿下呢。"一会儿又忍不住发起愁来，瞅着没人时和我低声抱怨，"娘娘，皇上一直在这里，家里的东西怎么送得进来啊？"

张家为了保证我能"一举得男"，早已是在宫外有所安排，有好几个和我产期相近的孕妇都时刻准备着呢，本来这事都已是疏通好了的，可眼下齐晟连着宿在我宫中，若是想在他眼皮子底下捣鬼，这可真是太难了。

九月二十三日晚上，我正打算叫绿篱给端些消夜吃了再睡的时候，猛然觉得腹中一阵抽痛，在经过了最初的慌乱之后，我突然间意识到，这回是真的要生娃娃了！

齐晟这阵子一直宿在我的宫中，可今天云西那边来了六百里加急奏报，他召了几个重臣一直在大明宫议事，晚饭前还派人传了话回来说今夜里就不过来了，谁想到我就偏偏赶在今儿晚上要生了！

绿篱那里早已是吓得脸色都白了，却强自镇定着，凑在我耳边低声问道："娘娘，趁着皇上不在，可叫家里人先把孩子送进来？咱们只留了家里送过来的稳婆在产室，到时候不论娘娘生男生女，都说双生子便是！"

你这丫头也太敬业了，你主子都这样了，你还有心思玩阴谋诡计啊！双生子也是能随便生的吗？这宫里七八个稳婆都从没摸出过我这是双生子来，你叫我突然给生了两个出来，别人怎么想？

好吧，就算她们摸不出来是因为业务不过关，与我不相关，可你也得想想现实啊，人家那一胎生两三个的，那娃娃能有多大？而我这里生出来的是多大？你从外面抱进来的那个又有多大？你说我抱两个加起来小二十斤的娃娃送齐晟面前去，我好意思说都是从我肚子里出来的吗？

你真当齐晟是个傻子吗？我肚子在这摆着呢，他又不是没见过，他能信吗？

我忙摇头，"快拉倒吧！这宫里有八个稳婆，你只留张家的那两个，你生怕别人不知道你要捣鬼是不是？"

绿篱瞪大了眼，问道："那怎么办？"

我想了想，答道："还是听天由命，生什么算什么吧，你叫人进来，先把我扶到产室里再说。"

绿篱认同地点了点头，深吸了一口气酝酿了一下情绪，然后便突然惊慌失措地高声叫道："快来人啊，娘娘要生了，娘娘要生了！"

这一喊不要紧，就如水泼滚油锅，兴圣宫里顿时就炸了。

稳婆宫女各处乱窜，几个稳婆卷了袖子齐齐上阵，团团把我围住，七言八语说得那叫一个热闹！写意等几个宫女都被她们指使得蒙头了，一时也不知道该听谁的吩咐好了。

总算见识到什么叫"人多不干事，鸡多不下蛋"了！好容易挨到一阵阵痛过去，我指着围在四周的稳婆们怒声骂道：“都他娘的给我闭嘴！”

这稳婆们估计是没见过我这样脾气火暴的产妇，吓得立刻噤了声。

自古以来女子生产便是极危险的事情，更是有“一脚踏进鬼门关”的说法，我可不想在这鬼门关的门口再被人从背后偷偷地推上一把。

我转头看向一直守在身侧的绿篱，见她面上虽然还带着些许的慌乱，可眼神却是十分镇定，便暗中轻轻地捏了捏她的手掌，吩咐道：“留两三个老嬷嬷下来，其余的都叫她们外面等着去。”

绿篱明白了我的暗示，冲我轻轻地点了点头，然后便抬头看向那几个稳婆，看似随意地指点了其中三个，说道：“你们三位留下，别的人都出去！”

那没被点名的几个稳婆似都大松了口气，相互看了看，赶紧低着头退了出去。

殿内顿时清静下来，我叫绿篱扶着我坐起身来，仔细地打量了一番被留下的三个稳婆，猛地冷声喝道：“都给我抬起头来！”

那三个人不约而同地抖了一抖，迟疑地抬头看向我。

这三人，其中有两个是齐晟送过来的，在我宫里待了有多半年了，是早就熟识了的，剩下的一个却是张家前段时间送进宫的了。

我盯着她们几个，赤裸裸地威胁道：“我不说废话，我若母子平安，自然少不了你们三人的荣华富贵，可我若是有个好歹，也会有人替我报仇解恨，别以为有人在背后给你们撑腰就能平安无事，他护得你们一时，却护不了你们一世，保得了你一人，却保不了你全家！”

话刚说到一半，那三人便齐齐地跪下了，一个劲儿地磕头，颤声道：“娘娘饶命，娘娘饶命。”

我在一阵咚咚咚的磕头声中撂完了那些狠话，见这三人磕得这么实在，又没个停下的意思，生怕她们几个再都磕晕了过去，只得赶紧给绿篱使了个眼色，叫她出来唱一唱白脸，安抚这几人一番。

绿篱忙对着那三人说道：“三位嬷嬷快些起来，只要娘娘能平安诞下皇嗣，各位便都是有功之臣，日后少不了荣华富贵的。”

那三人这才惶恐地从地上爬了起来，还没等站直了腰，就听得绿篱又继续说道：“这才对嘛，娘娘是个直爽脾气，才与几位嬷嬷把话都讲透了的。大家别害怕，娘娘待人可是极宽厚的，上次宫里的梳头丫头把娘娘的头发扯落了好几根，娘娘也不过是只叫人打了她四十棍，都没……”

我连忙掐了绿篱一把，止住了她下面的话。

丫头啊，掉几根头发就能打人家四十棍，四十棍都能打死一个壮汉了！就这还叫待人宽厚？绿篱，有你这么安慰人的吗？

果不其然，那三个稳婆腿上一软，又都跪下了，吓得身子也跟着哆嗦起来。

我一看总这么下去也不行啊，只得又亲自出马安抚她们道：“行了，都起来吧，这会子害怕也没用了，既然大伙儿的命都捆一条船上了，就都齐心协力同舟共济吧！”说着又指了当中那个模样最为干练的婆子说道：“吴嬷嬷，以你为主，她们两个为辅，赶紧的吧！”

话音刚落，却又是一阵阵痛袭来，这次却比上次还要厉害，就跟潮水一般涌了过来，连带着还向下扩散了过去，痛得我忍不住向后仰倒过去。

绿篱忙又攥住了我的手，急声叫道：“娘娘，娘娘，你挺住，挺住啊！”

我挺你个头啊，我挺住挺不住也得生啊！说这废话有用吗？！

关键时刻还是老同志显示出了高超的职业素质，那吴稳婆估计是把事情都想明白了，噌的一下子从地上蹿了起来，二话不说掀了我裙子就做起了产科检查，过得片刻就听得她沉声说道："娘娘别慌，这是刚开始的阵痛，离生还得有段工夫，您先攒着些气力。"

她说着又转头交代绿篱道："绿篱姑娘，一会儿娘娘过了这阵痛，咱们扶着她下床来走一走，这样子生得更快一些。"

另外两个稳婆也回过神来，应和道："就是，就是，下来走一走，宫口开得快。"

我这里早已是疼得七荤八素的，若不是碍着面子，都恨不得哭爹喊娘的了，哪里还有工夫想什么宫口宫门的，只觉得过了好一会儿，那痛感才下去了，然后就被她们几个架着下了产床，在殿里溜达起来。

正咬牙溜达着，就听得写意在殿外惊喜地喊道："娘娘，娘娘，太后娘娘来了，太后娘娘来了。"

我正一肚子怨气没地方撒，闻言便没好气地叫道："请到正殿里歇着去！"

片刻之后，写意又满是欢喜地喊道："娘娘，娘娘，太皇太后来了，太皇太后来了。"

我咬了咬牙，强忍着怒火，吩咐："也请到正殿里歇着去！"

谁知刚过了没一会儿，外面又传来写意激动高昂的声音，"娘娘，娘娘，皇上回来了，皇上回来了！"

我说你至于激动成这个样子吗？不就是齐晟来了吗？我听你声音还以为是玉皇大帝要下凡了呢！

我这里阵痛发作得更加频繁起来，脾气是真忍不住了，便扬声骂道："去去去，都到正殿里坐着去，你给他们支张桌子，凑在一起打马吊好了！"

绿篱见我发火，忙在一旁劝道："娘娘别急，别急，皇上他们也是看重娘娘，心里放心不下。"

身旁吴稳婆还嫌不够乱一般，又紧着交代我道："娘娘，您别这样张嘴吸气，容易腹痛的，您得这样……"她说着，还给我做起了示范。

就这样足足折腾了一夜，我自己也不知道到底在地上溜达了多长时间，什么时候上了产床，中间又被加了几顿饭。待到外面天色渐明的时候，我那阵痛已是连上了趟，疼到后面连神志都开始不清起来。

昏昏沉沉中，像是绿篱在我耳边念叨："娘娘，娘娘，皇上一直在外面守着，您别死忍着，放开了嗓子哭喊几声，也好叫皇上焦焦心。"

他再焦心有什么用啊？能换他进来替我生娃娃吗？

我疼得实在是太厉害了，连叫喊的劲都没有了，只恨不得司命那厮现在能提了我的魂魄走，哪怕是进地府的油锅里洗个澡也比这会子舒服一些。

又有人过来强行地掰开了我的嘴，也不知道塞了什么辛辣的东西到我嘴里。

还有人在用力地往下推着我的肚子，厉声喊着："用力！顺着奴婢的手用力！"

好吧，我只得把吃奶的劲都使上了，拼了老命地用了把力气，就听得吴稳婆惊喜地叫道："出来了，头出来了，娘娘再缓着点用力，别急，千万别急，好，好好……"

就觉得腹中一空，似有什么东西从我身体中一下子滑了出去，撕裂般的痛感顿时消失了。

片刻之后，听得几声清脆的拍击声，紧接着就响起了婴儿的啼哭声，又听得有人欢天喜地地叫道:“是个小公主，恭喜娘娘，贺喜娘娘。”

不知怎的，我脑子里忽地闪过了三俗大师的那句话——一窝一个公主，一窝一个公主，最后一窝一气生了俩公主……老天，你真想着这么玩我吗?

我只觉眼前一黑，顿时没了意识。

再醒过来时外面天色又是黑的了，我也不知道自己昏睡了多久，只觉得身体像被人拆散了又重新组装起来的一般，各处的关节都僵硬无比。

齐晟正握着我的手坐在床边，见我醒来便倾身凑上前来，轻声问道：“醒了？可觉得好些了？”

我脑子还有些混沌，愣怔了片刻，问道：“孩子生出来了？”

齐晟微笑着点了点头，答道：“是个小公主，长得很像你。”

一提“公主”两字，我立刻清醒了过来，见齐晟还攥着我的手，下意识地就抽了回来，颇有些失望地说道：“哦，公主啊？”

齐晟脸上的笑容就有些僵滞，默了一下才又说道：“奶娘已经抱下去喂奶了，我叫她们抱过来给你看？”

正说着，绿篱端着碗热气腾腾的汤面从外面进来，见我醒了也是十分惊喜，忙疾步走上前来，叫道：“娘娘，您醒了？可是觉得饿了？奴婢给您做了鸡丝面，您吃一些吧。”

齐晟那里还看着我，等待着我的回答，绿篱不知缘由，又问了我一遍要不要吃鸡丝面，我犹豫了一番，终于还是在吃饭与看孩子之间做出了选择，“还是先吃点东西吧。”

齐晟眉宇间闪过一丝失落，却没说什么，只起身让开了床边。

绿篱先把我从床上扶了起来，在我身后垫上了厚厚的靠垫，这才端着碗喂我吃东西。

一碗热热的汤面下肚，我这才觉得自己又活了过来。

绿篱拾了碗筷出去了，殿中又只剩下了我与齐晟两人，齐晟站在床前看我片刻，忽地低声说道："你不知道，当我知道你这一胎生了女儿时心里有多高兴。我想着，这总算能给彼此留更多一些时间了，也许这就是上天留给我们的一次机会。"

他这几句话看似说得没头没脑，可其含义却是不言而喻。

我心中明明十分清楚，却只能装作糊涂地抬眼去看他，问道："皇上说什么呢？臣妾听不明白。"

齐晟听了，嘴角上便泛起些苦笑。

我本就觉得身体乏惫，实在没有兴趣和他逗嘴皮子斗心眼，索性又说道："臣妾还是觉得疲乏难耐，想再睡一会儿，皇上也在这支撑一天了，怕是也累了，就早些回去歇着去吧。"说完便自顾自地在床上躺了下去。

齐晟又默默站了一会儿，这才转身走了。

此后一连几天，后宫诸人纷纷到我宫里来恭贺我喜得公主。紧接着，宫外的那些公主、郡主、王妃、夫人之类的也都走马灯一般来我这里报到，就连赵王、楚王两个还是孤家寡人的难兄难弟，也叫人给我捎了贺礼过来。

就这样，兴圣宫中一直热闹了小半个月才清静下来，这时候人们才突然发现，这些日子皇帝齐晟的身影却从来没有在皇后宫中出现过。

宫中什么传言都有，经过绿篱的整理总结，可以归纳为两大类：

一说是因这几日接连有云西的紧急奏报送来，齐晟实在分不出身来后宫之中。

二说是因为皇后生了个公主，叫一直盼望子嗣的齐晟大为失望，于是化失望为力量，一心扑在了朝政之上，连女色都不沾了！

绿篱一面给我绑着腹带，一面说道："娘娘别听那些闲言碎语，那日得知娘娘生了个公主，皇上可是高兴得喜笑颜开呢，当场就给小公主起了名字，奴婢还不曾见过皇上那样高兴过呢！依奴婢看啊，定是朝事太忙了，皇上才抽不出身过来看娘娘。"

齐晟来不来看我，我倒是不在意，不过听他最近在大明宫中勤于政务，我心中却是一动，想了想便交代绿篱道："不管是什么原因，他心情不好总是有点的，你想法借着太皇太后的手，偷偷地安排几个美貌温柔的宫女到大明宫去，到时候也许能有意外之喜！"

绿篱正给我收着腰，闻言手上猛地一紧，差点没把我勒得闭过气去。

我忙叫道："轻点，轻点！这是我的腰，不是江氏的脖子！"

绿篱却没理会我这个茬，只是问道："娘娘，前阵子咱们也没少往皇上身边送美人，我听说皇上可是一个都没沾的，都送了朝臣的，这会子为何还要送美人过去？"

唉，绿篱啊绿篱，你这就不懂男人了！

齐晟之前不沾那些美人是因为那都是从我这里送过去的，他为了防止身边埋下我的眼线，对那些美人自然是碰都不碰。可若是太皇太后送过去的宫女，自然就没那么多顾虑了。

这男人身边一旦有了无关紧要的美女，谁还愿意总去劳烦自己的五姑娘啊！更何况最近又朝事繁忙，他那里每日都得批阅繁多的奏折，必然会觉得枯燥压抑，少不得想要找个解压的途径。

绿篱那里还眼巴巴地等着我的答案，不过这些男人的龌龊心思却没法对这小丫头讲出来。

我一面自己动手松着腰间的缎带，一面笑道："此一时彼一时嘛，你别问了，照我说的做就是了。"

绿篱迟疑了一下，却是说道："奴婢瞅着啊，皇上像是并不喜欢娘娘做贤良淑德的，娘娘还不如换个法子，也学学那江氏，也向皇上要一要专宠，没准皇上真能为娘娘散尽后宫呢！"

我心道快拉倒吧，江氏为了齐晟算是都抛家弃夫不顾生死了，也没能要得来"一生一世一双人"，到最后不过是落得个幽兰殿养老的下场，就这还是靠着齐晟的愧疚之心。

我脑子抽风了才会放着一个大好的皇后不做，哭着求着去做一个只仗着男人情爱活着的宠物呢！

绿篱见我这里不说话，张了嘴还欲再劝。

我忙止住了她，转而问道："哎？我说绿篱，咱眼光能别总放在男人这一亩三分地上吗？你好歹也是皇后的心腹，你也关心关心朝堂，琢磨琢磨政事。这阵子云西那边总送急报，到底是个什么情况？朝中是否要发兵平叛？若是真打起来，是就用云西贺家的兵力，还是会趁机叫咱们张家带兵南下？可北疆那边形势又如何？一旦齐晟执意叫张家带兵南下平叛，必然会导致北疆兵力空虚，北漠是否又会像数十年前一般趁机南下？万一北疆告急，谁又可以守靖阳？是豫州的莫氏，青州的薛氏，还是泰兴的杨家？莫氏与薛氏那里能力要稍逊一些，倒是杨豫那里比较合适，可他儿子杨严却是跟楚王上了一条船，齐晟能否信任他？"

"等等！"绿篱急忙大叫，"等等，娘娘，奴婢听糊涂了，您说慢点。"

我乐了，笑道："瞧瞧，这才不过是一个云西叛乱，就武将之间的那点事你都听糊涂了，若是再加上朝中文臣们之间那错综复杂的派系关系，你脑袋岂不是都要成了糨糊了？”

绿篱很是认同地点了点头，叹道：“不用再加了，奴婢的脑袋现在就已经是转不动了。原来前朝的事情竟然这样复杂，奴婢还以为咱们后宫是这世上最最险恶的地方呢。”

我摇头，“一伙子女人能斗出个什么结果来？谁能多陪着齐晟睡两觉？可这有用吗？外面若是没有得力的父兄撑着，你也不过是皇家的一个玩物。说到底，除非皇帝昏庸软弱，这才使后宫女子有机会借他的名义掌一部分皇权。否则，只一个圈在后宫的女子，内无皇子撑腰，外无朝臣支持，就算你能打遍后宫三千佳丽无敌手，又能怎样？”

绿篱早已是听傻了，愣愣地看着我，好半晌才问道：“娘娘，这样说来，那咱们还有什么好争好斗的？管她什么江氏不江氏的，只要张家无事，只要你名下有子，谁也动不了您的皇后之位啊！”

我听她如此说，不由得老怀欣慰，叹道：“丫头啊，你总算是想明白了！”

绿篱接过我手中的缎带，仔细地帮我把腰束好，过了一会儿却又突然问道：“娘娘，宫中黄氏、陈氏等人的娘家不过是中等之家，那李氏的父亲更不过只是一个小小的知府，她们便是得宠生子，也都不足为患。真正能与咱们抗衡的是贺氏、杨氏、薛氏等人家的女子，可皇上为何没纳她们进宫来约束娘娘呢？”

我笑笑，答道：“由此可见齐晟此人是个十分强势的人，做太子时的百般忍让实属无奈之举，一旦皇权在握，他绝不允许自己受制于他人，更不允许自己的后宫成为平衡朝中势力的工具。所以，他宁肯在前朝小心经营步步荆棘，也不肯将其余几大家族的女子纳入后宫，借以分化张家的势力。”

我转过身，郑重地看着绿篱，轻声说道：“绿篱，你要记住，咱们要斗的从来不是宫中的莺莺燕燕，而是——齐晟。”

绿篱果真是个好姑娘，她并未躲避我的视线，而是抬眼直视着我，认真地问道：“那我们要依靠的是张家才是，娘娘为何还要联络楚王？”

“制衡！”我低声答道，“君主之道就在于制衡，即便是我们，也不能看着张家一家独大，因为咱们是嫁出来的女儿，说句大逆不道的话，就算张家最后真能走到废齐晟而自立那一步，好处也落不到我这个齐室皇后身上。所以，咱们要想好好地活着，现在只能制衡！”

绿篱听了，若有所思地点了点头。

我上下打量了这丫头两眼，发现她这两年出落得越发俊俏，整个人都水灵灵的，眼角眉梢都带了些妩媚。

我心中一动，忽地问她道：“绿篱，你今年多大了？”

绿篱的思路像是还放在“制衡”之说上，听我忽地发问不由得一愣，反应了一下才答道：“奴婢今年十九了啊。”

我不由得一惊，呀，都十九了？这放在古代可算是大姑娘了，要是再不嫁就得要老在我手里了！

绿篱那里问道：“娘娘怎么突然问起这个来了？”

我稍一合算，问她道：“你自己可有什么中意的人？”

绿篱怔了一怔，这才明白了我的意思，顿时羞得满面绯红，低下头去揪着衣角扭捏道：“娘娘！”

这一声三颤的，我都忍不住打了个哆嗦，“这到底是有还是没有？”

绿篱飞快地睃了我一眼，言不由衷地说道：“奴婢不嫁，奴婢要一辈子伺候娘娘。”

我感动地点了点头，“好，你若是真想一辈子跟在我身边，我也成全你！”

绿篱闻言顿时不扭捏了，立刻变了说法，“奴婢眼下还没中意的人呢！日后若是有了，定会来求娘娘成全的。”

我乐了，这才正常嘛，男大当婚女大当嫁，你又不想和我成双成对，怎么可能想要一辈子老在宫中嘛！

我又问道：“那你觉得赵王如何？”

绿篱这下子是真愣了，睁大了眼睛看我半天，迟疑地问道：“娘娘说的是哪个赵王？”

我奇怪了，这赵王还能有几个？

又听得绿篱问道：“可是娶了江氏的赵王？”

我点头道：“没错，就是他啊。”

绿篱这次头摇得很是坚定，“不行，奴婢不想和江氏共侍一夫！”

我实在不理解绿篱这丫头和江氏哪来的这么大的仇，再说人家江氏也已经死遁了，这会子正老老实实地在幽兰殿待着，等着齐晟给她一生一世呢，和赵王也没关系了啊！

我有心用绿篱去拉拢赵王，便好言劝道：“不管江氏如何，那前赵王妃都已是死的，永远不会再回赵王府了，和你有什么关系。再说了，赵王虽然是个二婚吧，可人家毕竟是个皇子啊，小伙子长得又精神，你能嫁给他也不算亏啊。”

绿篱还是摇头，又说道：“奴婢身份卑微，实配不上赵王殿下！”

我生怕绿篱是在欲迎还拒，又试探地说道：“既然这样就先算了，我再给你留意着，看看朝中还有没有些别的好的。”

绿篱低着头没说什么，只替我整理着容妆。

我见她这是真不愿意，便想着就此算了，结亲嘛，就是要结两

“性”之好，若是再结成了仇可就大大的不好了。

谁知过了一会儿，绿篱替我打理完了，忽然低声问我道：“娘娘，您要用赵王？”

我稍一愣怔，决定还是和她实话实说的好，便答道：“也算不上用，只是想先埋下一步棋。世事无常，谁也说不准到最后会得了谁的好，吃了谁的亏。万一以后他能得了势，有你在他身边的话，我也能沾点光。”

绿篱一听我说赵王以后也可能得势，小脸上的表情那叫一个惊讶啊，连嘴角都跟着不由自主地撇了撇。

哎！绿篱小丫头你快把脑门上的“不屑”两字擦了，还别这么瞧不起赵王，这生活总比小说还精彩，万一齐晟与楚王斗得两败俱伤，最后携手去面见佛祖，还真没准就能叫赵王捡了漏，历史上这样的事情可是不少！

绿篱瞧了瞧我的面色，迟疑了一下，垂着眼皮说道：“娘娘若是觉得赵王有用，那就把奴婢赐给他吧。只要是为了娘娘，奴婢做什么都愿意。”

话虽是这样说着，小模样却是无比的委屈。

我一瞅她这样，只得摆手道：“算了，算了，此事以后再说。”

那边暖阁里，乳母已是给小公主喂完了奶，叫了写意过来问要不要抱了小公主过来给我看。

我不觉有些犹豫。

上辈子我这个连爹都还不曾做过的人，眼下却一下子给升级成了妈，一时真是有些接受不了。

这就好比你一个用惯了 XP 系统的人，迫于无奈用上了 Lion 系统，本来就手忙脚乱不知道哪是哪呢，偏偏又有客户趁你不注意的时候给你装了一个新程序，更坑人的是这程序还是开机就自动运行，时不时地就要跳出来要求你手动更新一下！

我很是不适应，每次对着她的时候心里都会有些纠结，我这到底算是她爹还是她娘……

绿篱瞧我不说话，还以为我是因为生了女孩不喜，急忙劝道："娘娘，人都说先开花再结果，有了小公主，就不愁小皇子的。再说了……"

我实在怕了绿篱的唠叨，又怕她习惯性地往齐晟身上拐，忙止住了她的话，"得，叫她们把孩子抱过来吧。"

绿篱得了我的话，喜滋滋地叫写意去暖阁里传话。

过不一会儿，写意便同着乳母一起把那小娃娃抱了进来。

我往乳母怀里一探头，见那小娃娃已是不像前几天那般红通通的了，五官似又长开了些，白白胖胖的很是可爱。

乳母见我看孩子，忙问道："娘娘可要自己抱一抱小公主？"

我一怔，还没说话，那边绿篱已是上赶着答道："抱，娘娘试着抱抱小公主吧。"

乳母听了，二话不说就将小娃娃往我怀里送了过来。

事到如今我也不好不接，只得架了两条胳膊起来去接小娃娃。乳母动作娴熟地将孩子交到了我怀里，又在一旁细声软语地指导着，"娘娘的胳膊不用这样端着，放松些就好。"

我何曾抱过这样小的娃娃！只觉得怀里像是抱了一个面团，处处都是软的，亏得有小襁褓包着，这才能有个落手的地方。可即便这样，不过片刻工夫我就紧张得出了一脑门子的汗，胳膊也越发地僵硬起来，连动一动都不能了。

这哪是抱个孩子啊，这抱的就是个炸药包啊！

绿篱与写意两个偏偏还凑在一旁添乱，一个轻叫：“哎呀，娘娘！您看小公主睁眼了，睁眼了。”

另一个低呼：“娘娘，小公主长得真像您哪，您看看这眼睛，嘴巴，和您都像是一个模子里刻出来的。”

我闻言不由得仔细瞅了瞅小娃娃的五官，分明长得和齐晟更像一些嘛，怎么就成了和我一个模子里出来的了？这模子走形走得也忒厉害了点吧！不过，这奶娃娃倒是真的挺可爱，尤其是那红红白白的小胖脸蛋，叫人见了就忍不住想用手指头戳一戳。

几个宫女正围着我叽叽喳喳，一连多日都不曾登我门槛的齐晟却是从外面进来了。

我这里还没反应过来，围在身旁的绿篱等人却是嗖的一下子散了开去，齐齐地屈膝给齐晟行了一礼，低头敛目地往我身后退了下去，就连那本就站得靠后的乳娘都往边上退了一步，低着头站住了。

嗯，不错，都挺懂礼的，可为什么没人记得把我怀里的小娃娃也接过去？难不成叫我抱着这娃娃给齐晟行礼？

许是我抱得她不舒服，小丫头嘴巴撇了撇，忽地放声大哭了起来。

我顿时惊得差点三魂离体，差点顺手把她给扔了出去。

齐晟那里已是走到了我的近前，视线从我面上一滑而过，然后便落在了小娃娃身上，认真地看了片刻，问我道：“她哭什么？”

我张了张嘴，实在不知道该怎么回答这个问题，只得低头问怀里的小娃娃道：“哎？你哭什么？”

小娃娃嘴巴撇了撇，哭得更大声了。

我很是无奈，抬头回答齐晟道：“喏，她不肯告诉我，要不你自己问问试试？”

齐晟没答话，只表情古怪地看着我。

站在一旁的乳母估计是实在看不下去了，上前两步凑到我身边，小心地说道："娘娘把小公主交给奴婢抱吧。"

我听了这话顿时觉得心中一松，抱了这许久的"炸药包"总算能递出去了，伸了胳膊正要递给乳母，却听得齐晟在一旁突然说道："我抱一抱试试。"

我瞅瞅齐晟，又瞅了瞅乳母，略一思量，转身便将小娃娃交到了齐晟怀里。老子受了这半天的罪，也该换你尝一尝这滋味了。

不承想小娃娃到了齐晟怀里竟是突然不哭了，只瞪着圆溜溜的眼睛看齐晟。

我看得又是惊讶又是妒忌，一旁的众人却都跟着凑趣，有说什么小公主和父皇投缘的，还有说小公主长得真像皇上的，简直就是和皇上一个模子里刻出来的一般。

哎，绿篱啊绿篱，你刚不还说这娃娃和我像是一个模子里的吗？怎么这么快就转到齐晟那个模子里去了？你这话还有点准没有？

一伙子人正恭维着齐晟，就听得门外有宫女禀报，说是黄贤妃、陈淑妃与李昭仪等人过来看望皇后娘娘和小公主，却是没提齐晟。

不过齐晟前脚刚到，她们几个后脚就追了过来，这到底过来是看谁，大伙都心知肚明。

绿篱面上就忍不住有些恼，我却忍不住暗自叹气，这齐晟半月没进后宫，她们几个要不是真等得急了，也不能做出这样的事来。

唉，都是青春大好的年轻女子，整日里守着这活寡，不是在守寡中爬墙，就是要在守寡中变态了。

我低低地叹了口气，吩咐宫女把那几人请进来。

齐晟却是抬眼向我看了过来。

我正好也在看他，琢磨着这小子是我亲自验过货的啊，一没隐疾二没阴影，动力足耐力久的，怎么就对美女不感兴趣呢？要知道古往今来英雄都是爱美人的啊，不知道有多少英雄没死在敌人的刀下，却败在了美人关前，更别说牺牲在美色战场上的皇帝有多少了……

我估摸着，齐晟这样的，且不论他算不算得上英雄，只在皇帝界都算是朵奇葩了。

黄贤妃几个轻轻袅袅地进来，口头上都说着来瞧小公主，可等凑近了齐晟，那眼神却都忍不住往他身上转悠了过去。

更有那胆大的黄贤妃，借着去逗弄小公主的机会，把整个胸脯都压在了齐晟的手臂上。就见齐晟的眉头隐隐皱了皱，往旁边退了一步，转身将小公主交到了乳母手上。

黄贤妃脸色便有些尴尬，站在那里窘红了脸，进也不是退也不是的。

我瞧得有些心软，忙清了清嗓子，叫乳母把小公主抱到暖阁里去喂奶，又吩咐绿篱给齐晟及各位美人让座上茶。

齐晟扫了我一眼，借口前朝还有政事，便先走了。

我以为齐晟这么一走，这几位美人也得跟着走了，谁知道她几个却没走的意思，看样子像是有话要说，可几个人你看看我，我瞅瞅你，相互望了半天，就是没一个人肯先开口。

我最怵猜女人心思，见状就问道："几位有什么话要说？"

倒是黄贤妃是个性子直爽的女子，一咬银牙从座上站了起来，说道："皇后娘娘，臣妾几个有话想说，还请您屏退他人。"

我很是意外，看了绿篱一眼，见她也是一脸糊涂，显然也猜不到黄贤妃会提出这样的要求来。不过她既然提出来了，我总不能不给美人个面子，便挥了挥手，示意绿篱与写意几个都出去。

待殿里只剩下了我与这几个美人，黄贤妃先看了其他几人一眼，带头走到我身前跪了下来。她这一跪可不要紧，另外的陈淑妃与李昭仪等人也起身过来跪下了。

除了过年过节的，这些嫔妃还从未对我这个皇后行过这样的大礼，我惊得差点没蹿椅子上去，忙问她们道："这是怎么了？离过年还老远呢！"

黄贤妃几个却是红了眼圈，悲切地说道："臣妾几个求皇后垂怜，许咱们出家去给太皇太后、太后、皇上和皇后诵经祈福。"

这是唱哪一出啊，要搞集体出家呢？难不成是嫌我这个皇后专宠，霸占着齐晟了？

可这也忒冤枉我了啊，我来这皇宫都快三年了，满打满算就和他睡过两次啊，真不算多啊！再隔长点时间都快比上奥运会了。

那李昭仪心眼多，抬头瞄了我一眼，又重新俯下身去，哭诉道："娘娘，臣妾们知道娘娘您大度贤惠，对咱们又一直是宽厚仁爱，咱们也是对娘娘感激万分的。可臣妾们心里是真的苦啊，东宫的苦日子就不说了，从皇上登基，他就再没去过咱们几个的宫里。臣妾几个想着，既然咱们这样不讨皇上的喜欢，不如就都把这位子让出来，也好叫皇上选可心的人入宫伺候。"

她这样一说，其余的几个也是跟着随声附和起来。

我一看今儿这事不好办了，各部门主管商量好了一起来闹辞职，搞得我这个后宫总经理很是被动。

这样可不行，我得好好劝一劝，怎么也得先把各位主管安抚下来才好。

“起来，都起来，有话都好好说，咱们大伙谁都不容易。”我扶了这个拉那个，亲自把这几位美人重新让到了座位上坐定。这个时候，是万万不能说公司董事长是错的了，除非你打算亲自去扛这面大旗，带着这帮子小主管们一同造反。

我想造齐晟的反吗？自然想啊，可造反也不能带着这帮子女人们玩啊。

我清了清嗓子，替齐晟开脱道：“大伙的委屈我明白，不过皇上这些日子也实在是忙了些。自从皇上登基，各处大事小事不断，不是北疆生事，就是云西闹乱，他就是有心往各位那里去，他也没那空啊。再说皇上又一门心思想要做圣君，在女色上总是要节制一些的，他又不是只晾着你们几个，他后宫都很少来的……”

说着说着，我自己就说不下去了。

这是不是圣君跟睡不睡后宫有个屁关系啊？周文王是不是圣主？唐太宗算不算明君？他们朝政不忙吗？可人家后宫少睡了吗？儿子少生了吗？这历史上的皇帝从夏商周往后数，除了个别有难言之隐的，有几个皇帝不爱美人的？齐晟老兄，怎么轮到你就例外了呢？

黄妃几个不说话，只是十分淡定地看着我。

这几个美人也都不是什么厚道人哪，明知道我这个皇后不讨齐晟的喜，你们来找我说这个有什么用？再说了，我这连月子还没出呢，好歹你们也得等我休完了产假再来闹吧。

想到这里，我也没那么好脾气了，扯紧了面皮装腔作势地扫了她们一眼，说道：“总之一句话：皇上忙，对大伙难免有个顾不到。大家的情绪我能理解，我呢，尽量劝着皇上多往各位那里走一走，大伙回去呢也都再考虑考虑，要是实在是看破红尘想出家呢，我也不拦着。”

估计是没想到我能这么狠，待这番话一说完，下面几个美人顿时怔了。

我一看心里顿时有数了，好嘛，你们这不是真要出家啊，你们这是拿这个来威胁我啊。

我也就起了个坏心，也想吓唬吓唬她们，干脆又说道："你们几个都是住惯了富贵乡的，若是去清苦的寺院必然会不惯，不如我奏请皇上给大伙盖座新的，找块风景好的地方，你们几个凑在一起也能做个伴。"

说着，便叫了绿篱进来，吩咐她去找人选址。

绿篱心眼子也不少，口中虽应得干脆，却是没有立刻转身就走。

黄贤妃几个相互看了看，连忙都站了起来，立刻向我表示说想出家不过是几人一时的冲动，还是很不成熟的想法，希望我能容她们回去再好好考虑一下。

凡事总不能把人逼得太过，见她们几个这样，我略作迟疑一下，便也借着台阶就下了，只说道："也好，等你们考虑好了，回头咱们再细商量这个家怎么个出法。"

谁知她们几个这一考虑，竟然考虑到年底也没能给我一个回信。倒是齐晟自从那次后往我这里跑得勤了不少，隔三岔五地就会抽个空子过来瞅一瞅那小丫头，有时候还要亲手抱一抱。

第十一章 生与死的选择

过了除夕紧接着就是元宵节，每年这个时候都要照例在延春殿举行皇家晚宴。

我与绿篱提起黄贤妃她们要出家的事，绿篱对那几个妃子的态度是一贯的不屑，愤愤然道："娘娘也太好脾气了，她们几个也就是瞅着您心善，这才敢蹬着鼻子上脸，要想出家自己关了门剪头发去，来咱们这里说什么！"

写意正在衣柜里给我找晚宴上要穿的衣裙，听见了紧跟在后面煽风点火，"就是就是，你瞧瞧那黄贤妃，每次见了皇上都恨不得把自己贴到皇上身上去了，不就是胸口比别人多二两肉嘛，生怕别人看不到似的，整日里挺着个胸……"

听了这话，我就不由自主地低头看了看自己胸前。

张氏这身材本来就算是玲珑有致型的，现在又因生了娃娃，这胸前的波涛就更为壮观了些，比起黄贤妃来也不遑多让了。

绿篱在一旁紧着干咳了两声，写意那里猛地便停下了，转回身胆怯怯地瞄着我，眼圈都红了，只等着我一有所表示就跪地上哭求赔罪。

"没事，没事。"我很是不在意地摆了摆手，"再说黄氏也没错，有资本就得露出来嘛，回头你们也多找些丰胸的补品吃一吃，这女人嘛，还是胸大了有优势的。"

绿篱与写意两个相互看了一眼。

我瞧见她们两个的小动作，合计着这俩丫头可能是被我说开了窍，也要好好地补一补，谁知没过一会儿，写意却给我从衣柜里挑了一件低胸的宫裙出来，兴高采烈地说道："娘娘，晚宴上就穿这一件吧，最衬娘娘的身材。”

我看了两眼那裙子，很是无奈，“写意，这连正月还没出呢，你倒是真不怕我冻着！”

绿篱闻言，紧着又抖开了一件皮草斗篷，笑道：“不怕，娘娘裹着这个，奴婢把手炉给娘娘烧热些，辇车上再多放个火盆。”

写意还在一旁补充道：“延春殿笼得有火龙，进了殿只热不冷的。”

说着便同绿篱一起上前帮我更衣，吓得我一把推开了她们两个。

快拉倒吧，你家娘娘现在是皇后，是良家妇女，是国母，国母！什么叫国母懂不？要的就是端庄矜贵的派！这等就差把“勾人”两字写胸脯子上的衣服能穿吗？

再说了，想当初我在宛江落水的时候，身上好歹还穿着齐晟那身湿衣，面前也不过茅厕君一个小叔子，齐晟那脸还黑得跟锅底一般呢！眼下大冬天的，你叫我露着半拉胸脯子出去给整个皇室的老少爷们儿看，他还不得吃了我？

不行，绝对不行！

我严词拒绝了绿篱与写意两个的建议，改穿了一身正统的皇后礼服，先去了大明宫等着齐晟，又与他一同去请太后与太皇太后，待一伙子人都会齐了，这才浩浩荡荡地去了延春殿。

延春殿里果然温暖如春，黄妃几个也都打扮得花枝招展，个个媚眼如丝，恨不得都把齐晟捆结实了拽自己身边去，一点也不像那看破红尘一心向佛的。

我看了很是欣慰，这些美好得如妖精一样的女子们还是留在人间祸害吧！就不要去打扰佛祖的清修了……

茅厕君与赵王两个依旧是老样子，一个单身，一个丧偶，两人一左一右各占一席相对而坐，倒是对称。

太后对茅厕君的终身大事很是着急上火，太皇太后对赵王续弦的事情也很上心，只是茅厕君与赵王两个段位太高了，根本不为所动。

太后一提娶亲这事，茅厕君就明确地表示婚姻大事不能将就，总得找一个自己真心喜欢的女子才能过一辈子。

太皇太后眼神刚往赵王那里一瞄，赵王就立刻举杯饮酒做各种情伤难抑之状，害得太皇太后连续弦这事提都不敢提了。

我再扭头看一眼视殿中各种美人如无物的齐晟，觉得这哥仨在对待美人的态度上还真有点像！那样的先帝能生出三个这样的儿子来，也真算是个奇迹了！

酒宴举行到一半，赵王又离席出去，我一猜他这定是又要出去放水，想了想，便也不动声色地起身带着绿篱出去。自从出了殿门，绿篱就开始活动手脚，很是欢快地向我保证道："娘娘放心，今年奴婢一定不会坏娘娘的事。"

我猜着绿篱是误会了领导的意图，便解释道："今年咱们不打赵王了。"

"不打赵王了？"绿篱一愣，瞪着那纯真无邪的大眼睛问我道，"那咱们今年打谁？"

我很是无奈，转头看她，"谁也不打！"

绿篱一时有些无法接受这个答案，气势顿时颓了下来，很受打击。

我笑了笑，带着她踏雪往殿后而去，到廊子里去蹲守赵王。

赵王如厕出来，一见又是我与绿篱两个守在道边，面色倏然一变，忙作揖求饶道："皇嫂，好皇嫂，今年可是不能再打了。"

我想他和绿篱还真是登对，连大脑回沟的走向都这般相像，这以后要是能在一起了，定然容易沟通。

我笑着，摆手，“不打，不打，今儿是有正事商量。”

赵王听了面露疑惑之色，问我：“皇嫂有什么事要吩咐臣弟？”

我看了看四周，觉得这不是说话的地方，便引着赵王去了不远处的望梅轩，留了绿篱在外面守着，自己则带着赵王往里面走。

赵王迈台阶的时候犹豫了下，停下来一本正经地与我商量道：“皇嫂，要不还是叫绿篱姑娘进去吧，咱们两个在外面，就跟去年一样。”

我明白他是想要避嫌，想了想觉得他考虑的也对，便又把绿篱叫到了跟前，说道：“你进去暖和一会儿吧，我和赵王在外面谈些事。”

绿篱十分惊讶，“让奴婢进去？娘娘，这合适吗？”

“没事，没事，”我看了一眼赵王，笑道，“去年你自个儿还在里面睡了一阵呢。”

赵王听了面上便有些不好意思，对着绿篱轻轻欠了一欠身。

绿篱迟疑了片刻，还是照着我的吩咐进去了，赵王十分殷勤地上前给她关上了门，这才转回身来看着我，问道：“皇嫂要与臣弟说什么事？”

我想着能找个地方坐下聊，可四下里看了看却没看到能坐的地方，只得又像去年那样在台阶上蹲下了。

见我如此，赵王明显有些紧张，特意选了个离门口远点的地方蹲下了，小心地与我表白道：“皇嫂，臣弟早已是看破红尘了，正想抛却往事重获新生呢，再不想提任何与江氏有关的事情了。”

我不由得怔了一怔，这才想起来去年这个时候我曾用屎壳郎与粪球比江氏和齐晟的事情来。

赵王还一脸小心地看着我。

我笑了笑，“今儿咱们不提屎壳郎的事情……”就见赵王那里明显地松了口气，我又继续说道，“咱们聊聊粪球的话题吧。”

赵王的表情就有些囧。

我随意地问他道：“你自小便与皇上的感情很好？”

赵王许是没想到我会问起这个来，稍稍怔了一怔，想了想这才答道：“臣弟母妃去世得早，是在静贤皇后宫中长大的，所以皇上待臣弟便比其他的兄弟要亲厚一些。”

我听着便点了点头，他所说的静贤皇后是齐晟的生母，也是老皇帝的原配媳妇周氏，这位悲催的周氏刚由太子妃升职为皇后没几天就挂了，老皇帝装模作样地悲伤了几天，然后就以后宫不能无主为由提拔了宠妃宋氏做皇后，也就是现在的太后，茅厕君的生母。

据说静贤皇后在世时，老皇帝对太子齐晟还是很不错的，只是后来静贤皇后一死，老皇帝便对齐晟疏远了许多，又加上齐晟也渐渐大了，在军中的威望日益渐增，老皇帝对他的态度很快便由疏远转为了忌惮。

果然是有了后妈就有后爹啊。

我无意八卦上一辈们的情事家事天下事，只想知道齐晟现在为什么跟美女这么过不去，可这话却实在不好问出口，总不能直接问赵王：哎？你知道你哥为什么明明是个可以坐拥三千佳丽的皇帝，却非得守身如玉吗？

我琢磨了又琢磨，还是觉得话说得模糊些比较好，便转了头看赵王，问道：“皇上他……以前是不是受过什么刺激？”

赵王一脸愕然地看着我。

我只得又解释道：“比如说受过……女人刺激什么的？”

赵王脸上的愕然之色又加了两分。

没办法，对于这样的人也只能敞开窗户说亮话了，我咂了咂嘴，很是无奈地说道:“我总觉得皇上像是不太喜欢女人，我查了《内起居注》，从去年开春到现在，皇上就没睡过一个后宫的美人。”

许是我这窗户开得有点大，话也太直白了些，赵王一时有点傻，好半天才结结巴巴地问道：“一直没睡过？”

“一直睡在大明宫，连黄氏几个的宫里都不曾去过……”后面的话我没说，只是耸着肩膀摇了摇头。

赵王还是不信，追问我道：“难道也不曾召什么人到大明宫里？”

我依旧是无奈地摇头。

赵王已是镇定下来，沉思半晌，语气颇为沉痛地说道：“皇上从来就是一个用情专一的人。”

我琢磨着他是不是又想到了江氏身上，心中不免觉得有些歉疚，正想开口安慰他两句，却见他又抬起头来，看着我说道：“我们齐家的男子向来如此，洁身自好，至情至性，惯出情种的。”

洁身自好？那你叫那死在美人身上的老皇帝情何以堪哪？

赵王默默地看着我，一脸的严肃正经。

我也静静地看着他，十分想把自己的鞋底子踏到他的脸上去。

我深吸了口气，控制着脾气，与他说道：“皇上是不是情种我不关心，只是黄妃几个总是到我那里抱怨，叫我很难做。既然皇上对女人没什么阴影，你能不能劝他几句，叫他也偶尔去安抚一下后宫的这帮女人们，不管喜欢不喜欢，都是他娶进来的，总不能真叫人家虚度了大好的青春年华。”

赵王表情有些意外，顿了一顿才又说道：“皇上是真忙吧，云西那边总不消停，北疆也频发事端，朝中诸多事情更是不叫人省心，皇上是真不容易，哪里还有心思去后宫。”

我想了想，问道："朝中局势真的紧张到了如此地步？"

赵王点头，答道："我虽然闲散，可军中却还有几个私交不错的将领，听他们说云西平叛已是板上钉钉的事情了，皇上已经命人筹集粮草，紧接着就是要动兵马了。"

我已猜到齐晟要打云西，却没料到他动作会这样快，而且张家那里也没听到什么调兵的消息，现在听赵王这样一说，不觉有些惊讶，问道："可是知道这兵马要如何动？要谁去云西平叛？"

赵王看了看我，答道："瞧着皇上的意思是想借此机会把整个云西都拿下来，废除其附属国的地位，建州设郡。这样一来，只靠贺良臣手里的那点兵是不够的，必然要从别处调兵。京都戍卫军必然是不能动的，那就只能从江北调了。"

果然是要趁机削减张家的兵权了吗？我不由得有些紧张，定定地看着赵王，等着他的后话。谁知这小子却只是淡淡笑了一笑，说道："至于具体会动哪里的兵力，臣弟也不知道了。"

你若是不知道，你刚才还说那么多？你无非就是想吊我胃口罢了！偏不求你，我就不信我自己打听不出来！

我从台阶上站了起来，二话不说，抬脚就走。

路上一直觉得有点不对劲，却又不知道到底是哪里不对，待一屁股都坐席上了，这才猛地想起一件事来，哎呀，我怎么就把绿篱那丫头给扔望梅轩了啊！

我第一个反应是抬屁股回去找绿篱，可屁股刚抬了抬就想起自己身边还坐着一个齐晟来，用眼角余光一瞄，果然不出意外，这小子也正在看我。我那屁股就沉了一沉，又重新坐回到了位子上，琢磨着绿篱也这么大的人了，又是皇后的贴身宫女，在这宫里估计也没人敢招惹她。

这样一想，我便坐得安稳了些，故意视齐晟的目光而不见，装模作样地端起杯酒来，凑到了嘴边细细地抿着。

齐晟的视线只在我身上停留了片刻，便转过了头去和太皇太后闲谈起来。

我不自觉松了口气，一直提着的小心也放了下来，顿时觉得这么小口地抿酒实在太娘，索性就将一杯酒都灌入了口中，还不及咽下，却见绿篱低着个头，做贼一般从外面摸了进来。

我瞧得奇怪，待她在我身后跪坐了，忍不住回头低声问她道："怎么了？"

绿篱脸色涨得通红，吭哧半天只说出几个字来："娘娘，奴婢，赵王，奴婢……"

我听得奇怪，转头去看赵王的席位，见那席上还空着，赵王竟然还没回来。我又回头瞧了一眼绿篱，心中陡然一惊，坏了，望梅轩那里一向冷清，不会是已遭了赵王那厮的"毒手"了吧？

正又惊又怒又后悔间，又听得绿篱吭哧道："奴婢，奴婢又把赵王给打了……"

我这一口怒气还没喷出来，瞬间又被吸回了肺里，当时就呛蒙了。

赵王再无权无势也是个王爷好不好？他是齐晟的弟弟，是太皇太后的亲孙子！

我去年能打他那是因为他们哥仨儿在宛江差点没玩死了我，他们齐家实在对不起我，不管是他也好，还是齐晟也好，心中多少都是觉得对不起我的。所以我打了也就打了，可他是你绿篱能打的人吗？

绿篱小心翼翼地瞄着我的脸色，一脸的心虚，嗫嚅道："奴婢在里面等得困了，不小心就眯瞪着了，醒来的时候就见眼前凑着一人，当时吓了一跳，想也没想就打了……”

听她这样说，我合计着赵王也不全算无辜，又见绿篱可怜巴巴的小模样叫人心软，只得小声安慰她道：“算了，打了就打了吧，反正也不是第一次了。只要没打头脸就好……哎？你没打他头脸吧？”

绿篱没说话，只眨巴着一双大眼睛，既是歉意又是害怕地看着我。

我与她对视片刻，转头看了眼那处依旧空着的席位，这才猛地醒悟过来，只恨不得把这小姑奶奶立刻打包塞回张家去！这晚宴刚刚过半，赵王就这样一去不复返了，你叫齐晟那里怎么想？

太皇太后要是再问一句“赵王呢”怎么办？啊？你叫我怎么办？

正这样想着，就听得太皇太后那边奇道：“哎？老五呢，怎么出去了这半天都不见回来？”

我下意识地哆嗦了一哆嗦。

齐晟视线从赵王空空的席位上转回来后就落到了我身上，目光中带着询问。

我琢磨着这事要是落到绿篱身上她就只有死路一条，为今之计也只有我替她顶缸了。我干咽了咽唾沫，也如绿篱那般吭哧道：“我，我又把赵王给……打了。”

齐晟原本狭长的眼睛瞬间就大了一圈，默默看我片刻后，转头对着太皇太后笑道：“许是又喝多了，不知在哪耽搁住了，朕叫人出去看看。”说着便吩咐后面的内侍，“去看看，若是赵王醉得厉害，就扶他去暖阁里睡一会儿，别受了寒。”

话音未落，却是有小内侍进殿来禀报，说是赵王酒醉得厉害，已是找地方歇着去了，待酒醒了再来和太皇太后、太后、皇上和皇后赔罪。

小内侍说到“皇后”二字的时候还特意向我看了一眼，害我一阵心虚。

齐晟便笑道："我就说老五是喝多了，不知躲到哪里睡觉去了，皇祖母不用为他担心。"

估计太皇太后误会赵王还是为情所伤，所以才要借酒消愁，听了这话面上便添了几分不悦之色，低声嘀咕道："好好的一个孩子，就叫那个狐媚子给毁成了这样，着实可恨。"说着便看了齐晟一眼。

齐晟装没听见的，转过头来问我："葳儿那里可好？"

我很配合地点头，"好，挺好，已经能自己翻身了。"

齐晟表情很是惊讶，扬着眉梢问我："都能自己翻身了？"

你还能更装一些吗？你上次去的时候还跟逗狗一样逗那小娃娃翻了好几次身，这会子就忘了？

齐晟那里还一脸期待地等着我的回话，我只能也跟着换上一脸的幸福喜悦之色，点头，"能，都能一下子翻好几个呢。"

许是大伙少见帝后能聊得这样热络，一时间公聊私聊都停下了，齐齐地往我们这一席看了过来。

众目之下，我与齐晟两个不觉有些尴尬，不约而同地伸手去端席上的酒杯来做掩饰，待都把酒杯端起来了，才发觉就这么自个儿喝自个儿也不合适，只得又举杯相互让了一下，这才将杯中的酒一饮而尽。

太皇太后那里瞧见了，顿感老怀欣慰，指着我们两个与众人笑道："成祖皇帝曾说过，女子不该总是一副娇滴滴的病弱模样，要有几分男子的刚强才好，也只有这样的女子，才能伴着丈夫一同搏击风雨，翱翔于九天之上。我现如今瞧着，皇后倒是越来越有几分成祖皇帝所说的风姿了，不只为人处世越发大气，就连饮起酒来也丝毫不逊男子的豪爽，倒像是个真丈夫。"

我一口酒还没全咽下去，闻言差点没喷了出来，强强地忍下了，却有酒跑进了气嗓里，呛得我一阵剧咳，眼泪立马就出来了。

齐晟转过头，目光复杂地看向我。

我冲他摆了摆手，想示意他没事，可手还没来得及摆几下就赶紧收回来捂住了自己的口鼻，闷声咳嗽起来。

绿篱忙着从后面凑上来帮我拍背，没拍两下就被齐晟给替下去了。

齐晟一面轻轻地拍着我的背，一面向着太皇太后笑道：“皇祖母别夸芃芃了，她受不住夸。”

老太太脸上笑得越发地开怀，又指着我与齐晟说笑了几句，便说自己乏了，要回宫歇着了。她一说要走，太后也无意再继续坐着了，便跟着起了身。大伙一看忙站起身来恭送这两位退席，齐晟还顺手拉了我一把，带头将太皇太后与太后送了出去。

她两位一走，这晚宴也算是到了尾声。只是直到宴席散场，赵王也没能回来。

我估摸着他这一觉得睡上几天才能出来见人。

从延春殿出来，我和齐晟有点顺路，便一直默默地跟在齐晟右后三步远的地方，只希望他能无视掉我，千万别问我好端端的为什么又打赵王，又或者是问我喝酒为何会如此豪爽……

这两个问题都很难回答，不过如果二选一的话，我还是希望他能问我为什么又揍了赵王那倒霉孩子。

可惜这厮一直都没开口。

我也就蔫蔫地跟着他走，可走着走着却察觉出不对劲来。

不对啊，这是回兴圣宫的道啊，他不该往这个方向走啊！自从我生了娃娃之后，他就不在我宫里留宿了啊。

难不成他今儿晚上又要夜宿在我的宫中？

这个念头刚一冒头，我就忍不住打了个冷战。不会又是一年一次的“同房夜”吧？去年他在我那里睡了半宿，我挺了大半年的肚子，今天他再睡半宿，我是不是又得挺半年肚子？

面前几步远的地方，齐晟身姿挺拔，走得十分平稳。

我迈着贼一般的步子，内心十分忐忑，时不时地回头瞄落在后面的绿篱一眼，希望她能上来救个场。

绿篱也看出点端倪来，有心上前，可那视线滑到齐晟身上时却瑟缩了一下，然后便垂下头做缩头乌龟。

我就知道不能和这丫头讲义气！你打赵王时的勇气都哪去了？老子都替你顶缸了，你就不能递块砖来给垫垫脚？

就这么一路沉默地回到了兴圣宫，进了殿，齐晟一点没和我见外的意思，神态自如地叫宫女侍候着他换了便服，转身就坐到了一旁的软榻上，然后抬头看向我，不咸不淡地说道：“芃芃，你过来，朕有话问你。”

我心中暗道一个不好，果然是怕什么来什么，只是不知道他要问的会是哪个。而且，我这里礼服还没有换下来，老兄，你这也有点太心急了吧？

殿内的宫女内侍都很有职业素养，听他这样一说，不用吩咐便都低着头悄悄地退了出去，只留下绿篱一个一脸担忧地看着我，要走不走地徘徊在门口。

看她如此，我心里总算舒服了些，这丫头倒还算是有点良心，不枉我替她出这次头。我这里正要给她使眼色叫她也退下去，不承想她面上突然换上了一副豁出去的神情，不及我反应，便已是上前几步扑倒在齐晟脚下，连连磕头道：“皇上，奴婢死罪，奴婢死罪，赵王殿下是奴婢给打伤的，奴婢偷懒，不小心在望梅轩里睡过去了，醒过来的时候却看见赵王在眼前，奴婢，奴婢……”

绿篱说到这里有些说不下去了，咬了咬牙才又说道：“奴婢以为他要轻薄奴婢，就冲他脸上抓了一把。”

听到这里，我下意识地瞧了一眼绿篱的手，十指蔻丹，纤白细长，要是被这手在脸上挠上一把，十天半月的是甭想着出门见人了。

突然间，我很同情赵王那倒霉孩子。

绿篱说完了，就伏在地上微微战栗着。

齐晟沉默片刻，抬头看我。

我琢磨着，为什么要打赵王这事是被绿篱说清楚了，剩下的就是要我来说为什么绿篱能打到赵王这事了。

我先是很淡定地叫已经哭趴在地上的绿篱起来出去，然后十分无奈地坐到了齐晟的对面，略一思量后说道：“是我带着绿篱去找赵王的，我有些事想问问他，就在望梅轩外面和他聊了几句，后来我走了，却把绿篱落下了。估计她是在里面睡着了。”

齐晟缓缓地点了点头，又问我：“你找老五问什么？”

我咂了一咂嘴，还是决定实话实说，也好从他那里讨个实话，便答道：“问你为什么不近女色，我想着你们以前既然关系好，许他能知道原因。”

估计齐晟没想到我会这么直白，脸上表情明显地愣怔了一下，顿了一顿，才淡淡地问我道：“你觉得朕不近女色？”

我本着实事求是的原则点了点头，镇定答道：“几乎是不近女色，都不像一个男人，或者说不像一个正常的男人了。”

齐晟听了嘴角上便挑上了一丝淡淡的讥笑，问道：“那芃芃说怎么样才像是一个正常的男人？”

我虽然觉得他这话问得有些古怪，不过还是正色答道：“在女色上有原则的男人不少，可能做到柳下惠那个程度的却是少之又少。男人向来是严于律人宽以待己，其本性就是好色，是博爱，就如越是强壮的雄性越要占据更多的雌性，无所谓褒贬，这是一种本能，雄性的本能，是生理的冲动，是不以人的感情为转移的。”

这就好比睡到半夜被窝里突然多了一个光溜溜暖乎乎的美女，只要你是男人，不管你心里是惊悚还是惊喜，你那小兄弟都会先硬了再说的。

齐晟静静地听着，很是专注的样子。

我越说越觉得自己挺学术的，不自觉地便放开了胆，说顺了嘴，“比如我可以很爱一个女人，但是却不见得能为了她守身，除非她有很强烈的意愿表示，我不守身就会失去她，这样我可能会犹豫，会束缚自己的本能。也就是说当道德上对人有着这一方面的约束，那么人们不得不控制自己的本能，对唯一的伴侣保持忠贞。可若没了这一方面的束缚，男人是从来不怕身边的女人多的。男人嘛，总得……”

话说到一半，我忽地停了下来。

齐晟脸上淡淡的笑意虽然仍在，可却不知从什么时候起，他的眼神已是渐渐转冷，带着刀般锋芒看向我，似笑非笑地问道：“看来芃芃很是了解男人，这也叫朕对你的过去更加的好奇，想知道你到底是什么人。”

我一时噎住了，心中考虑若是这个时候我仍坚持自己是天上的神仙转世，他会是个什么反应？是就此信了，还是会直接送我归西，叫我早日荣归仙班？

我琢磨不透齐晟的想法，不敢开口。

齐晟的唇角轻轻一挑，不急不缓地问道："或者换种问法，芃芃在未成为朕的太子妃之前，到底是个女人还是……男人？"

他一个字一个字地慢慢地吐出来，我反应了一下才听明白了这问题的核心，然后脑子就轰的一声炸了。

齐晟仍静静地看着我，黝黑的眸子如冬夜沉寂的湖水，虽波澜不惊，却泛着凛冽的寒意，眸光深处，还有杀意若隐若现。

这样的他，已是许久不见。

我大脑中空白了片刻，忽地想起一位江湖前辈说的话。他说若是没得话说的时候你就先笑，放声大笑，待把对方笑傻了，事情也就好应对了。

我张了张嘴，想笑，可是没能笑出来，只能愣愣地问齐晟道："你什么意思？"

齐晟勾着嘴角，极浅淡地笑了笑，反问我："你说呢？芃芃。"

要我说，他肯信我是个女人，怎么都好说，若是认定了我其实是个男人……那就什么也不用说了。

生死关头，我的大脑终于又开始飞速地运转起来。同时，努力叫自己眼中体现悲伤、愤恨、不甘等情绪。可努了半天劲，也不知道该怎么做才能在面部肌肉纹丝不动的情况下，只用一双眼睛就表达出如此复杂的情绪来。

没办法，我只能故作悲伤地闭上了眼，好半天才嘶哑着嗓子问齐晟道："你问我在做太子妃之前是男是女？"

齐晟静默片刻，低低地"嗯"了一声。

我深吸一口气，睁眼静静地看他，这才说道："你好奇现在的我来自哪里，好奇我之前是什么人，甚至猜测我之前是男是女，你却从没问我之前的张氏哪里去了，她在你的心中从没半点地位，死了也便死了，你从没在意过，是不是？”

齐晟明显一僵，微微抿了唇角看我。

我一瞧他这表情，顿时心中稍定，转身在殿中慢慢地踱了几步，决定继续往下编。

“你现在既然问我，我就原原本本地都告诉你。”我停下来，转回身冷冷看他，“不错，我之前一直是在骗你的，我从来就不是什么散仙。从我开始有记忆起，我就是一抹孤魂，我被束缚在太液池上，看着张氏在水中挣扎，看着她拼尽全身力气向你伸出手，看着你毫不犹豫地游向了江氏……”

齐晟身体坐得笔直，纹丝不动地看着我，眼神晦暗不明。

我笑了笑，继续说道：“我当时明明是游离在湖面之上的，可那渐渐沉下去的人仿佛就是我自己，那是一种绝望，一种天地万物都不复存在的孤绝。再后来，我终于得到解脱的时候，有个人却告诉我，说张氏这一世命格极重，不能就这样死了的，他还叫我赶紧回去。”

我故意把话说得极慢，时不时地还要停顿片刻，待这段话说完，就见齐晟缓缓地闭上了眼。

“我不愿意，我明明是已死过一回的，我为何还要去做她？我不肯去，那人不放我走，两人僵持的结果是他带我去看三界众生百态，说是看得多了，便也能看得开了。三天，长如三世，我看过了三界，历经了悲欢离合，最后还是回到了张氏身上。”

我停下来，转头看向齐晟，待他睁开了眼看我时，才缓缓说道：“你猜来猜去，却从没猜过我其实就是那个张氏，那个骄蛮任性的张氏。你觉得她前后变化太大，却不知她早已是走到了绝路，无路可走也只能跳到了另外一条路上，自愿抛弃全部记忆，变作另外一个全新的人。”

齐晟久久不言。

我琢磨着不论编什么故事都要有始有终，哪怕最后实在圆不上了，至少出来个外星人给救救场，能往科幻上靠一靠也好。

我想了想，决定用段极煽情的话来结束这个恶毒女配重生后转个性女主的故事，于是便抬眼直视着齐晟的目光，用那种出离凡尘的语气说道：“张芃芃的人其实一直没变，变的不过是心。无爱无妒，无爱无伤，无爱无扰，无爱无忧。”

如果说齐晟刚才的眼睛似一汪湖泊，那么现在就好像一潭死水，漆黑，折射不出一丝内里的光线，就这样静静地看着我，直看得我后背阵阵发毛。

殿内一片寂静，静得仿佛能清晰地听到他沉重的呼吸，我激烈的心跳，还有不远处的烛火爆花声。两人就这样僵持着，齐晟忽地开口问道：“你是想告诉我最对不起的那个人是张氏，是不是？”

虽是问话，却是说得无比肯定，根本就不需要我的回答。

我正迟疑着该如何来答他这话，就见他轻轻地笑了一笑，那笑容清淡悠远，似是刚刚听完一个轻松有趣的故事。

像，真太像了！这一刻，我才猛然意识到齐晟与茅厕君是俩兄弟，他们身体里流淌着相同的血，我以前怎么会把这两人划分为不同的类型呢？

齐晟嘴角微不可察地挑了一挑，平静地说道：“可就算我有负于张氏，我对不起她，可这和你有何相干？你不是张氏，哪怕你那个故事讲得再凄楚动人，你也不是她。我与她认识十数载，岂会识不出她？”

我被他一番话给问愣住了，心中只一个念头，我以后若是再把齐晟当傻叉，那我就是大写的傻叉！

他微微眯了眼看我，缓缓问道："你还没有回答我刚才的问题，你到底是男是女？"

我第一次无言以对，只能沉默地看着他。

他默默看我半晌，眼中种种情绪闪过，最终却只笑了笑，从榻上站起身来，看样子是打算走了。

可我知道他这一走就是认定了我前世是个男人，等待我的便只剩下了死。

死我不怕，我只怕不得好死！

一时间，我十分想拽住齐晟，求他一句：一夜夫妻百夜恩，看在好歹也一起睡过两次的分上，给我一个痛快吧。

这样想着，我的手就不由自主地抓住了他离去的衣袖。

他顿住了步子，转回头看我，目光冷淡，只问我："你是男是女？"

我不敢说出"男"字来，却又不甘心说那"女"字，能做的只是沉默。

他扯了扯唇角，抬起手腕，伸过另外一只手来掰我攥住他衣袖的手指，就如宛江之时，我一指指地掰开他紧握的手。

我手上攥得更紧，嗓音不知从什么时候起已经沙哑，问他道："你要杀我？"

齐晟闻言却是顿住了动作，他侧着头看我，唇边那抹笑中有着淡淡的嘲弄，轻声说道："皇后，朕不杀你，朕会叫你继续做皇后，就在这宫中，做朕一辈子的皇后。"

如果能一直好吃好喝地供养着，这样过一辈子也不错。这样一想，我手上的力道顿时小了不少，顺势就松开了齐晟的衣袖。

齐晟的腮帮子却是忽然有些发紧，像是咬着牙般说道："朕会叫皇后好好尝一尝什么叫作生不如死。"

咱们两个有这么大的仇吗？

我急忙又抓住了齐晟的袖口，求道："做事别做太绝，你放我一马，好歹给我个好死。"

齐晟盯着我，一字一顿地问我："我放你一马？"

我点了点头，"放我一马！"

齐晟死死地看我片刻，忽地放声大笑起来。

这笑声惊动了守在殿外的众人，绿篱与写意从外面慌张地跑进来，脚刚踏进殿内，齐晟已是怒吼道："滚出去！"

绿篱与写意两人立刻僵在了原地，倒是写意先反应了过来，忙拉扯住了绿篱，拽着她往外退去。

齐晟脸色铁青，低下头来问我："我放你一马，谁来放我？"

我看他这么不讲理，一下子急了，一扬胳膊，叫道："谁扣着你，你就找谁去啊，你报复在我身上算什么事？"

就见齐晟额侧的青筋隐隐跳动，他反手一把抓住了我的手腕，把我扯到了身前，又提近了些，这才恨声问道："说，你到底是男是女？"

我虽恼恨，可心底毕竟存着些求生的欲望，索性双手一把扯开了身前的衣服，怒道："你说我是男是女？你自己看我到底是男还是女！你脑子有毛病，会来问我是男还是女！睡也睡了，孩子也生了，你说我是男是女？！"

喊着喊着，不知为何却是悲上心头，突然莫名地想哭。

我这里正叫骂着，齐晟却忽然将我双手都反剪向身后，蛮横地将我扯到他身前，逼近了，强硬地问道："说，你是男是女？"

男女之别便是生死之差！

我心中明明十分地明白，可那个“女”字却怎么也无法说出口，仿佛只要说出口，之前二十年的一切都要被就此抹去，从此以后，我就只能是张氏，以前是太子妃张氏，现在是皇后张氏，即便以后做了太后，我也是张氏！是个女人，是个后宫中的女人，是个要与其他女人一样得在齐晟身下求生活的女人，是个连大名都不会留下的张氏！

以前，我从不觉得为了活命而弯腰有何为难，甚至在我一觉醒来化身为张氏时，我也不过是纠结了半日便坦然地接受了这个新的肉身，接受了我要在这个女人的身体里继续活下去的现实。

因为我从心理上一直觉得自己还是个爷们儿，哪怕我现在没了老二，哪怕我抱着美女也已心如止水，可我里子里依旧是个能顶天立地的爷们儿，是个比齐晟更光明磊落的老爷们儿！

可这一刻，齐晟却是要从心理上将我“阉割”，他要叫我自己承认，我现在是个女人，以前也是个女人，我从里里外外都是个女人！

齐晟身体僵硬挺直，额侧青筋突突地跳动着，眼中似燃着能焚人的熊熊烈火，只死死地盯着我。

我耗尽了全身的力气，这才将那个字艰难地吐了出来，“女，我是女人。”

齐晟手上的劲道明显地松了一松。

我双腿却是一软，身体不受控制地往下滑了下去，同时，那一直强行压制住的泪水再也忍不下了，一下子从眼眶里涌了出来。我不想在齐晟面前哭，忙用手背去擦，可是把两只手都用上了，也擦不完脸上的泪。

我越擦越觉得心里堵得慌，又想我现在反正也已经承认了自己是个娘们儿，还有什么不好意思哭的，干脆也不擦了，索性放声大哭起来。

这一哭可不要紧，要想再收声却是难了，只觉得心里有哭不完的委屈，恨不得哭倒了一段长城才觉得痛快。

我跪坐在地上放声大哭，齐晟就默默地立在我的身前。

也不知过了多久，我嗓子已是哭哑了，眼泪也没得流了的时候，我就见眼前的袍角动了动，齐晟在我面前蹲了下来，与我平视着，轻声说道："你不知道我现在有多想杀了你，一了百了。"

他缓缓说完，嘴角又向上扯了一扯，这次却是露出一丝自嘲，起身从我身边走过，出了殿门。

我这里还回味着齐晟最后一句话，绿篱已是旋风一般卷了进来，待看清了我的情形，这丫头愣怔了片刻之后，一下子就跪倒在了我的面前，也不说话，只一个劲儿地砰砰地磕头。

我一听这声音不对，急忙去拽绿篱，待把她强行扯起来了，这才看到她额头竟已是磕出了血来。我不由得吸了口凉气，气道："你这丫头，这是做什么？！"

绿篱满脸的泪水，扯脱了我的手，重新又磕下头去，哭道："奴婢对不起娘娘，奴婢害娘娘受皇上责罚，奴婢死不抵罪。"

见她哭得涕泪齐流，我有些哭笑不得，只得说道："这事与你无关。"

绿篱一怔，抬着脸看我。

我只觉得心神疲乏，而且这其中的事情也没法和她说个清楚，只能点了点头，"和你无关，你叫人去准备点热水，我泡个澡，有什么事明天再说。"

绿篱将信将疑地看我两眼，这才悄悄地起身出去了。过了没一会儿，便有宫女抬了热水进了后殿，一阵哗哗的水声之后，绿篱过来扶我，轻声说道："奴婢叫她们都出去了，奴婢自个儿伺候娘娘沐浴。"

在地上坐了这半天，我腿上还是有些软，被绿篱扶了一把才站了起来。绿篱见我如此，又开始抽抽搭搭地啜泣，我实在被她哭得烦了，只得停了下来，转头与她商量道："咱别哭了，成不成？我这不还活得好好的吗？"

谁知不说还好，这一说，绿篱竟是开始捂着嘴呜呜地哭了起来。

我实在没法，只得投降，"算了，你还是放出声哭吧。"

要说女人真是奇怪，我不叫她哭吧，她非得给我哼哼唧唧地哭，这会子我叫她放开声哭了，她却是不哭了，只掏出帕子用力地抹了把脸，涩声说道："奴婢不哭，奴婢以后再也不哭了。"

我欣慰地点了点头，踏进了浴桶。

水温稍稍有些热，不过泡着却是正舒服，我仰了头枕在浴桶边上，任绿篱轻轻地给我揉搓着头发，精神终于完全放松了下来，便觉得更加的困乏，迷迷糊糊间就听见绿篱在我耳边低声念叨："娘娘别睡，千万别受了寒，娘娘，娘娘……"

我脑子里却早已成了一团糨糊，唯一能记住的却是齐晟离开时说的那句话，他说："芃芃，你不知道我现在有多想杀了你，一了百了。"

其实，我挺理解他的，换我是他，我也挺想杀了现在的这个张芃芃。

那个和你上过床、给你生了孩子的人竟然是个男人，这事想一想都叫人觉得恶心，很恶心……

活着，真的有那么重要吗？可若是死了，是不是就连这仅存的记忆都要被抹去？即便重生，那又和现在的我有什么关系？

睡梦中，许久不见的司命那厮又现身了，他在我床前摇头晃脑，咂着嘴说道："瞧瞧你，不过是个男女，这算是个什么坎？人家下凡历劫的，几世男女做下来也没你这么纠结的，再瞧瞧你这样，至于吗？"

我本来见着他就有气呢，听他这样说更是火大，从床上跳了起来，指着他鼻尖骂道："滚蛋，那几世男女也没像我这样的，你干脆叫我忘了前尘重新投胎好了，投个女胎回来做个齐晟的宠妃都没问题！"

司命那厮被我噎得没话说，只是一个劲儿地摆手，"不行不行，时间不赶趟。"

我一听他说时间不赶趟，生怕他就此走了，忙上前去扯他胳膊，谁知这一扑却是扑了个空，一下子醒了过来。

睁开眼，发觉自己仍好端端地躺在床上，外面天色已经大亮，绿篱正跪坐在床边的脚榻上抹着眼泪，见我醒了忙凑上前来，低声叫道："娘娘，娘娘？"

我一看她红肿的眼睛，便知道她这准是一夜没睡，忙赶人道："你下去歇着吧，叫写意过来伺候我就行了。"

绿篱却是不肯走，眼中又蕴了泪，张了嘴正要说话，写意却是慌慌张张地从外面跑了进来，惊慌失措叫道："娘娘，娘娘，皇上派了人过来，要，要，要杖杀了绿篱姐姐！"

此声一落，我与绿篱两个都是愣了。

绿篱是我兴圣宫里的大宫女，是太子妃张芃芃的陪嫁侍女，是我来到这个世界后就伴在身边的人，是我的贴身宫女，是与我关系最密切的人。宛江之上，她曾用身给我挡箭，我也曾为了救她而坠江落水……

我脑子一炸，已是猜到了齐晟的心思。

绿篱那里愣怔了片刻，噌的一下子站了起来，走到我面前跪下磕了一个响头，哽着嗓子说道："本就是奴婢惹的祸，奴婢自该去领罪。娘娘万不可再为了奴婢和皇上起争执，自此后奴婢不能再在娘娘身边伺候，只求娘娘照顾好自己，莫再倔强，莫再自苦，莫再……"

说到这里，绿篱已是泣不成声，说不出话来，只俯下身又给我磕了一个头，起身向外走去。

我忙一把抓住了她，喝道："你停下。"又转头问写意，"齐晟派了几个人过来。"

写意忙答道："三个。"

三个？看来齐晟是不想将此事搞大了。此刻他应是还在上朝，若是我这里抓紧点时间，没准还能赶趟！

我想了想，沉声吩咐写意："你带着人将那三个人扣下来，好茶好水地招待着，就是不能放！记着，不管后面来多少人，你都给我扣下了！他们要问，就说我还在睡觉，不敢打扰我，有什么事都得等我醒了再说。绿篱，你去准备一下，咱们两个出宫！"

写意怔了一怔，爽快地应了一声，便转身跑了出去。

绿篱却是红着眼圈跪在了我的面前，不等她开口，我便冷声喝断了她："滚起来！少哭哭啼啼的，这事不光是为了你，也为了我！"

我话说得极重，绿篱不敢再说，急忙从地上爬了起来，抹着脸上的泪出去准备。

一会儿的工夫，绿篱再回来时已是换了普通宫女的装束，也给我带了一身宫女衣裙进来，一边帮我换装，一边低声问我道："娘娘，是备轿还是备车？"

我暗道都这个时候了，哪还有工夫坐什么轿和车啊，快骑马吧！

两个人出了宫，直奔赵王府而去。

在赵王府门外，我勒停了马，转头交代绿篱："你记着，不管到了什么时候，活着都是最重要的。"

绿篱脸色苍白，双目红肿，闻言只是点头。

我深吸了口气，跃下马来，上前叫门人去传话，说皇后派人来瞧赵王殿下。

早就有王府总管得到消息迎了出来，一面将我与绿篱两人往正厅里迎着，一面叫人去通报赵王。可没想到赵王这小子却是推辞不见，说什么昨夜里宿醉头疼，这会子还躺着，不方便见人。

我一听就火了，一鞭子抽开了那王府的管家，抬脚就往内院里冲。那总管一时被我吓住了，待反应过来才从后面追了上来，上来就要动手拉我，手还没碰到我身上，绿篱那里已是大声喝道："放肆！皇后娘娘你也敢拦？！"

那总管闻言一惊，立时收回了手，惊疑不定地看向我。

就这么一个耽误，我已是闯进了赵王的居所，高声叫道："齐铭！你给我出来！"

片刻之后，赵王没见着，他屋子里伺候的侍女与内侍却都贴着墙根溜了出来，看也不敢看向我，只使劲地低垂着头，快速地向院子外退去。

眨眼工夫，院子里已是静悄悄一片，这时才见赵王从屋内缓步走了出来，停在廊下看我，苦笑着问道："皇嫂怎么突然来了？"

我扯着绿篱过去，将她拎到了赵王近前，这才说道："说吧，这事怎么办？"

绿篱双腿一软就要下跪，幸亏我眼疾手快，一把将她拎住了，抬眼冷声问赵王道："你坏我侍女清白，说吧，这事怎么办？"

这话一说，赵王与绿篱齐齐地愣住了。

赵王愕然地看我片刻，用手指着绿篱，不敢置信地问我："我坏她清白？"

我点头，问道："昨夜里，不是你在望梅轩坏她清白的吗？你脸上那道子抓痕怎么来的？”

赵王哭笑不得，用手指着自己脸上那道红红的抓痕，转头问绿篱：“绿篱你说，你自己说我这脸上是怎么回事！本王不和你一个小丫头计较也就罢了，你竟然还敢胡乱攀咬本王？”

绿篱怯怯地看看我，又看看赵王，扑通一声跪了下来，抱着我的腿哭道：“娘娘，这事不怨赵王殿下，殿下他……他是醉了酒，千错万错都是奴婢的错。奴婢不求娘娘饶过奴婢，奴婢甘愿受死，只求娘娘不要再追究赵王殿下。”

她一番哭求，动情动意，明着没说赵王一个错字，却把整件事都糊到了赵王身上。若不是我也得跟着继续做戏，还真想拍着大腿赞一声：好丫头！实力派！就这演技，去闯一闯好莱坞都成！

院子里的下人虽然都已是退了出去，可院子外不可能没人在，我又是高声叫着赵王的名讳闯进的院子，现在再与绿篱这一番做戏，赵王就是想瞒下此事也不大可能了。

赵王那里气得手都抖了起来，哆哆嗦嗦地指着绿篱，“你……你……我……我……”

“你我”了半天愣是没能说出一句完整的话来。

他深吸了口气，又转头看我，眼神真诚无比，“皇嫂，我真没碰她，那才多大的空啊，就是想干点什么也来不及啊！”

我沉着脸看他，冷笑道：“不管你怎么说，她的名声却是因你而毁，阖宫里都知道这事了，今儿早上皇上已是派了人来我宫里，要杖杀了她。”

赵王愣了愣，奇道：“皇上怎么会知道这事？”

我一时编不出理由，只好报以冷笑，说道：“你问我，我问谁去？

反正是已经知道了。你也知道，绿篱是我身边的第一亲近人，我绝不会就叫她这么糊涂地死了。若是你不认这个账，咱们就扯破了脸皮闹一闹！”

赵王听了却是沉默，片刻后高声叫了人过来，要绿篱下去梳洗。

绿篱抬头看我，见我点了点头，这才低着头从地上爬了起来，跟着来人出去了。

赵王这里把我让进了屋内，一面亲手给我泡着茶，一面出声问道：“皇嫂，你就给臣弟撂个实底吧，您想怎么着？”

我一瞧这小子倒也算是个上道的，便也不和他绕圈子了，直言道：“我要你娶了绿篱。”

赵王的手就抖了一抖，茶盅里的水洒出来不少，烫得他咧了咧嘴。

他抬头，十分坦诚地看着我，“皇嫂，我真没碰她，当时我看她睡着了，好心过去叫了她一声，被她挠了一把就够冤枉的了。”

我点头道：“不错，实情绿篱已是和我说了，可眼下只有你娶了她才能保下她一条性命。”

赵王这孩子不明白了，定定地看我片刻，咂嘴道：“皇上那里我去讲情，总成了吧？只要我这里不计较，皇上也不会揪着个宫女不放的，挨打的是我，又不是他。”

我摇头，坦言道：“这情你讲不下来，你也别试，你听我的，娶了绿篱，咱们两个都省事。那是个好丫头，你不吃亏。”

赵王脸上露出一丝苦笑，又说道：“我再落魄也是个王爷，是先帝的亲子，你叫我娶一个婢女？”

我暗道这会子你想起自己的身份地位来了？那江氏也没比绿篱高到哪里去了，你不一样都娶了吗？

不过这话却不能说，说了只能是火上浇油。

我回忆着江氏那楚楚动人的样，调整着自己的面部表情，放缓了声音说道：“不管怎样，此事都是因你而起，我不能就这么看着绿篱死，我也没指望着你娶她当正妻，你去太皇太后那里走一趟，由她出面来向我要人，只要她那里发了话，皇上那里也就没得好说了。”

赵王微低着头，思量着，没说话。

我赶紧又补充道：“我就求保绿篱一命，别的无所求。你领来了给她个地方住就成，过上两年，等风头过了，我自会再把人弄走。”

赵王终抬起头来看我，很是为难地说道：“皇嫂，你这事实在是为难臣弟。”

我一看软的不行，立刻便又换了硬的，冷笑道：“这事呢，咱们好说好商量，你帮我一个忙，我承你一个情，日后难说谁又求到了谁。可你若是见死不救，你也别怪我翻脸，绿篱死，我也给她拉着个垫背的。”

赵王闻言眉毛一抬，故作惊愕地看我，“皇嫂，我好歹也是个王爷，怎么也不至于沦落到给个婢女做垫背的去呀！”

齐晟的人还被我扣在兴圣宫里，我没时间再和他在这里扯皮，索性撕破了脸皮说道：“你是不用，不过幽兰殿里不是还住着一位呢吗？我要想弄死她，还是不难的。”

赵王正端着个茶壶给我续茶，闻言身体一僵，抬眼静静地看我，半晌后才淡淡说道：“皇嫂，我早已与她没了关系。”

我也不说话，只沉默着看他。

他便自嘲地笑了一笑，继续说道：“再说我恨她还来不及，为何会为了她的生死来委屈自己？”

若他真的恨江氏，早就在齐晟回京继位前就杀了她了，还能叫她好生生地活到齐晟登基？然后眼睁睁地看着他们玩一招金蝉脱壳，把江氏弄进了皇宫？

我笑了笑，站起身来，说道："既然如此，那咱们也就别说废话了，告辞了。"

说完了，甩袖就走。

等我这里都快走到门口了，身后的赵王却一直没有动静的时候，我就忍不住有点后悔了，暗道学什么不好，非要学齐晟拂袖就走这招，看着是牛叉，可到最后吃亏的还是自己！

直到我两只脚都迈出了门槛，身后才传来赵王的声音。

他说："好，我答应你。"

我心神猛地一松，差点一屁股坐到门框上去。缓了好半天，我才能平静下了面皮子，转回头看赵王，说道："就那个江氏，还真不值得你这样待她。"

赵王苦笑，"皇嫂，你这意思是劝我改主意？"

我忙摇手，笑道："可别，我还指望着你来救人呢。"

赵王勉强扯了扯嘴角，说道："皇嫂先带着绿篱回去吧，臣弟随后就进宫见皇祖母。"

我点了头，出去领了绿篱往回走。

这往回走就不像来时那么心急火燎的了，走得自然也就慢了下来。绿篱见我面色轻松，心里多少也有了点底，转头看了我几眼，问道："娘娘，奴婢不明白，咱们既然是来求赵王的，为何开头还要那样强硬？"

我答道："这求人之中的门道可就多了，只会伏低做小可不成，得学会了软硬皆施才是高手。"

绿篱虽缓缓点着头，不过面上仍有疑惑之色。

我想了想，又笑着解释道："今儿这事呢，其实就是上去先给赵王一棍子，先把他敲蒙了，然后再说剩下的事。"

打个比方，就好比你必须得用砖去拍一个人，你能上去和他好好商量吗？

咱哥俩这样吧，我先拍你一砖，你再还我一砖，也算扯平了，都不吃亏。

放心，他一定不会让你拍的，还得骂你一句神经病！

所以，也甭和他好言商量，上去先给他闷头一砖，大不了再让他还回来一砖，这样一来，你既打到了他，也没吃多少亏，他呢，也不觉得自己吃了亏。

得！皆大欢喜！

待我与绿篱两个回到了兴圣宫，外面日头已是快到头顶，齐晟派来的人还在偏殿里扣着，写意见我回来，顿时大松了口气，赶紧迎了过来，叫道："娘娘，您总算回来了。"

我点了点头，冲着偏殿那边抬了抬下巴，问她："怎么样？没什么事吧？"

写意忙道："没事，开头想急来着，被奴婢给挡过去了，后来都老实了，现在已经喝了三壶茶了，刚才还问我能不能去趟茅厕呢！"

我一听笑了，问道："你怎么答的？"

写意睁大了眼睛，很是严肃地答道："奴婢什么也没答，就叫人给他们送了便壶进去。"

我差点击掌叫好，好写意，现在缺的就是你这样的人才！我赞许地点了点头，吩咐写意继续扣着那些人，然后便带着绿篱进殿去换装。

谁知我这里刚换上了宫装，外面就有宫女来通报道："娘娘，太皇太后那边来了人，请您带着绿篱姐姐过去。”

我一怔，没想到赵王效率竟然这样快，忙叫绿篱快些装扮一下，随着我去见太皇太后林氏。

绿篱出去片刻，回来后身上仍是一身普通的宫女装束，就是面上也是不施粉黛，只把刘海都放了下来，勉强遮住了额头上的青紫。

我琢磨着这样也不错，只要是别再和江氏一般爱穿一身白，估计太皇太后那就能过关。

太皇太后宫中，赵王一身淡紫蟒袍，正陪坐在太皇太后身旁说着笑话，见我进殿忙起身站了起来，笑着叫了一声皇嫂，然后视线就放在了我身后的绿篱身上。要说太皇太后也是个爽快人，见我把人带来了，也没多说废话，只指着绿篱问赵王道：“就是这个丫头？”

赵王走到了绿篱身边，拉着她就给太皇太后跪了下去，抬脸笑嘻嘻地求道：“孙儿就是看上了她，求皇祖母成全。”说着又转头看向了我，笑道，“也向皇嫂讨个人情，把绿篱给了臣弟，臣弟一定会好好待她的。”

我这里忙做出十分惊讶的模样，太皇太后那里却是对着赵王含笑嗔道：“你这孩子，哪里有你这样求人的。”

话虽这样说着，她自己却是老实不客气地把绿篱叫了过去细细打量了片刻，这才对我笑道：“皇后，我也瞧着这丫头不错，老五身边一直没个贴心的人，你就把这丫头给了他吧，皇祖母这里再挑别的丫头补给你。”

我看看太皇太后，又转头看看赵王，故做出一副为难模样，思量了一下才说道：“皇祖母这是哪里的话，绿篱能得赵王殿下青睐是她的福气，臣妾替她高兴还来不及。”

太皇太后一听我这样大方很是高兴，连问也没问当事人绿篱的意见，当场就拍了板，把绿篱赐给了赵王，又看在我的面子上，还特意提了绿篱的身份，赐了她孺人之位。

我对这个结果十分满意，又装模作样地教育了绿篱几句，这才借口要替绿篱准备一番，辞了太皇太后出来。

回到兴圣宫内殿，绿篱又给我跪下了，重重地磕了三个响头，说道：“奴婢谢娘娘救命之恩。”

我稳稳地受了她这三个头，这才沉声说道：“绿篱，我知道你不愿意嫁给赵王。”

绿篱伏在地上的身子就僵了一僵，过了一会儿才涩声道：“是，奴婢不愿意嫁给他。”

我有心问她为何这样看不上赵王，可转念一想现在问了也没什么用，还不如省下了这些唾沫，便只叹了口气，说道：“可事到如今，也只有赵王那里能保住你的性命。我已是尽了力了，以后的路就全靠你自己走了。”

绿篱点了点头，却忍不住低声啜泣起来。

我说道：“起来吧，自己下去收拾一下，一会儿就跟着赵王走吧。”

绿篱从地上站起身来，往后退了两步却又扑倒在了我的脚下，哭道：“娘娘，奴婢舍不得您。”

我低头看向她，“绿篱，走吧，宛江上的一箭之恩，我现在已是报了，不管你以前曾是谁的人，以后还会为谁做事，我们两个之间已是互不相欠。”

绿篱眼泪盈眶，泣道：“奴婢确是成祖派在娘娘身边的，可奴婢可以指天发誓，奴婢从未做过对不起娘娘的事，奴婢只盼着娘娘能好。”她说着，伸手从贴身的衣内掏出一块玉佩出来，双手奉给我，“娘娘，这是成祖赐给奴婢的，以后奴婢不能在娘娘身边伺候，就叫它代替奴婢守在娘娘身边吧。”

那是块雕了龙纹的羊脂白玉，犹带着绿篱的体温，反面刻了“易之”两字，也不知是个什么意思。

不管怎样，这毕竟是绿篱的一份心。

我将那玉佩好生收好，这才对着绿篱笑了笑，柔声道：“走吧。”

绿篱起身，一步三回头地走了。

我独自一人在殿内坐了片刻，叫了写意进来，吩咐她放了大明宫的那几个内侍，告诉他们绿篱已是被太皇太后赐给了赵王做孺人，我这个皇后管不着了，若要打杀她就去赵王府里要人。

写意应了一声，临出去时却又转回身看我，迟疑了一下才低声问道：“娘娘，奴婢若是也对娘娘忠心不贰，娘娘是否也会像待绿篱姐姐那般待奴婢？”

这世上哪有什么忠心不忠心，不过是人心换人心罢了。

我笑了，答她道：“这可不太好办，总不能也叫你嫁了赵王，不过楚王那里，我倒是可以去帮你问上一问。”

写意没说话，恭顺地退了下去。

绿篱既走，我心里一块大石落地，这才想起自己从早上起来到现在还没吃饭的事来，忙叫了宫女去准备饭菜，在等饭吃的同时，顺便也等着齐晟的反应。

结果直等到天黑，也没等来什么消息。

也不知道那几个内侍回去怎么和齐晟交代的，他那里一直很安静，既没有追到赵王府里去要人，也没来我宫里撒气。

这样的结果，很是出乎我的意料。

我一面啃着鸡翅膀，一面感叹齐晟的大脑回沟果然和正常人不同。

写意从外面进来见到我的模样，一脸的痛心疾首，上前不由分说就收了我面前的盘子，又叫人端了水盆进来给我净手，嘴里不停地念叨：“娘娘腰身好不容易才又细了下来，怎么能又沾那些，也不知道谁这么大胆，由着娘娘这么胡闹。”

我忍不住抬头去看她，恍惚间，仿佛看到那个一直碎嘴的绿篱还在我身边。

写意见我这样看她，面上有些忐忑，低声叫我：“娘娘？”

我惊醒过来，待其他人都出去了，这才与写意说道：“写意，你不用学绿篱，你不是她，你若是真的聪明，就想法尽早从这里脱身。”

写意身子僵了一下，勉强地扯了扯嘴角，却是低着头说道：“奴婢不走，奴婢知道娘娘是什么样的人，奴婢跟着您心里踏实。”

我笑了笑，却是没再多说。

写意停了停，突然低声说道：“皇上昨夜里骑马出了宫。”

我微微一怔。

写意垂着眼帘，似是不曾觉察我的反应，一面给我换着睡袍，一面继续说道：“今日黎明时分才赶回来的，听说衣服都被夜露打得半湿了，回来后只说了一声杖杀绿篱便去上朝了。云西又来了急报，廷议直到未时才结束，皇上又召了几个重臣到大明宫议事，晚膳也是留那几位大人一同进的，那几个内侍从咱们这回去后一直在殿外候着，估计这会子都没见着皇上呢。”

她这里说得一脸平静，我却已是听傻了。我一直以为绿篱已经是奸细中的精英了，不承想眼前这个小姑娘才是其中的翘楚。

我愕然地看着写意，有些结巴地问她：“等等，写意，你说这些是什么意思？”

写意只抬眼瞥了我一下，面色平常地说道：“奴婢是皇上的眼线，借着幽兰殿的手进了娘娘这里，奴婢父母双亡，也没什么族人，只有一个亲弟今年十二岁了，扣在皇上的手里，他是奴婢的命。”

说实话，我之前已是猜到了写意能来我这兴圣宫有齐晟暗中的推手，毕竟当时江氏去了幽兰殿不过半年，行动又不自由，怎么可能就收了可以为她卖命的心腹。再说做奸细可不比跑个腿说个话之类的，这可真是玩命的买卖，不是随便哄两句就能叫人心甘情愿替你卖命的，这得有切实的利益勾连才行。

可我真没见过像写意这般不等威逼利诱就招得这样坦白干脆的奸细。

我只得后退了一步坐到床边，抬眼看向写意，正色道：“写意，心腹不是这种做法，我能护住绿篱，不见得以后还能护住你和你弟弟。”

写意不说话，只垂着眼皮立在我的床边。

对于这种明摆着的“我就是赖上你了”的无赖行径，我很是无奈，只得又说道：“而且，我与齐晟之间的事情并不是你们看到的那样简单，我就算暂时不会死，也铁定会失势。杖杀绿篱这只是第一步，后面的事情会一件接着一件，都会是针对兴圣宫的，我自保都难，根本护不住你，也救不了你的弟弟。”

写意突然抬起了头，低声说道：“娘娘，皇上喜欢您。”

我怔了一下，顿觉头大。

写意一脸的认真。

我十分想问她一句：男人喜欢不喜欢你，重要吗？

没错，之前齐晟的表现倒像是对我有点情意的，可这能有什么用？我好歹也是做过二十年男人的，自是十分清楚男人的感情有多么善变，和谐社会还人心易变呢，更别说在这动辄就要失了身家性命的时代。

别说什么终生不渝，不到你咽气的那刻，你都没资格说出这个词来。

可偏偏这些小姑娘们还爱听这种鬼话！好容易教了一个绿篱出来，却叫她提早毕业了，难不成再叫我从头教起？

我几次张嘴，可都觉得没劲，到最后只叹了口气出来，说道："齐晟是否真的曾经喜欢过我，这将是个谜了，不过以后他是不会再来这兴圣宫了。好了，我累了，想睡觉，你爱怎样就怎样吧。"

我冲着写意摆了摆手，自己仰面倒在了床上。

写意又在床前站了站，这才蔫耷耷地走了。

我长松了口气，谁知刚清静了没半盏茶的工夫，写意又一阵风地从外面冲了进来，兴奋地低喊道："娘娘，娘娘，皇上往这边来了，来了！"

我一下子愣了，齐晟竟然又来了？

写意见我躺着不动，哎呀了一声忙上前来拉我，可没等着我踩上鞋，齐晟那里已是进了殿门。他步子极快，眨眼工夫已是到了我的身前。

我坐在床边不及起身，只能抬头看他。

齐晟的呼吸略显粗重凌乱，脸上有着不正常的晕红，眼中却带着难遏的怒火，居高临下地看向我。我一看势头不妙，忙往旁边侧了一下身子，想就此起身，可还不等我屁股抬起来，他已是迅疾地伸出手来钳住了我的下巴，强硬地将我的脸抬向他，眯着眼睛细细地打量我的五官。

我下巴被他捏得实在太疼，只能伸手去掰他的手指。就在我手碰到他的手腕时，他却是像被什么恶心的东西触到一般，猛地甩开了手，顺手将我也搡了出去。他用的力道极大，我被他这样一搡，一下子仰面栽倒在了床上。

也亏得身下的被褥松软，不然非得把我磕晕过去不可。

旁边的写意早已是看傻了，见状失声惊呼：“娘娘！”

“滚出去！”齐晟怒喝道。

写意小姑娘很是听话，连上来看我一眼都不敢，立刻连滚带爬地退了下去，顺手给我们带上了殿门。

果然是关键时刻见人心啊，你出去就出去吧，还手欠关什么门！

齐晟欺身逼近了我，咬牙切齿地说道：“果真好手段，她的命就这样重要？”

我点头，平静说道：“重要，我保的不只是条命，还有我的良心。”

“良心？”齐晟冷笑着问。

他这样的人哪里会懂什么叫作良心？我不觉扯了扯嘴角，嘲弄地看着他，点头道：“不错，就是良心，你还以为有什么？情？爱？难道您已经忘了臣妾是女人吗？臣妾一直是女人啊！”

齐晟的面容有片刻的僵滞，忽地用手扯着我的领口将我从床上一把提了起来，声音冷得似是破冰而出，字字带寒，“女人？好，很好，那就叫我告诉你怎么做女人！”

他说着，一只手猛地扯开了我睡袍的腰带。

那睡袍本就不过是靠着腰间的一条带子松垮垮地系着，没了带子的束缚，袍子衣襟顿时大开，我只觉得身前一凉，胸前已是没了一点遮挡之物。

我心中一骇，下意识地回臂去遮挡胸前，手到半路却觉得自己矫情，索性握成了拳直接打向齐晟的脸，拳头还不及触碰到他的脸颊已是被他攥住了。他将我的双手强横地扯向头顶，用睡袍的腰带紧紧地捆缚在一起……

我挣扎不力，只能愤而怒骂：“齐晟，我 × 你大爷！”

齐晟面色铁青，摁下了我踢过去的脚，欺身压了上来。

他的意图昭然若揭。

我两世为人都没想过有一天自己会遇到这样屈辱的事情，一时血脉贲张，大脑被怒火烧得只剩下一片空白，想也不想地起身张口往他颈间的大动脉咬了过去。

死吧，要死就大家一起死吧。

他避得极快，头往旁侧一让，我这一口就落在了他的肩颈处。我气蒙了头，也顾不上修正地方，只发狠地咬了下去，瞬时就有血的腥甜从唇齿间漫延了开来。

齐晟的手迅疾上来钳住了我的喉间，低声喝道："松口！"

我非但没有松口，反而更加用力地咬了下去，只想隔着衣服生咬了他一口肉下来泄恨。

齐晟的手指摁上我的颈动脉，力道稍稍一大，我就觉得脑子一阵眩晕，嘴上就再也使不上力气，只得松开了齿关。他一手钳住我的下颌，低头向我的唇上压了下来。

我想合嘴去咬，可下颌却被他捏得死死的，齿关怎么也合不上，只能任由他在我唇间碾磨撕咬。口中的血腥气越发地浓了起来，已是分不清是他的血还是我的血。

两个人正撕扯间，殿外突然响起一声嘹亮的婴儿啼哭声，我与齐晟不觉都是一僵，就听得写意焦急的声音从婴儿啼哭声中响起，"皇上，娘娘，小公主忽地啼哭起来，怎么哄也哄不住，这可如何是好？"

在我身上僵了片刻之后，齐晟缓缓地松开了对我的压制，低头看了看肩头，起身整了整衣衫往外而去。

殿外响起齐晟与写意低低的对话声，夹杂在婴儿的啼哭声中，听不太真切。

我的双腕还被捆在一起，那带子束得极紧，我挣了几挣都没法挣脱，只能把嘴凑上去发疯似的撕咬着。

殿外小娃娃的哭声渐渐地止住，又过了片刻，殿门处响起了细碎的脚步声，我忙连滚带爬地往床角处避了过去，喝道：“别过来！”

那脚步声立时停了停，写意的声音便响了起来，里面带着刻意的温柔，“娘娘，是奴婢。”

这般狼狈的自己，我怎能叫他人看到！

“别过来！”我依旧是大叫道，听她的确是没有再往里面走一步，又急忙低下头去用嘴撕咬手腕上的绸带。待费了好大的辛苦才将那带子解开，两只手腕上早已经青紫不堪，火辣辣地疼，可我却是长松了口气，起身将身上皱巴巴的睡袍重新裹好，又将床铺简单地整理一下，这才叫了写意进来。

写意低垂着头，不敢看我。

我若无其事地下了床来，问她：“孩子呢？”

写意抬头看了我一眼，视线滑过我的嘴角时略顿了顿，又飞快地低垂了下去，答道：“小公主没事，叫乳娘抱回去了，奴婢是担心娘娘，才把小公主抱了出来的，还……还掐了她一把。”

我正擦着嘴角的血迹，闻言不由得一愣，抬眼看向写意，真心实意地说道：“写意，刚才谢谢你，真的，写意，我很感激你。”

写意惊愕地抬头看我片刻，忽地用手捂住了，别过了头去，闷声哭了起来。

我不知道该怎么去劝慰她，只能静静地坐着，待她哽咽声小了，这才正色问她道：“写意，我现在是个什么境况，我想你也看到了些，你现在还要决定跟着我吗？”

写意用手抹了抹脸颊上的泪水，坚定地说道：“奴婢跟定了娘娘，哪怕是刀山火海、龙潭虎穴，也不落一步。”

我笑了，摇头道：“不需要，命都是自己的，要自己珍惜才是。我要你做什么，会拿同样分量的东西来同你交换。”

写意不解地看着我，问道：“娘娘现在要奴婢做什么？”

我想了想，认真说道：“先回去睡觉吧。”

写意愣住了。

我点头，“不错，其他的事情我们以后再说。”

不错，其他的事情以后再说！我现在最需要的就是冷静，没错，就是冷静。

许是齐晟也和我想到了一处，想给我营造一个清静的环境，于是第二日就封了我的兴圣宫，没明着说禁我的足，只是说皇后身子不好，需要静养。同时，每日里都要来我宫里探望一趟，从不进我的殿门，只在后殿里看一会儿小娃娃就走。

可是后宫里却开始传起了帝后感情深厚的神话。

对于这样的传言，我只想说一句：滚你大爷的！

第十二章 活着才有未来

我上一次被禁足的时候，还是在前年的元宵节晚宴之后，两年时间过去，身边没了会在月下为我祝祷的绿篱，却多了一个只会吃喝拉撒的小娃娃。

我也全没了看美人的兴致，只得靠着逗小娃娃来消磨时光。

很快，张家递了牌子，要求进宫探视皇后。

齐晟的反应十分怪异，他非但爽快地允了张家的奏请，还亲自叫人去张府接了张老太太及张氏的母亲范氏进宫。事出反常必有妖，他都与我撕破脸了，竟还许我见张家的人，必然别有用心！

我独自思量许久，将齐晟的心思揣摩了又揣摩，这才借着身子弱，躺在内殿的床上召见了张老太太与范氏两人。

与两年前相比，张老太太精神依旧矍铄，只牙齿又少了一颗，倒是范氏，脸上虽涂了淡淡的胭脂，却掩不住脸上的憔悴之色，就连眼睛都有些红肿。

写意叫宫女给她二人搬来了圆凳，上前扶着张老太太坐下了，笑道："老夫人和夫人陪着娘娘说会子话，奴婢带着人去抱小公主过来。"

见她如此懂事，张老太太满意地点了点头，面上堆着慈祥的笑，说道："姑娘快去吧，老身一直想看看小公主呢。"

写意笑了笑，带着殿内的宫女们退了出去。

张老太太这才转回头来看我，脸上笑容全无，一张褶子脸上全都是失望，低声道："大丫头啊，大丫头，你先前说得那样决绝，老太婆还当你真的看透了，没想到你这般没有出息，为了个没名没分的女人和皇上置气。"

我这里一怔，还没反应过来，一旁的范氏却是胆怯地瞥了一眼自家婆婆，小声说道："母亲，大丫头她这是心里苦啊。"

说着说着，自己倒是眼圈一红，掏出帕子抹起眼泪来。

张老太太恨铁不成钢地瞪了她一眼，转回过头来继续教育我："当初你是怎么说的？现在又是怎么做的？大丫头，别只会说明白话，要学会做明白事！"

我更糊涂了，忙伸手打断了她的话，问："祖母，先别忙着训，什么没名没分的女人？"

范氏奇道："不是江映月那个贱人吗？"

张老太太缓缓地点了点头，"家里探到消息，皇上将映月偷偷地放进了大明宫，怎么，你不是因为此事和他闹气？"

我微微怔了一下，很快就明白了齐晟放江氏进大明宫的用意。

他既然与我闹翻，这事必然瞒不过张家，于是他就又祭出了江氏这张万年挡箭牌。反正之前张氏也没少因为江氏和齐晟赌气，张家怕早已是习以为常了。更何况张家根本不在意张氏在宫中是否真的得齐晟的宠爱，只要她牢牢地占据着皇后的位子，并生下皇嗣那就足够了。

而我与齐晟闹翻的真实原因，我是无论如何也不能告诉张家的。

不过，只是因为这个吗？

在我惊慌不定，恨不能杀了他以求保命的时候，他却把张老太太适时地送到我的面前来……这是特意给我创造机会呢？我心里渐渐透亮，模模糊糊猜到了齐晟几分算计。

张老太太正狐疑地看着我。

当下之策，唯有将计就计。我故作伤心地摇了摇头，轻声道："不止一个江氏。"

范氏一惊，"怎么？还有别人？"

话音一落，张老太太已是狠狠地横了范氏一眼，冷声道："闭嘴！"

骂完了又转头看我，问："怎么回事？"

我想了想，觉得这事还是栽到女人身上比较简单，可琢磨了一遍宫里也没个合适的人，只得先把绿篱拿来用了用，说齐晟看上了绿篱，我觉得失了面子，便趁着齐晟没下诏之前，通过太皇太后那里将绿篱给了赵王，这才和齐晟闹了起来。

对于这套说辞，张老太太与范氏深信不疑，范氏更是忍不住骂绿篱失了良心，在遭了婆婆一记白眼之后，老实地闭上了嘴，又开始用帕子抹眼泪。

我突然觉得很对不起绿篱。

张老太太继续冷着脸教育我："不过是身边的一个丫头，还是自家里带出来的，别说皇上要，就是他不要，还要想着法子送上去呢，有什么气好赌？眼看着云西那边就要动兵，家里多少男人都在军中，你就不想一想你那些叔伯兄弟！"

老太太年纪虽大，底气却足，我怕她这一训开来就不知道什么时候收场，忙打断了她的话，看了看一旁抹得眼睛通红的范氏，说道："我叫人带着母亲去后面梳洗一下，这个样子被人瞧见了不好。"

范氏听了还有些迟疑，张老太太却已是不耐烦，冲着她挥手道："快去，快去。"

我叫了宫女进来带范氏出去梳洗，待殿内只剩下了我与张老太太两人，我坐直了身子，凑近了她低声说道："祖母，我想叫家里向齐晟自请带兵南下平定云西之乱。"

张老太太脸上神色微变，抬了那快搭在一起的眼皮向我看了过来，目光微凉，满是探究。

我稳了稳心神，沉声说道："齐晟已有废我之心。"

就见张老太太那快掉秃的眉梢轻轻地抖了一抖。

我盯着她，不急不缓地说道："云西生变，贺良臣兵力不足，齐晟必要从别处调兵给他。与其等着他来动咱们张家，不如咱们先下手，自请带兵南下。早年成祖不就是利用云西之变才成事的吗？我张家驻守北疆，掌着天下三分之一的兵马，只缺一个名正言顺的南下机会，待大军渡过宛江，许云西以自治，再有楚王相助，成事不难。"

张老太太沉默片刻，问道："大丫头是想废齐晟，扶老九齐翰？"

我微笑着摇摇头，"张家为何要为他人作嫁衣裳？"

"你要如何？"张老太太的声线有些发紧，不自觉地泄露出她心中的紧张。

我镇定答道："先借齐翰之名废了齐晟，然后……灭夏以自立。"

张老太太却是断然拒绝："不行！你祖父在世时曾经立有重誓，永不叛主！"

我冷笑道："成祖在世时还曾给过咱们张家免死铁券呢，那又怎样？真能保住咱们张家几人？"

张老太太微垂着视线，不言不语。

我想了想，又劝道："祖母，张家是外戚，只要这江山还是姓齐，张家的风光总有过去的时候，即便不是齐晟，还会有齐晟的儿子，孙子……古往今来，可有一家外戚可以风光整朝？"

说着说着，我忽地有些想笑，古往今来，这样劝说自己娘家来谋反的皇后怕是也没几个，我也能算朵奇葩了。果然不论怎样，自己活着才是最重要的。

张老太太被我劝得意动，却又有些迟疑，问我道："大丫头能舍弃皇后之位？”

她这样一问，我差点没笑出声来，答道：“祖母尽说笑话，做皇后有什么好的，哪里如做个公主自在，就算以后是叔父登了大位，我还能做个骄纵自在的郡主呢，不比做这个困于后宫的皇后强了百倍？”

张老太太思量片刻，缓缓地点了点头，“此事重大，你容我回去和你父亲商量一下再说。”

刚说完话，写意就抱了小娃娃从外面进来，范氏也在后面梳洗完毕，由宫女领了回来。

张老太太停下了话，与范氏凑在一起乐呵呵地看了会儿小娃娃，便向我告辞。

我吩咐人好生生地将她们两个送出宫去，又遣了那乳娘下去用饭，一面逗弄着那小娃娃来攥我的手指，一面不动声色地问写意道：“幽兰殿那边是怎么回事？”

写意僵了一下，垂头跪在了我的床前，低声说道：“那夜里皇上从娘娘这里出去后去了幽兰殿，奴婢怕娘娘伤心，便没敢说。”

我听了无语，很想告诉这个小姑娘，一个好的员工从来不替老板拿主意，擅自替老板拿主意的也不是一个好员工。

我抬头静静地看向她，直看得她把头垂得更低了，这才轻声说道：“写意，现在兴圣宫已是被皇上封了起来，你就是我的耳目，若你不能将所听所见告诉我，我要你这耳目还有何用？”

我声音虽然不大，话却是极重。

写意面色一变，忙俯身磕下头去，央求道：“奴婢知错了，娘娘别生气。”

若是以前，看她这样一个娇娇小小的姑娘跪在地上给我砰砰地磕头，我定然会觉得不忍心，可此刻，我心里却已是没了什么感觉。

我不由得叹了口气，是谁说女人比男人心软的？怎么自从我做了这女人之后，心倒是越来越硬了呢？

见已是敲打得差不多了，我这才叫了她起来，看着她红红的眼圈，我忽地很想念绿篱。

又过了两日，赵王进宫给太皇太后问安的时候，顺路来了我的兴圣宫探病。

我差点感动得泪流满面，只想握着他的双手感叹：关键时刻，想不到竟会是兄弟你来看我。

许是我表现得太激动了些，赵王忍不住往后缩了缩身子，狐疑地打量一下四周，说道：“皇嫂，你已经坑了臣弟一回了，可不能再有第二次。”

我忙摆了摆手，“没有了，没有了。”

赵王苦笑一声，说道：“皇嫂太会唬人，我把人都领家去了，这才想明白是被皇嫂给坑了，皇上怎么会因为那么个小事就要人性命，更别说绿篱还是你身边的大宫女，分明是还有别的事！”

我笑了，说道：“其实也不算什么大事，只要绿篱离了我的身边，齐晟也算达到了目的，不会因为这个和你为难的。”

听我直呼齐晟的名讳，赵王微微一怔，有些严肃地问道：“好好的，怎么又和皇上闹起来了？”

我故作惊讶地瞪大了眼，“呀？你不会还不知道吧？齐晟可是把江氏都藏进大明宫了啊，我还能不闹吗？”

赵王神色微微有些僵，缓了缓才正色道：“皇嫂别戏耍臣弟了，元宵节晚宴那天皇上在你这里闹了气走的，当天夜里纵马出了宫，第二天就要杖杀绿篱，皇嫂欺负臣弟没进宫，糊弄着臣弟带走了绿篱，当天夜里皇上又来了皇嫂这里一次，其后江氏才进的大明宫。”

没想到他一个闲散的王爷竟然也打听得这样明白，我在惊讶的同时，也不觉有些羞愧，我这个皇后果真是十分窝囊，若不是背后的张家实在给力，我早就不知道放哪里发霉去了。

赵王那里还眼巴巴地等着我的回答。

我想了一想，很是严肃地说道：“我不想回答这个问题，你若是实在想知道，可以去问问齐晟。”

赵王的眉头明显地皱了一皱，随即便又放平了，好言劝我道：“就向皇上服个软吧，云西那边正闹事，皇上心里本来就不痛快，你就别再和他赌气了。”

我心里有点气，斜着眼瞄他，很是纳闷儿这人媳妇都被齐晟搞到床上去了，他哪里来的气度还能替齐晟说好话？

难道这就是所谓的真爱？

可这真爱到底是谁爱谁啊？不会是赵王爱齐晟吧！

赵王看我片刻，说道：“皇嫂，我和你说句实心话吧，在我们兄弟几人中，看着像是老九心眼子最多，蔫坏蔫坏的，可实际上皇上才是那个心思最深沉的。我与他做了这二十多年兄弟，从来就只有被他糊弄着玩的。”

我笑了，问他道：“那宛江那次呢？你不差点就得手了吗？”

赵王噎了噎，半晌后才自嘲地笑了笑，答道：“我就没想着能得手，只是找个借口退一步罢了。当年看着虽然是老九闹腾得欢，但实际上皇上羽翼已丰，储君之位不容撼动，加之先皇身子已是外强中干，皇上登基是早晚之事。皇嫂你是个明白人，共患难易，共富贵却是极难的，更别说还有‘恩大成仇’这句话呢。与其叫他觉得欠我的，不如叫他认为我欠他的，两下相安。”

我从没想过宛江之事背后，赵王竟然存的是这样无奈的心思，一时不由得愣了。

赵王又叹道："皇嫂想想，皇上少时丧母，母族势弱不足倚靠，先皇那人又是个耳根子软的，而皇上却一步步地走到了今天，足可见他的为人和心性。皇嫂就别和他斗气了，多顺着他些又何妨？再说你又斗不过他。"

赵王说得是苦口婆心，我听得却是无言。我倒是不想和齐晟斗，可他能放过我吗？

见我不说话，赵王张了嘴有意再说，我忙打断了他，问道："绿篱那里还好吧？"

赵王知道我是有意岔开话题，有些不甘地叹了口气，颓然道："还行吧，那丫头总说想你，老是求着我带她进宫来看你，动不动就又哭又跪的。"

这倒像是绿篱一贯的风格。我满意地点了点头，还好，这丫头还算有良心，便说道："你有空就带她回来一趟，她在我身边跟了那么多年，我早已是把她当妹妹看了。"

赵王淡淡地看了我一眼，摇头道："她进不来，眼下皇嫂这里，除了皇上和皇祖母，怕也就是臣弟能进来了。"

其实他这话不说我也知道，我这都病了这么多天了，除了张家婆媳两个是齐晟允了才进来的，就连宋太后都不曾进来过。

果然不是亲儿子就不好使啊，即便有了太后的名头也是个虚的啊。

到了二月初六，写意那里得到了消息，齐晟在朝堂上宣布武力平叛云西，却是命镇守泰兴的杨豫带兵渡江南下，与贺家一同西进平叛。而豫州莫氏、青州薛氏分兵北上靖阳、新野一线，以增北疆兵力，防范北漠有变。

与此同时，又命贺秉则领兵驻守江北与西胡边境，以防西胡人乘虚而入。

整个部署中，都没张家什么事，依旧是镇守北疆，虽分了部分兵力给贺秉则带走了，但齐晟又把莫氏、薛氏的人马补给了张家。

我认真琢磨了半个晚上，也没想明白齐晟这是做的什么打算。

以贺秉则分张家之兵，然后再派莫氏与薛氏北上盯着张家，这步棋我能看懂，可那泰兴杨豫带兵南下是怎么回事？虽然从明面上来讲，杨豫领兵南下是最合适的，因为泰兴就位于宛江北岸，离着云西要近得多。可他和茅厕君可是不清不楚的啊，杨严更是和茅厕君好得都快穿一条裤子了啊。

齐晟就这么肯定杨豫能听他的话？若是杨豫渡江后直指盛都，而贺良臣身困云西，只靠着京都戍卫军那点人马还真不见得能挡得住杨豫。

那可是战神麦帅的后人，虽然过继给了别人吧，也是麦帅的种啊，不应该会差到哪里去啊。

我这里正百思不得其解，想不到这答案在半夜的时候就自动送上了门来。

因为前半夜里用脑太多，后半夜里我就有点失眠，所以当一身黑衣、脸罩黑巾的杨严撩开床帐的时候，我睁大了眼睛精神十足地看向他，没有半点惊愕恐慌之色。

只一看那双眼睛，我已是认出了他。

杨严显然很是失望，低声说道：“有你这样的女人吗？多少也得往床脚上缩一缩，用被子作势挡一挡的好吧？”

我琢磨着也有点对不住他，便从床上坐起身来，正经与他商量道：“要不你出去再来一次，我配合配合你。”

杨严一把扯下了脸上的黑巾，“算了吧，你别消遣我了。”

我见他情绪这般低落，心中更觉得过意不去，便安慰他道：“你可以这样想，我刚才一动不动不是因为胆大，而是因为吓得瘫软失声了。”

杨严这回笑了，说道：“你果真与别人不一样。”

我点了点头，心道你这话倒是说对了，我还真与别人不怎么一样。

杨严就势坐到了我的床上，把脚也抬了上来，又看了看四周遮得严实的幔帐，嘿嘿笑问道：“咱们俩这个样子若是被人逮到了，算不算是捉奸在床？”

他眼睛亮晶晶地看着我，分明是在有意调戏。

不过我向来奉行一个原则：如果打不过流氓，那脸皮就一定要厚过他才行！

我认真想了想，答道：“得脱光了才能算吧，这样顶多算是盖着棉被聊天。”

杨严被我噎得没话说，沉默片刻后忽地低声说道：“知道了吗？齐晟要我爹去云西平叛。”

我点头，问出了心中的疑问：“你就差没和你九哥睡在一起了，他为何还能这样信任你爹？”

杨严正色答道：“这件事上自然是能信的，我们杨家有家训，外敌当前必要以百姓为重，保家卫国。”

“这也能算个理由？”我惊讶地张大了嘴，我们张家以前那位瘸腿将军还曾立下过重誓，说永不叛主呢。结果怎样？张老太太被我一忽悠，都想着灭夏以自立了呢！

许是瞧出了我的心思，杨严又正经说道：“我们杨家和你们张家不一样。”

有个屁的不一样。我不屑地撇了撇嘴，问杨严道：“那齐翰还要你做什么？”

杨严瞪了我一眼，“我和九哥是兄弟！”

我恍然大悟，“哦，原来是兄弟，可齐晟和齐翰还是亲兄弟，不也那样吗？”

听我这样说，杨严很是恼火地瞥了我一眼，不耐烦地嘟囔：“和你一个女人，也讲不明白什么叫兄弟，总之我和九哥之间关系不是你想的那般就是了。”

两人都沉默下来，过了片刻，我伸脚踢了踢床那头的杨严，问道：“你大半夜地跑进来，来干什么呢？”

杨严一怔，面上立刻露出一副差点把正事忘了的表情，伸手拍了拍脑袋，说道：“是这么回事，你突然被困，九哥叫我来看看到底是怎么回事。还有，你爹暗中找了九哥，说他有个侄女貌美品淑，眼下还待字闺中，有意说与九哥为妻。九哥就叫我进宫来和你透个气，看看你知道不知道这事，是个什么意思。”

我却是愣了，侄女，哪里来的什么侄女？

张家连着两辈都是儿子多女儿少。张氏父亲那一辈，张老太太生了六个儿子后才开始生女儿，倒是一口气连着又生了仨，可前面两个都夭折了，最后却只落下了三姑娘。

张老将军当时没觉得这是什么大问题，将门嘛，只要儿子够多就好了。而且那个时候成祖还在世，张家也不敢搞什么联姻，老老实实地低头娶媳妇就行。

待到了张氏这辈，男多女少的形势依旧没有什么改观。

张放这里前几个孩子都是儿子，就两个嫡女，除了我这个嫡长女张氏，张二姑娘已是嫁了贺秉则，没得嫡女可嫁茅厕君了。

张氏二叔那里也差不太多，倒是有个嫡女，不过今年虚岁才十三岁，还不到许嫁的年龄。

剩下的三叔、四叔之类的，就更别提了，有的眼下还没能生出女儿来。

杨严看出我的惊讶，嗤笑一声，说道："应该是靖阳张翎的女儿，我和九哥将你们家女儿扒拉了一遍，也就是他的长女符合条件。不过那丫头今年才十三，我前年去靖阳时倒是在街上碰到了一回，不大点的丫头骑一高头大马，抽得那马发疯一样地跑，就这样一个野丫头，还貌美品淑，嘿！你们家人也真敢睁眼说瞎话！"

我没心思理会杨严话语里的讥讽，心里只一个念头，果然不出所料，一旦确定我这个皇后要没用了，张家便要打算抛弃我这个女儿了。

他们听从我的意见，打算正式与茅厕君结盟，可却不相信我这个齐晟的皇后可以起什么作用，于是，便要送另外一个女儿过去了。

哪怕这个女儿才刚刚十三岁，还是个半大的孩子。

我不说话，杨严也停下了嬉笑，目中似有怜悯之意，轻声问道："你是个什么打算？"

我失笑，反问他："这话应该你问你九哥，问问他是个什么打算。"

杨严默默看了我片刻，说道："九哥说，既执手，永相候。"

我闻言微微一怔，抬眼看向杨严，感叹道："酸，真酸啊！你从哪里听来这么肉麻的词？"

杨严惊讶地挑眉，"哎？你们女人不是都喜欢听这个吗？戏文上可都是这么写的。"

我鄙视地瞧了杨严一眼，"戏文上还说穷书生能娶丞相女儿呢！你信吗？"

杨严自己也有点不好意思，挠了挠头，说道："九哥就说问问你的意思。”

这还用问吗？我不由得冷笑，如果他毫无此意，早已是直接拒绝，哪里还用得到来问我！

我想了想，笑道：“我的意思是没意思。”

杨严一愣，问道：“这是什么意思？”

我嘲弄地撇了撇嘴，答道：“就是没意思，你只要把这话捎到了，他自会明白了。”

杨严没说话，沉着个脸往床下爬。

我跟在他屁股后面也下了床，低声问他道：“你飞檐走壁进来的？那功夫好学吗？”

杨严没好气地瞥了我一眼，答道：“好学，你去重新投个胎，从头学个十几年也就会了。”

我琢磨着投胎这事不太好办，还得去找司命星君那厮商量商量再说。

送着杨严出了内殿，就看到外面正躺在地上昏睡的写意，我这才又想起一件要紧事来，又赶紧嘱咐杨严道：“对了，叫楚王帮着查一下写意这丫头，据她说她有个弟弟扣在齐晟手里，看看到底是不是真的。”

杨严问我：“哪个是写意？”

我指了指他脚下，“哪，就是你脚边上的那个。”

杨严低头看了看，应道：“行，知道了。我给她用了迷药，过不一会儿就能醒了，只会当自己打了个盹。”

我点了点头，眼看着他手已扶到了殿门上，心中忽然十分地不舍，想也不想地说道：“明儿再来啊！”

杨严的身子就僵了一僵，转回头神色怪异地看我。

我也下意识地捂住了嘴，怎么会突然冒出这么一句来呢？

杨严却是嘿嘿地笑了，低声问道：“真拿我当奸夫了？”

他这样一说笑，我的尴尬之意反而没了，索性咧着嘴笑道：“这是哪门子的奸夫，分明是青楼姑娘送客用的客套话。”

杨严脸皮子没我厚，顿时笑不下去了，掩饰地轻咳了两声，转身出了殿门。

我透过门缝探了探头，就见他身子轻巧地往上一跃，手已是攀住廊檐翻身上了屋顶。我放了心，爬回床上继续睡觉，可却怎么也睡不着了。

齐晟不杀我，是因为我是张家的女儿。

张家高看我，是因为我是齐晟的皇后。

赵王、茅厕君等人肯理会我，是因为我是齐晟的皇后、张家的女儿。

离了张家女儿和齐晟皇后这两个身份，就我这个人来说，其实狗屁都不是。

这一切我明明都很清楚的，却依旧混到这么个凄惨的境况，我真是个蠢货。

白忙活两年多，上不能讨老板欢心，下不能得员工忠心，内无心腹宫女内侍，外无得力重臣猛将，眼看着连自己娘家都打算要另谋出路……

若不是齐晟放张老太太进宫这事引起了我的怀疑，我怕是就要真的一直被人牵着鼻子走了。

就这样胡思乱想着，倒是迷迷糊糊地睡着了。

梦里不知怎的就落了水，那水冰凉，沁人心骨，我被冻得一个劲儿地哆嗦着，心里还庆幸反正自己会水，淹不死的。于是我就拼命地划水，眼看着就要上岸了，岸边却突然多了一个齐晟，轻轻一脚就将我重新踢入了水里。

我不屈不挠地继续往岸上爬，他站在岸边一次又一次地将我踢入水中。

最后一次的时候我终于急了，跃起身来高声骂道："齐晟，你大爷的！"

这一骂不要紧，人一下子从梦境中挣扎了出来。

睁眼一看，齐晟正黑着个脸站在床头，绷着唇角看我。

这一惊可非同小可，立刻将我残存的两分睡意震了个干净！我噌的一下子就从床上坐了起来，往后退了退，戒备地看向他。

自从上次之事以后，他虽然经常来我宫中，却只去后殿看小娃娃。

我也不想见他，所以算着他快来的时候，就赶紧叫乳娘把小娃娃送回后殿去，自己则躲入寝殿。

如此一来，我们两个已是多半月没打过照面了。

他负着手站在那里，不说话，只沉默地打量我。

我紧张之余不忘瞥了一眼外面，见天还黑着，一时有些糊涂眼下到底是什么时辰，杨严走的时候已是后半夜了，怎么我睡了这么长的一觉，外面天还没亮?

我下意识地掩紧了睡袍的衣襟，就见齐晟的眉头明显地皱了皱。

我也觉出自己这个反应太没气场了，赶紧又松开了手，故作淡定地对齐晟说道："皇上，做这档子事要的是你情我愿，这样才有乐子。你若是真想，我配合你，保证叫你快乐，可你若是想用这个羞辱我，我只能说你错了，又不是没睡过，我孩子都生了，早就不觉得这事有什么难堪了。"

齐晟就静静地听着，既没有被我激怒，也没有暴走。

我面上带着紧张之色，脑子却是在飞速地转着，他突然出现在我床前，倒是一个很好的机会，也省得我费尽心机找机会与他"坦露心扉"了。

可不知怎的，脑袋还是一阵阵地发晕，身上也没什么劲，我索性又躺下了，暗暗思量着今儿这事要怎么说才不会引起他新的怀疑。

我闭上了眼，酝酿了一下情绪，压下眼眶中涌上的一股热意，这才又哑声说道：“齐晟，咱们都坦白了说点真话，怎么样？”

好半天，才听得齐晟淡淡说出一个“好”字。

我扯着嘴角自嘲地笑笑，说道：“我很佩服你，齐晟，我从未见过像你这般心思深沉，这般能忍的人。”

齐晟没有承认也没有否定，只静静地站着。

“你其实早就知道我在暗中促合张家和楚王的联手，知道我一直在谋取太后之位，但你却一直隐忍不发，因为你很清楚，只要一日宫内没有皇嗣诞下，我就没法起事。所以你才会一直不肯睡后宫，甚至为了避免有人浑水摸鱼将有孕女子混入宫中，你连女色都暂时戒了。”

这才是他登基之后就不再亲近女色的真正原因，去他大爷的洁身自好，至情至性，惯出情种吧！

我睁开眼，平静地看着那缀着各色香囊的帐顶，上面有花开富贵，有龙凤呈祥。

“你为新帝，虽然名正言顺却根基尚浅，再者宋太后曾主持后宫多年，多年的势力不是一朝可以尽除的，所以你能做的只是忍，在忍耐中暗中谋划，在朝臣中培植自己的新晋实力，然后静静地等待着时机。”

说到这里，我停了片刻，才又继续说道：“你忍了两年，然后上天给你送来了一个机会，云西叛乱。你虽然做出举棋不定的模样，其实心中早就定了杨豫去平叛，因为只要杨豫带兵一走，楚王那里就失去了倚仗，可以由着你揉捏了，是不是？”

齐晟没有回答，其实我也不用他的回答。

我笑了一笑，又说道：“可这样好的机会，若是只除去了楚王一个就太可惜了。于是，你就想，若是能趁着这次机会，把张家也牵扯进来就好了。可我这个人实在太小心了，行事又畏首畏尾，一日没见到你有儿子来继位，我便一日不敢放开了胆子去促成张家与楚王的合作。于是，你就决定要推我一把了。”

这才有了此次的封宫之事，连宋太后都进不得我的兴圣宫，可齐晟却允许张家进来探望我。他就想着我会因身份泄露而心神大乱，会怕他容不下我，会沉不住气，会给张家一个错误的信号。

我无声地笑了，也亏得张老太太入宫，叫我对齐晟的用意起了怀疑。

然后赌博一般，明知道他是在给我挖陷阱，既不知道他为什么挖这坑，也不知道这坑到底有多深，可我还是壮着胆子跳下去了。

于是我不光顺着他的心意将我的朝不保夕的境况都告诉了张家，我还帮他扇了一场风。

他很满意，后面虽继续封着兴圣宫，却没有再为难我。

待到了后面杨豫平叛，杨严入宫，告知我张家欲拿张氏叔父之女与茅厕君联姻，我这才总算彻底明白了过来。前情后续这么一联系，一点通，全盘皆通了。

齐晟对我步步算计，而我破釜沉舟，如他所愿地一步步走到今天，把张家和茅厕君全部都押在了他面前，只为了让他相信我此刻已是走到了末路，为了给自己求得一个翻身的机会。

其实，从头到尾我都很清楚，自从我踏上“太子妃”这条道，我就已没了回头路可走，唯一能善终的职位就是“太后”，而不是什么劳什子的公主、郡主。我也没那命去做公主、郡主，张家一旦谋反，最先被齐晟赐死的就会是我这个张氏皇后。

最关键的一场战役已经打响，这一场仗我只能胜，不能败。

我转头看向他，心中组织着自己的言辞，想压下心中的不屑，那嘴角却不由自主地轻弯了上去，“你其实很早以前就觉察出我的异处了吧？却一直隐忍不发，直到此刻需要了，你这才猛地发作，然后我的心神终于乱了，终将张家推向了楚王，于是，不可能的联姻也要成了。”

齐晟沉默良久，终于开口说道：“你很聪明。”

我自嘲地笑了笑，“事后聪明而已，你还有什么打算？只牵扯进来一个张翎，还是要借机剪除整个张家？”

齐晟轻声答我道：“北疆不能乱。”

我缓缓地点了点头，既然如此，那就是只借机除去张翎一个了，除去了张家的半个臂膀，从此以后张家再不能兴风作浪。

我又问道：“贺秉则一直对你忠心耿耿，是不是？”

齐晟答道：“是。”

我轻轻地笑了笑，“也就是张二姑娘那样的小丫头才会相信男人会为了爱情抛弃父母家族。”

齐晟没有说话。

我默了半晌，决定进行这场谈话中最重要的部分，我得告诉他，我的灵魂本应是个女人，而不是男人。

这事关着齐晟以后对我的喜恶，我不能叫他以后面对我的时候有心理障碍。

我深吸了口气，忽地低声说道：“齐晟，你那晚问我到底是男是女，其实这个问题我自己也经常问，我曾被人当男人教养了十几年，然后又被换回了女身，那人说我原本就该是个女子，是他们的失误才有了这番曲折，以后，我只能用这个肉身活下去。”

我停了停，转过头静静地看他，“其实我很早以前就想过死，可是却没那个胆量。”

齐晟问我："现在就有这个胆量了？"

我笑着摇了摇头，"没有，现在依旧没有。再说都已经认头做女人了，生孩子这么大的罪都受了，再死就太亏了。"

齐晟的嘴角微不可见地勾了一勾。

我心中一动，看着他问道："该你了，我能问你一个问题吗？"

齐晟点了点头。

我便问道："我现在是不是让你觉得很恶心？恶心到连我的存在都不能容忍？"

齐晟沉默了片刻，低声道："没有。"

我平静道："既然这样，齐晟，我还是继续给你做皇后吧。这世上没人比我更适合这个位子了，不会替娘家争权，不会与宫妃争宠，替你管理后宫，教养子女。还有比我更合适的人选吗？更别说我在这个世上完全没有根基，可以完全被你控制在手里。"

齐晟面容沉静，看不出喜怒来，过了好一会儿后，问我："你求什么？"

我忽想起宛江之上茅厕君许我的那一句，答道："平安康泰，衣食无忧。"

殿内很静，静得似乎可以听到齐晟绵长的呼吸声，不知过了多久，他才缓缓地点了点头，应我道："好。"

就这一个字，再无多言。

我暗想这八个字果真好用，不管说的人是否真心，听的人却是都当真了。

我从床上起身，郑重地整理着身上的睡袍，仿佛那就是繁复庄重的皇后翟衣，待将细小的褶皱都抚平了，这才臣服地给齐晟匍匐下去，将额头抵在手背之上，虔诚地说道："臣妾谢主隆恩。"

齐晟久久没有回声，再抬头时，殿内早已是空荡荡的。

我心中一松，身子一下子栽倒在了床上，只觉得头痛欲裂。

其实不用我求，齐晟也会继续叫我做皇后，甚至在张家把另外一个女儿嫁给楚王之后，他可能还会再做出宠爱皇后的姿态来迷惑张家，借此离间张放与张翎两兄弟。他还要用我这个张氏来安抚张家剩下的一半人，来告诉朝臣们张翎遭祸只是受了楚王的牵连。

如果没猜错，齐晟连张翎的性命也不会要，他只会罢了张翎的兵权，然后把张翎好好地软禁起来，借以表达对张家的退让，以及对我这个皇后的敬重与宠爱。

他要的，不过是我的一个态度。

既然如此，我就向他表现我的卑微。不就是以退为进吗？韩信尚能受胯下之辱，我算什么？

我一面用手揉着两侧的太阳穴，一面暗暗发狠地念叨：玩吧，看最后谁玩死谁！现在不就是比乌龟吗？你能忍，老子要比你更能忍！且耗着吧！

写意端了个玉碗进来，柔声说道："娘娘总算醒了，先起来把药喝了吧。"

她上前扶我坐起，我却是瞅着那碗里黑乎乎的药汤子惊讶，"怎么回事？好好的喝什么药？"

写意眼圈红了红，低头道："前天夜里娘娘起了高热，都昏睡了快两整天了。"

我怔了怔，恍然大悟。

我说我怎么感觉这一觉睡得这么长呢，想不到竟是病了。

这可真是我来到这个世界后生的第一场大病，在床上足足躺了好几天才恢复过来，等再把小娃娃抱过来玩的时候，她都快不认识我了，一到了我怀里就哇哇大哭。我突然意识到这样带孩子不行，不管怎样她都是我辛辛苦苦生出来的，总这样交给别人养可不行，别到最后养出一个和我不亲的来。

有了这样的考量，我放在那小娃娃身上的心思便多了许多，每日里大多时间都与她混在一起，只到了晚间才叫乳娘把她抱回暖阁里去睡觉。

其间齐晟又来了几次，每次依旧是看看小娃娃就走，也与我碰见了几次，神色尚算自然。

有一次我与写意一起去哄小娃娃张嘴，想看看她到底长牙了没有。可没想到我俩哄了半天，小娃娃仍是紧闭着嘴巴，丝毫不受诱惑。

正没招的时候，齐晟却不知何时站在了我身旁，见状上前伸出两指捏住了小娃娃的下颌，轻轻一掰就叫小娃娃大大地张开了嘴巴。

他淡淡说道："看吧。"

你这动作做了多少才能做得这么熟练啊！

我被他这娴熟的手法给搞得一愣，回过神来后就急忙大叫道："松手，松手！"

怀里的小娃娃很配合地哇哇大哭起来。

齐晟讷讷地松开了手，一直淡定的脸上有些尴尬之色。

我很是无语，只能低头柔声细语地哄小娃娃别哭，好容易哄得她停了哭，她却一脸委屈地向着齐晟张开了胳膊……

齐晟唇角绽出浅淡的笑意，伸手将她从我怀里抱了过去，还轻瞥了我一眼，其中的得意之意不言而喻。

我心中暗暗骂着这小丫头真是个没良心的，面上却不以为意地笑了笑。

有了这小娃娃在当中缓和气氛，我与齐晟已近决裂的关系迅速地缓和，待到了二月下旬的时候，齐晟终于解除了对兴圣宫的管制。

第十三章

称职的好皇后

“大病初愈”的我去太皇太后宫中请安，满脸慈祥的太皇太后叫我上前，用手轻拍着我的手背，怜惜地说道：“皇后这些日子可清减了许多，要好好将养身体才是。”

我低垂着个头装柔顺，只轻轻地点了点头。

太皇太后又说道：“这阵子朝中对云西用兵，皇帝年轻气盛，忙起来也是丝毫不顾及自个儿的身子，皇后也要多多看顾他一些。”

我依旧是点头，却暗道这倒不用我操心，有江氏在大明宫，定然会将齐晟的身心都伺候得舒舒服服的。心里虽这样想着，嘴上却不敢说破，不然要是叫太皇太后知道害了赵王的“狐媚子”眼下又到了齐晟身边，只怕这老太太能亲自冲到大明宫去除妖去。

这一次可不是一碗打胎药那么简单了。

老太太又念叨了半天，这才放我去太后宫中去请安，又看似随意地与我笑道：“前两日她还提起皇后娘家的堂妹呢，说是听说不只容貌好，性子也好，要替老九求娶呢。你这次去了，她少不了要向你打听那女孩子的情况。你可别一味自谦，有什么就说什么，我老太太也想早日看到老九娶媳妇呢。”

我明白了她的暗示，恭顺地点头道：“臣妾知道了。”

到了太后宫中，太后宋氏果然向我提起了张翎的女儿，不过却没有征求我意见的意思，只是行使了一下告知的责任，说是已命张家的人去靖阳接那丫头去了，希望在她到盛都之后，我能以长姐的名义接她来宫中玩耍两日。

事态至此，已是完全按着齐晟设定好的方向在发展。

心里难免有点淡淡的失落，茅厕君到底也是舍弃了我。不过转念一想这也不算什么，利益合作嘛，谁还没有个三心二意的时候啊，要允许年轻人犯错误。

问题是怎么才能把这个错误纠正过来！

回到兴圣宫，却发现绿篱那丫头等在那里。

我惊讶过后，第一个反应就是叫写意赶紧把她送走，这丫头竟然还敢这样明目张胆地来宫里，胆子也太肥了些！

绿篱却是平平稳稳地屈膝给我行了礼，说道："臣妾请皇后娘娘万安。"

我觉察到了她自称的不同，不再是奴婢，而是臣妾，这么说她已是接受了赵王孺人的身份。我笑了笑，问她道："你怎么来了？"

绿篱低垂着头，闷声闷气地说道："皇上召赵王殿下进宫问话，臣妾惦念皇后娘娘，就跟着一起过来了。"

她声音虽还保持着平稳，我却看到有泪珠无声地滴落在她的脚边上，很快就在青石砖上晕成了一小片水渍。

我叹了口气，想从身上翻出块帕子来给绿篱，可摸了半天也没能摸出来，只得向写意伸了手，这才要了块帕子给绿篱递了过去，"哭什么哭，我这不是好好的吗？"

这样一说可不要紧，绿篱竟然用帕子捂住了嘴闷声哭了起来。

我没法子，想耐心地等着她哭一段落再说话，可等了半天不见她有中场休息的意思，只得忽地抬头冲着殿门喊道："皇上。"

就瞧着绿篱身子一僵，立刻停了哭声，惊惧地看向门口。

我满意地点了点头，问她道："赵王对你可好？"

绿篱对于我刚才用齐晟诈她的行为很是气愤，用红红的眼睛气呼呼地瞪着我。

我不由得笑了，道：“好好地和赵王过日子，他是个厚道人，不会亏了你的。”

绿篱却是有些不以为然，说道：“反正是嫁了，嫁鸡随鸡，嫁狗随狗吧。”

好一个嫁鸡随鸡，嫁狗随狗！也不知道赵王听见这话会有什么感想。

我正感叹着，赵王却是一脸怒气地来了。我不由得惊了一跳，暗道他这耳朵也太长了些，难不成在宫墙外面就听到这话了？

赵王潦草地给我行了个礼，气哼哼地在椅子上坐下了，只一个劲儿叫道：“气死我了，气死我了。”

绿篱早已是站起身来，极其狗腿地端了杯茶给他递过去，柔声劝道：“王爷先润润嗓子，有事慢慢说。”

我很是鄙视地瞥了一眼绿篱，问赵王道：“怎么了？”

赵王一口气灌了整杯茶水，这才说起齐晟今天召他去大明宫的事来。其实就芝麻大一件小事，赵王府的马车夫出门的时候横了些，打了一个御史邻居家的小舅子的二姐夫。

可没想到这下子可是捅了马蜂窝喽！

那御史就不干了，上奏痛陈赵王纵仆行凶，洋洋洒洒一大篇，把赵王简直是骂了个狗血淋头，还不带一个脏字的。

不过是几个奴仆之间打个架而已，云西那边还成千上万的人集体械斗呢，国家不还得管饭嘛！齐晟最初没理会，就想着息事宁人地过去就算了。可没想到那御史不干啊，上奏了几次见没回音，干脆就领着几个“兄弟”直接跪到大明宫里去了。

齐晟没辙，只能将赵王召了过去，提溜到那几人面前狠狠地训斥了一番，又叫他给挨打的人出了汤药费，这才算哄了那御史带着“兄弟”走人。

赵王觉得很恼火，屁大点的事都要往他的人品上扯一扯，这马车夫和人斗殴，和他赵王的人品有个毛关系？

绿篱听了也是愤愤不平，“这些人才是整日里吃饱了撑的没事干，管了东邻管西舍，要我说也别和他们动嘴皮子，直接用布袋套了头，揍上一顿再说！”

她这话一出口，我与赵王两个顿时都默了。

嘿！你当那御史也像赵王那般容易打吗？

绿篱怯怯地看看赵王，又看看我，乖巧地低下头去。

赵王原本满腔的火气立刻全灭了，叹了口气，很是无奈地说道：“绿篱，并不是什么事情都能用武力解决的。”

绿篱小媳妇一般，低垂着头不说话，只一个劲儿地点头。

我瞧她模样可怜，只得装模作样地轻咳了两声，打圆场道：“时候不早了，我就不留你们吃中饭了，都早些回去吧。”

赵王没话说，领了自己不靠谱的媳妇老实地出了宫，临走的时候却又与我说道：“皇嫂，今儿皇上一早起来就开始召见朝臣，怕是连中饭都顾不上用了，皇嫂要是有空闲，不如去大明宫走走。”

赵王突然提出这个建议，叫我不觉有些意外，仔细去瞧他的神情，却也没能瞧出什么异样来，只好随意地点了点头。

送走了他们两个，我把写意叫过来问道：“灶上熬的可有粥？”

写意还当我自己要喝，答道：“有，今儿备得有百合红枣粥和山药莲子粥，娘娘要喝哪种？”

我稍稍琢磨了一下，叫写意端了一砂锅山药莲子粥，跟着我一同去大明宫看看。

大明宫就在兴圣宫南边，离得倒是不远，走不多时便到了。

因为我很少来这大明宫，所以守在殿外的小内侍看到我时，脸上有难掩的惊讶之色，一溜小跑地迎过来给我问了安，这就要进殿去替我通报。

我拦下了他，问道："皇上还在议事？"

小内侍点头道："召了楚王殿下和几位大臣在议云西之事。"

听到茅厕君也在这里，我心中一动，便让写意将那锅莲子粥交给小内侍，说道："你将这粥送进去，我在偏殿里等一会儿，待皇上议完事再说。"

说着便要转身往偏殿走，走到门口了却发现那小内侍还跟在我屁股后头，一脸的欲言又止。

我奇道："怎么了？"

小内侍吭哧着不答话，只用眼往偏殿内瞄。

我顺着他眼神往里面瞥了一眼，顿时明了，就见江氏一身普通的宫女衣装，正俏生生地站在门内，那小模样，真真地我见犹怜啊！

我脚下顿了顿，神色自若地迈入了殿内。

江氏淡淡一笑，起身向我微微屈了屈膝盖，轻声道："请皇后娘娘安。"

我略略地点了点头，转眼看到那小内侍还端着锅一脸紧张地站在门外，不由得问道："怎么？你还有事？"

小内侍神情窘迫，忙摇了摇头。

我想了想，又回头问江氏："饿了吗？要不要来碗粥？山药莲子粥，熬了许久了，软糯香甜。"

江氏稍稍一愣，那小内侍却是手上一晃，差点把那砂锅都给扔了。

那锅山药莲子粥足足熬了两个多时辰，可是费了不少的火，我生怕小内侍再给我糟蹋了，忙叫写意把那锅接了过去，吩咐那小内侍说道：“你带着写意去那边看看，若是皇上他们能得空，就给他们每人都上碗粥，垫一垫肚子。”

小内侍口中虽应着，可脚下却不怎么动地方，只偷偷地瞥江氏。

我一看这情形明白自己是支使不动他了，只能转头问江氏道：“要不你跟他一块送过去？”

江氏摇了摇头，与那小内侍说道：“你去吧，皇后娘娘这里有我伺候。”

小内侍得了她这话才转身带着写意走了。

偏殿内只剩下了我与江氏，好一阵沉默之后，我才没话找话地问道：“姑娘……贵姓？”

江氏噎了一下，不冷不热地答道：“回皇后娘娘的话，我姓苏。”

姓苏？这么说是改随母姓了。

我抬眼细看江氏，见她身材虽然平板如昔，可面色却比上次见时红润不少，此刻虽做宫女打扮，却也是神态自若，不卑不亢，颇有大将之风。

弱女做得，王妃做得，宫女也做得，这也算是个复合型人才了。

我有意邀她进后宫发展，便试探地问她道：“苏姑娘在这里待得可习惯？”

江氏唇角微勾，“有什么惯不惯的，皇上叫我在哪里，我就在哪里罢了。”

三句话不到就把齐晟抬了出来，生怕我不知道她与齐晟之间关系似的。

我叹了口气，真情实意地劝她说道："映月，你这样没名没分地跟着他不是长久之计，跟着我回后宫吧，太皇太后和太后那里有我去挡，总能给你一个名分的。"

江氏看我片刻，却是讥诮地笑了，说道："皇后娘娘，有名有分又能怎样？困在后宫尺方的天地里，与其他女子争宠，每日里盼着他的临幸，成为他众多女人中的一个吗？谢皇后娘娘好意，映月不愿意。"

果真是话不投机半句多啊！

我无语，看她也不像是能心平气和与我说话的样子，索性也不和她费这个口舌了。

又坐了片刻，写意从外面进来，先瞥了江氏一眼，这才凑到我耳边说道："皇上和那几位大人都用了粥，奴婢帮着送进去的，看样子像是也快散了。依奴婢看，娘娘不如这个时候过去，也好与那几位大人碰个面。"

写意说完了，还冲我挤了挤眼睛。

我非常认同她这话，做好事不留名的时代还没到来呢，我点了点头，再顾不上理会江氏，忙带着写意起身出去。

写意掐的时间刚刚好，我这里刚走到正殿门口，就看见那几位朝臣从殿内鱼贯着出来。我忙停下了步子，往旁边让了让，然后端着第一夫人的范儿，微笑着看向他们。

走在最当头的是当朝宰相，后面还跟着一串子的尚书，这伙子人刚喝了我这个皇后送来的粥，都觉得有些不好意思，忙都上前来给我行礼。

我赶紧免了他们的礼，又关切地问了他们几句闲话，这才叫他们下去了。

茅厕君比他们晚了片刻，最后一个从里面出来，眉宇间带着淡淡的笑意，温声唤道："皇嫂。"

多日不见，茅厕君依然玉树临风，风采如旧。

我有心与他说上两句，可碍于周围眼线太多，只好略略地点了点头，说道："楚王殿下辛苦了。"

茅厕君微微欠了欠身，答道："职责所在，臣弟不敢妄称辛苦。"

我顿了顿，又问道："好些时日不曾见过杨严了，他可还在盛都？"

茅厕君的嘴角便有些上扬，"还在，他一直想着要进宫探望皇嫂，说是早前皇嫂吩咐他找的东西已经寻到了……"

我吩咐杨严找的东西？写意的亲弟弟？这么说写意并未骗我？

茅厕君正说着，早前进去的那个小内侍已是在门口唤道："娘娘，皇上请您进去。"

茅厕君便停下了话，冲我笑了笑，又拱了拱手，这才转身离去了。

我整理了一下心绪，跟着那小内侍进了殿。

殿内侍立的人极少，齐晟正坐在御案后翻看着奏折，听到我进来只撩了撩眼皮，然后就又把视线放到了手中的奏折上，淡淡问道："粥是你熬的？"

我微微一愣，顿时明白过来写意为了给我买好，定是将那粥描述成了皇后亲手熬制的。我忙点了点头，答道："是。"

齐晟又说道："太甜腻了，下次少放些糖。"

下次？我这里还发愣呢，齐晟那里却是抬眼向我看了过来，问道："有事？"

我这才回过神来，"没事。"

于是，齐晟复又低下头去了。

我瞧他看得这样专注，又觉得自己站这也挺尴尬的，便又说道："皇上忙吧，臣妾先回去了。”

齐晟头也没抬，只不冷不热地“嗯”了一声。

我忙转了身往外走，临出门时又听得齐晟突然说道：“云西正在用兵，国库紧张，皇后看着把后宫的用度裁减一下，以做国民表率。”

我怔了下，回过身对着他恭顺地应了一声“是”，这才走了。

待出了大明宫，一直紧跟在我身后的写意忽地几步蹿了上来，难掩兴奋地叫道：“娘娘，娘娘，皇上叫您明日再来呢。”

我心中一直琢磨着齐晟说的那几句话，闻言脚下顿了顿，转头惊愕地看着写意，“他什么时候这么说了？”

写意很是肯定地点头，“皇上亲口说下次啊，下次啊！”

什么时候“下次”就等于“明日”了？

我很是无语，可瞧她这一脸的雀跃，又不忍心打击她的积极性，正左右为难着，脑中忽地一亮，一下子想到了削减后宫用度的法子，想了想，便吩咐写意道：“也好，从明日起，你每日里都给大明宫送一次。”

写意奇道：“娘娘不去？”

我笑了，“我是皇后，哪里能次次都亲自去，有你去就够了。”

估摸着这丫头觉得我说得有道理，郑重地点了点头，第二日果真端了一锅粥打着我的旗号送了过去。

第三日，除了写意，黄贤妃那里紧跟着也煲了汤，亲自送了过去。

第四日，陈淑妃、李昭仪等也不落人后地加入了送汤水的队伍。

第五日，往大明宫送饭的队伍越发地壮大了起来……

第六日，齐晟终于怒了。

我被齐晟叫了去，用不阴不阳的话连挖带讽地训了几句后，带着一脸的怒气回了兴圣宫，直接交代写意：“去，把宫里这帮子不消停的女人都给我叫了来。”

写意看我面色不善，不敢说话，一溜小跑地去了。

我闭着眼坐在椅子上，想着一会儿得好好地指着黄贤妃几个的鼻子骂一顿，怎么也得先把从齐晟那里受的气撒出来才好，然后再考虑怎么把要办的事情都一下子解决掉。

可真面对着那一帮子娇滴滴的女人，我这狠话却怎么也说不出口了，用手指头将她们挨个地指点了一遍，最后只能长叹了口气，商量道：“能都活络点吗？就不能换个这糕那糕的送送吗？非得送汤送水的？还笑！就说你呢，猪脚黄豆汤你也敢送，真当皇上坐月子呢？”

黄贤妃赶紧用帕子掩了口，乖顺地低下头去，“臣妾知错了。”

其余几个也都老实地承认了错误。

见她们认罪态度还算诚恳，我满意地点了点头。能知错就好，剩下的就是怎么“改”的问题了。

我首先强调了一下“国有国法家有家规”的主旨，然后又分析了一下“云西正在打仗，国家还很不富裕”的严峻形势，就“各宫如何给齐晟送吃食”这一问题进行了具体的安排部署后，又从此事发散开来，说到后宫日后的建设上来。

众人听得很是入神。

待我后面提出“皇帝轮宿制”时，李昭仪已是专注得连口茶都顾不上喝了，只端着茶杯呆愣愣地看我。

陈淑妃瞪大了杏眼看着我，惊愕地问道：“皇后娘娘，您说以后要众宫平等，轮流着伺候皇上？”

我郑重地点头，说道：“家和万事兴，只有后宫和谐稳定了，皇上才能不被后宫所扰，专心朝事。可人人都说要后宫和谐，姐妹友爱，这个和谐友爱从何而来？说直白了就得是雨露均沾。谁都是好人家的女儿，谁进宫也不是为了守活寡来的，大伙既然都是抱着同一个目的进的宫，没得旱的旱死，涝的涝死。”

这大白话虽然粗俗，可它易懂啊，这话一说出来，众女眼睛里都快能冒精光了。

黄贤妃紧张地盯着我，问道：“皇后娘娘既这么说，可是已有了安排了？”

这事我考虑好几天了，还真有个大概的想法了，眼下听她问，便说道：“倒是有个想法，就是不太成熟，我说出来，你们大伙也跟着参谋参谋。”

话音未落，她们几个已是异口同声地叫道：“娘娘快说。”

我笑了笑，故意先不紧不慢地喝了口茶，直到她们几个脸上都带出急色来，这才说道：“咱们皇上是个节制之人，满打满算宫里有名分的不过你们几人，咱们也别论什么大小位分了，轮着排吧，一人一天的，再给皇上留两天休息的空，也差不多刚好一旬了。前一阵子皇上忙，往后宫里来得少，以后总不会一直忙下去。咱们得把这个事情形成一个制度，皇上若是不往后宫里来也就罢了，来了就得按着日子往各宫里去，至于那天能不能沾得雨露……那就看各位自己的神通了。”

话说完，殿内一片寂静。好半晌，黄贤妃才涨红着脸问道：“娘娘此话当真？”

“真，自然是真，比真金白银都真！”我笑道。

李昭仪思量了一下，怯生生地问道：“那以后再有新人晋位怎么办？”

“自然是加入序列，跟着排队。咱们呢，既不欺负新人，也不能辜负老人，大伙说是不是这个理？”

年纪稍长的黄贤妃与李昭仪就紧着点了点头。

陈淑妃估计数学不太好，刚才一直没说话，只低着头掰着手指头数，这会子总算是数清了，惊喜地问我道："娘娘，这么说咱们每人每月都能轮上三天？"

多新鲜吧，您才算明白啊？

我笑了笑，打着官腔答道："眼下来看是这样的，不过日后要是进了新人，数量上可能还会有些变化。"

王昭容向来是个沉默寡言的，此刻也出声道："皇后娘娘顾惜我等，臣妾们十分感激，只是皇后娘娘不应与臣妾们一同而论，您是后宫之主，理应与臣妾们区别对待才是。"

我忙摆手，"做事最忌讳的就是搞特殊，讲特权，我身为皇后更要以身作则，不能坏了规矩。"

黄贤妃几个明显松了口气的样子，生怕我再改主意，忙着上来和我敲定事情的细节。

捎带着，我把后宫的裁减计划，乃至下一年的工作安排、财务预算、人事调动等诸多议题也都提了出来，就着大伙讨论"皇帝轮宿制"的热度，也一下子都敲定了。

果然心齐好干事啊！

不过因为我还缺少主持大规模妇女会议的经验，到后面就有点压不住会场了，被这帮子女人吵得头昏脑涨，连脑仁都跟着疼起来了，待会议完毕，两个耳朵里已是灌满了嗡嗡之声。

其间，写意几次给我做眼色，可惜一直没能得到发言的机会，等我再想起来给她走个后门的时候，她早已经不知道被人挤到哪里去了。

就这样，热闹了多半天，第一届后宫大会终于圆满结束。

会后总结，这是一次团结的大会，这是一次胜利的大会，通过这次大会，整个后宫首次团结在我这个皇后周围。

写意这会子才逮到机会与我私聊，一脸焦急地埋怨我道：“娘娘！您怎么能由着性子胡来呢！皇上那里定会恼了您的啊，他根本就不可能去各宫轮宿啊！这事怎么也得事先和皇上打个招呼的啊！”

她每句话后面都带个“啊”字，充分表达了她强烈的感情。

我笑了，不在意地说道：“这不还只是想法嘛，还没落实到实际中去呢。再说了，你觉得齐晟最近可会宿在后宫？”

写意略一思量，摇头道：“眼下云西战事正紧，皇上每日里都是宿在大明宫的。”

我点头，“就是嘛，那你还着什么急？”

写意一噎，顿时没了话。

我起身往内殿里走着，很是肯定地安慰写意：“后宫用度一下子裁减了那么多，怎么也得给大伙个甜头尝尝，放心吧，齐晟不会因为这事和我计较的。”

事实证明，齐晟果真是不会因为这样的事与我计较的，因为他压根儿就没有留宿后宫的打算。

黄贤妃几个白白激动了几日，这才发现“皇帝轮宿”不过是挂在空中的几张大饼，待回过味来，自个儿宫里的人也裁了，兜里的私房钱也捐了，身上的衣服首饰也少了，碗里的大米白饭都快换成菜团子窝窝头了。

她们终于也怒了。

又恰好赶上阳春三月，风和日丽，莺飞草长，万物闹春，于是这怒火来得便有些凶猛。我被这怒火烧得招架不住，只能带着写意去大明宫找齐晟。

齐晟听我说明来意，挑高了眉毛看我，问道：“你叫朕回后宫去安抚她们？”

更准确地说应该是“慰安”，不过这词我实在不敢用，只十分小心地说道：“主要是为了叫皇上放松一下，整日里埋头政务对身子也不好……”

齐晟不说话，只把手中的奏折往案子上随意地一扔，身子也懒散地往后靠了过去，微微抬着脸，似笑非笑地看我。

我这话便有些说不下去了，停了片刻，改口道：“女子青春短暂，一旦韶华失去，怕更是天颜难近。黄氏她们几个又都是跟着皇上从东宫里过来的老人，没有功劳也有苦劳，皇上即便不喜她们，看在她们无辜的分儿上，也该多怜惜怜惜。”

齐晟不动声色地看着我，仍是没有说话。

我一看这小子软硬不吃、油盐不进，只能低下头坦白道：“皇上叫臣妾削减后宫用度，臣妾没本事，只好许了大伙以后宫中雨露均沾。”

齐晟微微眯了眼，问我：“你这是拿朕去送人情了？你可知后宫因何而在？”

我忙抬头，辩解道：“没有，我开始是寻思着你怎么也不往后宫里去，要旱大家都旱着，也没什么好讲论的，可没想着……”

“没想着怎样？”齐晟冷声问道。

我从他这话音里已是听出怒气来，可又不能不答，只好小声答道：“没想着春天到了，大伙都旱不住了。”

齐晟愣了一愣，怒极而笑，寒声问我：“你说的这叫什么话！你这叫什么皇后？”

我垂了眼皮，沉默片刻后，可怜巴巴地轻声说道：“我以前从没做过皇后，也没管过这么多女人，我只当大伙都相互迁就些，日子才能和顺……这次是我做错了，我以后会改正的。”

许是看我认错态度良好，齐晟没再继续发火，殿内又一次沉默下来。

我琢磨着做女人装委屈也得有个度，想了想，说道：“皇上忙吧，臣妾先告退了。”

齐晟没应声。

我默认他这就是同意了，便屈膝向他行了一礼，小心翼翼地往外退去。没想到齐晟那里却是忽地问道：“先去哪里？”

我一怔，答道：“先去太皇太后那里问安。”

齐晟不说话，只绷着嘴角看我。

我顿时明白过来，忙答道：“黄氏、陈氏、李氏几个，哪里都行。”

齐晟阴沉着脸，深吸了口气，略点了点头，“朕知道了。”

当天夜里，齐晟就去了淑妃陈氏那里。

第二天后宫就沸腾了。挂在半空中的饼竟然被人咬到了，这就说明这饼并不是虚的，而是一张实实在在的、香喷喷的肉饼，虽然挂得高点，但也不是咬不到的。

黄氏几个顿时有奔头了，虽然还在继续旱着，却纷纷来我兴圣宫赔礼道歉，说自己前几天性子太暴躁了，还请我这个皇后多多包涵。

我很大度地原谅了她们，并表示只要表现好，雨露早晚都会有的。同时，也给她们打了预防针，皇上去了陈淑妃那里，并不代表接下来就会轮着去各位那里。眼下云西平乱，皇上政务繁忙，根本没心思往后宫里来，所以还请大家继续忍耐。

像是为了印证我的话，齐晟后面果然一连在大明宫宿了四五日，这才又在李氏宫里宿了一夜。

倒是真应了那句话，“春雨”真是贵如油啊！

轮的频率虽然比原先设想的低了许多，不过总算是“轮”起来了，黄氏几个终于是消停下来了，于是，后宫终于和谐了。

作为皇后，我很欣慰，同时，对于被“轮”的齐晟，也不禁有些同情。待他“轮”完黄氏那里出来之后，我一时心软，便给他送了一碗滋阴壮阳的补药去，顺便表达了对他如此支持我工作的感谢之情。

没想着齐晟却是忽地怒了，非但一扬手把我那碗汤药给泼了，还用手指了我的鼻尖，咬了半天牙，最后却是说了一句：“张芃芃，总有你后悔的那一天！”

我就觉得吧，可能是昨夜里黄氏忒热情了些，这才搞得齐晟有这么大的火气。

我诚惶诚恐地退了下去，待出了大明宫却忍不住低低地笑了起来。

跟在后面的写意就叹了口气，劝我道：“娘娘，您这样早晚会把皇上的心意给耗尽的。”

耗尽？这才是刚刚开始，怎么会就耗尽了呢？要知道这男人，你越是不把他当一回事，他才会越惦记着你，这就叫欲擒故纵啊！

我回头瞥了写意一眼，叹息地摇了摇头，姑娘啊姑娘，你虽然很聪明，但还是太年轻了些啊！

三月里，江北靖阳守将张翎的长女张茶茶终于到了盛都，在太皇太后的殷勤暗示以及太后的亲切关照下，我乖乖地将这小丫头召入了宫中。

小丫头一看就是常日里长在室外的，肤色已被晒成了健康的小麦色，圆脸，浓眉大眼，唇形很漂亮，两个嘴角微微向上翘起，不笑也带出两分喜气来，虽然红扑扑的脸蛋子带着一团孩子气，但身量发育得倒是极不错，个子不低，而且已能隐隐看出些少女起伏的曲线。

我领着她往太皇太后与太后宫中都转了一圈，太皇太后很满意，太后那里却像是有些失望的样子。

太后的心情我理解，若我有个茅厕君那般的儿子，却迫于无奈找了这么个小媳妇，估计我也高兴不起来。

不是说张茶茶不够好，而是她这风格明显和茅厕君不搭。这样的女孩子，应该给她配个雄壮英武的少年将军，而不是玉树芝兰般的茅厕君。

可惜，我这里还来不及感叹“姻缘”二字，就开始头大，这丫头果真像杨严说的那般，跟匹脱缰的野马一样，她实在是太活泼了。

刚见面的时候还知道拘束些，第二天就把我的兴圣宫当自家院子一般逛了个遍，第三天竟扯着我的袖子求道：“皇后大姐姐，你整日里坐在这宫里不觉得烦吗？这会子春光正好，咱们去打马球吧！”

我刚还享受着少女的撒娇，可待她把话说完，吓得我赶紧甩开了她的手，快拉倒吧，你叫我一个马都骑不利索的人和你去打马球？

我活腻歪了吗？

张茶茶不依不饶，重新又坐过来扯我的袖子央求。我这人最怕小女孩缠我，又说不得硬话，只好推托说这事我做不了主，得问了齐晟再说。

两人正磨叨着，齐晟却是从外面进来了，张茶茶吓得忙撒了手，小心地退到了一旁。

我站起身来，带着张茶茶给齐晟行礼，心中纳闷儿他这个时候来做什么呢？

齐晟随意地坐在了椅上，抬眼看向张茶茶，态度温和地问道：“和你姐姐说什么呢？”

我忙给张茶茶做眼色，可她却一副视而不见的模样，眨着大眼睛看着齐晟，一派天真地答道："姐姐说现在春光正好，想去打马球呢，可又怕皇上姐夫不愿意。"

女人不论大小，瞎话都是张口就来！

我被这丫头气得差点吐血，可当着齐晟的面又不能斥责她，只得赶紧补救道："她是小孩子心性，我哄她玩呢。"

齐晟眼中却是带上了些笑意，问张茶茶道："你想去打马球？"

张茶茶一面点着头，一面把我也抬了出来，"姐姐也想，不过她不好意思和皇上姐夫说。"

齐晟听了含笑瞥了我一眼，对张茶茶说道："好，既然这样，明儿正好休沐，咱们明儿就去。"

张茶茶喜不自禁，忍不住拍着手欢呼起来。

齐晟笑了笑，转头问我道："葳儿呢？"

我一面引着他往后殿走，一面答道："这会子怕是还在午睡，皇上过去看看吧，她睡得也够多的了，叫乳娘把她混醒了就好了，省得夜里又不睡了。"

跟在后面的张茶茶就叫道："皇上姐夫，明日咱们把小葳儿也带了去吧，皇上姐夫教她骑马。"

还不到六个月的小娃娃，刚才会坐，你叫她现在就学打马球？

我听了脚下一个趔趄，差点没栽倒在地上，多亏了身侧的齐晟扶了一把，这才稳住了身形。

齐晟不露痕迹地松开了手，往前走了两步，回头笑着对张茶茶说道："好，也带葳儿去。"

我给张茶茶使了个眼色，她很是自然地上前两步，小孩子一样挤在齐晟身边，同他说笑着往后殿而去。

我故意落后一步，与他们二人拉远了，低声问后面跟上来的写意道：“怎么回事？今儿怎么这么高兴？”

写意低声答道：“杨豫将军在云西初战告捷。”

我了然地点了点头，难怪齐晟今日会这样高兴，原来是云西打了胜仗。

写意顿了顿，飞快地抬眼瞥了我一眼，又小声说道：“今日太后还请永昌侯夫人去张府里为楚王殿下向三姑娘提了亲。”

原来如此。我原地站了站，忽地很想笑。

后殿里，齐晟与张茶茶已是在逗弄着葳儿玩耍。

“快叫父皇，叫父皇！”张茶茶手中拿了只小小的拨浪鼓，摇得梆梆作响，一边逗着葳儿开口说话，一边引她伸着肥肥的小手去够。

齐晟却是抬眼向我看了过来，脸上虽还带着浅淡的笑意，可目光中却有着一抹探究之色。

我笑了笑，神色如常地走上前去，熟稔地从乳娘怀中把葳儿抱了过来，冲着张茶茶说道:“她才多大，哪里就能学说话了，快别白费劲了。”

张茶茶笑嘻嘻地冲我做了一个鬼脸，向齐晟屈了屈膝盖，转身向外跑了去，人都出了殿门了，又转了回来，从门口探出头来，叫道：“皇上姐夫，你可说了明日里带我和姐姐去击球的，大丈夫不能言而无信。”

这样一个天真烂漫的女孩子，叫人看着不由得喜欢。

齐晟也笑了，朗声答她道：“君无戏言。”

得了他这句话，张茶茶这才满意地跑开了。

我转头随意地问齐晟：“皇上这两天政务不忙？”

齐晟伸出手指来叫葳儿攥着，眉眼间带着舒展的笑意，答道:“还好。”

我又笑着问道：“那今儿晚上皇上打算去哪个宫里？”

小样吧，你今天来我这不就是故意来气我的吗？难道我就不会怄你了？

我不等他开口，便又接着说道："该轮到王昭容那里了吧？昨儿她到臣妾这来时还自责呢，说自己性子木讷，不会讨皇上欢心。臣妾劝了她，说皇上喜欢的就是她这种内秀的人。如果皇上今儿政务不忙，就去王昭容宫里坐坐吧。"

我这话一说完，殿内顿时寂静了。

齐晟面容僵滞了片刻，忽地勾着唇角笑了笑，看也不看我地应道："好，朕知道了。"

当天夜里，齐晟果然就去了王昭容处。

待宫女将这个消息禀报给我时，张茶茶小姑娘正缠着我问盛都打马球有什么讲究，闻言一脸的悲戚之色，情不自禁地张开了她那双年少而健壮的双臂，一把将我搂进了怀里，"大姐姐，你想哭就哭吧。"

我顿时哭笑不得。

不过我正愁着摆脱不了这小姑娘的纠缠，眼下见她如此，少不得要利用一下她的同情心，就假兮兮地在她怀里哽咽了几声，然后装作一副万念俱灰、悲伤难抑的样子，说自己想一个人静一静，叫人带着小姑娘下去休息。

张茶茶脸上带着与年龄不衬的忧愁，一步一回头地跟宫女出去了。

我赶紧回过头来交代写意，快叫厨房熬上一碗滋补的汤药，趁着宫门没落锁呢，赶紧给齐晟送过去。

写意一听就给我跪下了，带着哭音地求我道："娘娘，您就别和皇上怄了，按日子早就该轮到咱们兴圣宫的，您要把皇上推到别处去也就算了，偏偏还要送那东西怄皇上。"

我问她："你去不去？"

写意这回很是坚决地摇头道："奴婢不去！奴婢还没活够呢。"

见她如此，我倒是乐了，也不与她着急，只又吩咐了一个叫小福儿的宫女去干此事。小福儿十三四岁的年纪，性子活泼，腿脚也利索，很快就回来了，禀道："皇上把汤药留下了，说多谢皇后娘娘关心，还嘱咐娘娘明日别忘了带着三小姐去球场。"

我点了点头，又着人将明日里齐晟要组织打马球的消息给各宫里送了去，吩咐大伙早点来兴圣宫集合。

然后，我就洗洗睡了。

这一觉很是好眠，第二天睁眼起来时，只觉得四肢通泰，神清气爽。

外面宫女进来禀报，说黄氏几个早已经到了，正在殿外候着呢。

我忙叫了写意过来帮我梳洗，写意给我绾着髻，轻声问道："皇上只说了叫娘娘带着三小姐去球场，娘娘领着黄氏这帮人，会不会惹皇上不高兴？"

我不以为意地笑了笑，"击球嘛，人多才热闹啊。"

待梳洗完毕，写意给我换了一身火红的骑装，又拉着我整理了半天脸上的妆容，这才放了我出殿。

殿外，张茶茶早已是等得直跺脚了，见我出来便扑了上来，摇着我的胳膊叫道："大姐姐快些，一会儿就要晚了。"

我笑着应她好，眼光却在黄氏几个人身上转了一圈，见个个穿了一身骑装，分明是英姿飒爽的打扮，却还带着娇柔媚态，真是姹紫嫣红各有风骚啊。

我满意地点了点头，又叫乳娘抱好了葳儿，正打算带着这一队人马杀向马球场，大明宫的小内侍却是跑来了，气喘吁吁地传话道："皇上昨夜里睡得有些迟了，这会子还没起，请皇后娘娘等一等再过去。”

大伙都是一愣，相互瞅了瞅。

王昭容向来就是个沉默寡言的，所以大多时候都是在众人后面缩着，一般情况下都没人注意她。眼下小内侍这么一说，大伙这才发现王昭容竟也是没来。

黄氏最不会隐藏心思，当时脸色就变了。

那小内侍看了看大伙，又瞄向我，十分小心地说道：“皇上还说，王昭容昨夜里伺候得辛苦，今儿早就不叫她过来给皇后娘娘请安了。”

这话一出可不要紧，立刻便听得有人恨恨地冷哼了一声。

我面色如常地点了点头，打发了那小内侍回去。

周围立刻有人上前煽风点火道：“皇后娘娘，您看王氏轻狂的，还伺候得辛苦，再辛苦还能下不来床不成？”

自然是有辛苦得下不来床的，不过那得是男主角天赋异禀才成！平心而论，齐晟能力是有的，不过他是个很自制的人，一般情况不会如此，难不成是我昨晚那碗汤药的功劳？

我心里正疑惑着，黄氏几个却都嘟着小嘴揉起小手绢来。

我一看这不成啊，不能叫这一伙子女人把怨气都撒我这啊，得想法子挽救一下啊，既然雨水沾不着，叫她们看看云彩也行啊。

我先叫了人出宫去邀请赵王、楚王等几个年少俊美的皇室宗亲子弟进宫来打马球，又打发了张茶茶小姑娘带着葳儿和乳娘先回后殿等着。

这才把黄氏几个嫔妃都让进了殿内坐着，轻咳了两声，劝说道：“这种事情嫉妒不得，皇上又不是没去过你们几个那里，人家王昭容排得这样靠后，不也是没说什么嘛。”

黄氏拧着手中的帕子，红着脸不甘地叫道：“娘娘，可皇上在臣妾那的时候从来就……"

"行了！"我打断她的话，你自己没本事把齐晟榨干，你怨得着谁呢，有本事你也折腾齐晟一整晚啊，你也可以下不得来床，请不了安啊！

不过这话太露骨了些，说出来实在不雅，我只能用上了暗喻，若有所指地说道："大伙的心情我理解，不过雨水就那么些，要想一下子都浇透了不现实，慢慢来吧，轮到的时候若嫌雨下得少，自己就辛苦点，想法子多攥那云彩两把，拧出点水来。"

殿内猛地静了一刹那，然后便听得噗的一声，坐在最末位的李昭仪就把刚喝进去的一口茶水给喷出来了。

刘丽妃和她坐得近，脸上被喷了不少，面上虽恼怒，却也不好当着我的面说什么，只红着个脸，低头用帕子沾脸上的茶水。

倒是坐在我下首的陈淑妃是一贯的镇定，不知是心理素质好还是反应慢，面色如常地端起了茶杯。

要说还是黄氏是个爱上进的好姑娘，上来就抓住了我话中的重点，歪着脑袋思量片刻，十分好学地问我道："自己辛苦点？可是要怎么攥那云彩才能出水呢？"

话音一落，紧接着又是噗的一声，这回陈淑妃终于喷了。她坐得离我近，自然不敢冲着我喷，关键时刻动作很是迅速，立刻向另一个方向转过身去了。

于是可怜的刘丽妃又被喷了一身，也有些急了，抖着手指继续用帕子擦身上的茶水，红着眼圈质问："怎么就可着我一个欺负？"

我一看她那身衣服实在要不得了，连忙叫了写意带她下去换身我的衣服。

回过头来，黄氏还一脸期待地看着我呢。

我干咳了两声，强撑着说道："此事只可意会，不可言传，还是回去自己揣摩吧。"

写意很快就带了刘氏出来，我抬头看了看外面，觉得赵王与茅厕君几个也快到了，又怕黄氏再真的缠着我问如何攥云彩出水这事，忙起身说道："时辰差不多了，别叫皇上等着咱们，大伙先过去吧。"

说完赶紧带着这伙子女人往马球场走。

因成祖喜打马球，所以在宫廷内专门辟得有马球场，不过皇宫甚大，又不能骑马，等我带着大大小小一队人马一路逶迤地赶到马球场时，倒是比从宫外赶来的茅厕君与赵王等人还要晚了些。

茅厕君一如既往地和杨严形影不离，两人均是头束金冠，脚踏乌皮靴，身穿紧身窄袖绣袍，更是显得膀宽腰窄，长腿翘臀，看着都养眼。

赵王这回也没落单，竟带了绿篱来了。

我心中一喜，不及过去与她说几句私房话，就见另外一个入口处齐晟也来了，身后跟着的不是那王昭容，却是一个身形单薄的白衣少年。

因着江氏的缘故，我对白色有点敏感，下意识地多看了两眼，这一看不要紧，猛地惊觉过来，这紧跟着齐晟身后的白衣少年竟然就是扮了男装的江氏!

这回可好，呆的不光我一个了，别说我身后的一伙子人都是傻了眼，就连对面的茅厕君与赵王几个都愣住了。

其实对于江氏的存在，别说赵王与茅厕君自是都知道其中曲折，就连黄氏、陈氏等妃嫔也多少听说过一些幽兰殿的事情。

可江氏曾经的身份毕竟在那儿摆着，又是个死过一次的人，大伙就琢磨着不管暗底下齐晟待她怎样，那始终是个上不了台面的人，所以，也就不怎么在意了。再说，你就是在意了，也没法子不是?

可没想到齐晟竟然就这样光明正大、堂而皇之地把江氏给带出来了，虽然是换作了少年装扮，可你以为这样大伙就认不出了吗？你多少也给换个颜色啊，咱能不穿白了吗?

真是是可忍孰不可忍啊!

我头一个反应就是，这回热闹了。

若我不是这个皇后，我乐得场边上看热闹去。可我现在是皇后啊，是后宫大总管啊，不管是身后的黄氏等嫔妃也好，还是赵王那边的绿篱也好，出了事都是要归我管的啊。

用法律术语来说，我是要负连带责任的啊!

黄氏等人惊愕之后，便是暗潮涌动的愤怒。

张茶茶小姑娘那里还嫌不乱，一脸诧异地看我，问道：“大姐姐，皇上姐夫身后的那人是谁？看着像是个女的啊。”

我没工夫搭理她，忙着回头去看黄氏几个，小声却色厉地吩咐道：“都给我忍住了！谁敢给我惹事，我就叫她大旱三年！”

黄氏几个相互瞅了瞅，都低下了头没说话。

我顾不上太多，只当她们是答应了，用前所未有的利索身姿飞身上马，又紧着往绿篱身边跑。那丫头死活是不能上场的，齐晟本就恨她恨得牙痒呢，她若是再敢对江氏做个手脚，齐晟那里怕是死也不会放过她了。

场地另一边，绿篱身跨骏马手提缰绳，正杀气腾腾地望着对面的江氏。

我上去一把就拽住了她的缰绳，还不及张口，绿篱已是恨声说道：“娘娘放心，臣妾一定叫那贱人好看！”

说完看也不看我一眼，一抖缰绳往场中央飞驰了过去。

我的手就不由得一哆嗦，略一迟疑，果断地掉转马头往齐晟与江氏那边奔了过去。

得！劝不了甲方，那就劝乙方吧！

齐晟已经上马，江氏却落在了后面，手上牵了匹胭脂马，正弯着小蛮腰整理着裤脚。

我小心翼翼地绕过了齐晟，走到了江氏面前，从马背上伏下身来，好声与她商量道："那个……苏……姑娘，咱们商量一下，咱们两个都不上场了，去那边看看小娃娃，聊一聊天，谈一谈心，可好？"

说着，我便给她指已经被乳娘抱上看台的葳儿。

江氏直起身来瞥了一眼葳儿那处，眼神有片刻的怔忪，我心中一喜，刚以为自己把她给说动了的时候，她却冲我挑了挑嘴角，讥诮道："多谢皇后娘娘好意，只可惜我君命在身，怕是不能承你这份情了。"

说完便也轻巧地跨上了马背，追随着齐晟而去。

走在前面的齐晟还专门勒停了马，回头笑着看过来，待江氏追上去了，两人这才并辔往场中而去。

我一时都看傻了。

新欢逢旧爱，前妻见继室，大房遇小三，编制内的对编制外的……这热闹可是大发了！人脑袋都快能打出狗脑袋来了！

因这是场临时组织起来的马球赛，大伙都没穿统一的骑装，衣服颜色也是乱七八糟的，什么色都有。为了以示区分，早有球场服务人员准备了红、绿两色额带，小跑着送到各个骑手面前，供其挑选。

杨严额上已经勒了一条绿色额带，正围着场边遛马，远远地见到我就喊道："皇后娘娘愣什么呢？还不快去挑额带。"

说话间一人一马已是到了我跟前，脸上仍是一副嬉笑之色，口中却是低声说道："九哥说写意不可信，提防她些。"

我一愣怔间，杨严已是又跑远了。

齐晟、茅厕君、赵王等人已是齐聚到了球场中央，分作了几处，在马上勒缰而立。

没法子，我只能提着缰绳，故作镇定地往那边晃过去。走到半路我就打了退堂鼓，一会儿怕是怎么也免不了一场混战，就我这马术跟着瞎掺和什么啊，还是老实地一边待着去吧。

这样一想，我立刻抬头冲着众人笑道："你们先玩吧，我过去照看葳儿。"

说完一拨马头就往看台处走。

谁知没走得两步，便听得江氏在后面淡淡叫道："皇后娘娘，人数本就不多，您再不上场，就更不好玩了。"

我勒停了马，转回头默默看了江氏片刻，掉转马头往场中而去。

手拿两色额带的小内侍气喘吁吁地迎了上来，问道："皇后娘娘，您选哪一色？"

我抬头瞄向四周，发现齐晟与江氏两人头上已经勒上了红色额带，茅厕君是绿色的，赵王那里迟疑了一下，从身边的内侍手上抽了根红色的，绿篱则是毫不犹豫地给自己系上根绿色的。

转回头再一瞧黄氏几个，我气得差点从马上栽下去，这会心倒是挺齐，竟然一水地选的绿色。皇帝的后妃竟然要跟王爷一队了，这是要集体爬墙还是要集体造反？

不用数都知道，明摆着是绿色这方人数更多一些。

身为皇后，眼下自然要顾全大局，我略一思量，从内侍手中抽了一条红色额带出来。

绿篱与黄氏等人均是一怔，齐齐地向我看了过来。

我就像是背叛了组织的叛徒一般，忙心虚地将那绿色额带与自己身上的红衣比了一比，打了个哈哈，下意识地解释道："红配绿狗臭屁，不好看，不好看。"

话音还未落地，杨严那里却已是喷笑失声，就连他身侧的茅厕君也微微弯起了唇角。

赵王却是用手抚着额头别过了头去。

我小心地往齐晟处瞄了过去，就见他神色依旧淡淡地，微垂着视线不知在想些什么，倒是旁边的江氏，嘴角上挑着浅浅的讥诮，似笑非笑地看着我。

我叹了口气，低下头认命地往自己头上系额带。

小内侍手中剩下的缎带仍是红多绿少，剩下的人没得太多选择，大多取了红色的系上，与齐晟组成了一队。

两队人马分列而立，红色这队除了我与张茶茶，还有少年打扮的江氏，剩下的都是男人。

对面的绿队却正好相反，茅厕君与杨严两人成了党代表，身边站的是一水的娘子军。

不行，这场球没法打，怎么也得互换几个人再说！

我高举了球杆正要出列说话，却听得场中一声锣响，击球赛竟然开始了！我这手里的杆子还没放下来，就同上次击球赛一样，只见人不见球了。

我实在没胆子策马追着他们跑，只能老实地待在外围看着，恨不得喊一嗓子"友谊第一，比赛第二"。

杨严侧身转臂，将球打得极远，引得众人都纵马追了上去。江氏人虽长得柔弱，可骑术却着实不错，紧随在杨严之后，从马上俯身挥杆去抢那球。杨严动作比江氏快了一步，不及她触到球，球杆轻轻一拨就将球拨向了同队的绿篱马前。

江氏追着那球又往绿篱那边并了过去。

眼看着绿篱一手勒缰，一手高高扬起了球杆，我暗呼一声坏了，这哪里像是要打球，分明是要打人啊！我这里一声惊呼还没出口，赵王却忽地策马从江氏与绿篱中间穿了过去，带走了那球，也顺势冲开了她二人。

我这里刚松了一口气，心脏还不及落回原处，黄氏又不知什么时候跑到了江氏马后，亏得齐晟一杆子又把球打到了别处，江氏双腿一夹马腹，猛地掉头，顿时甩开了黄氏。

不过片刻工夫，我已是出了两身的冷汗。

我抹了一把额头上的汗，再一次拨转了马头往场边走，然后便听得有几个声音几乎同时从身后响了起来。

张茶茶高声叫：“大姐姐，带球快走！”

杨严大喊：“截下她！”

齐晟却是厉声喝道：“让开！”

在这一片高呼声中，我下意识地回过头去，就见那拳头大小的球，挟着呼啸之声往我这边飞落下来，紧接着，十余名骑手都纵马向我这边冲驰了过来。

黄尘滚滚中，一身白衣的江氏一马当先，身后紧追着黄氏几个，虽隔得还远，我却是清晰地看到了江氏唇边的那抹讥诮。

果然，一个不差地都来了。

我顾不得击球，只忙着催马向前跑，生怕再被后面的人给撞上一般。

就听得有人在后面喊道：“向右前！”

不及思考，下意识地往右带了带马头，下一秒钟，齐晟已从我的左后方冲了上来，擦着我身侧驰过，逼带着我的马又向外围跑了几步。就这么一个耽误间，那边茅厕君也已越众而出，弯腰将球击向与我相反的方向。

于是，众人又纷纷拨转马头，追着那球去了。

我惊魂未定，绿篱纵马飞驰了过来，急声道："娘娘，您没事吧。"

我声线发紧，还说不出话来，只能摆了摆手。

张茶茶在我身边勒缓了马，抱怨道："大姐姐，刚才多好的机会啊，我们差点就能得分了！你跑什么啊？亏得我那么辛苦地抢到球给你打过来！"

我跑什么？我不跑就要没命了啊！傻丫头，你还给我打球，你这是被人当枪使了啊！我觉得和一个黄毛丫头扯不清这些，索性也不理她，径直地往场边跑去，然后翻身下马，把缰绳往迎过来的内侍身上一扔，自己转身上了看台。

打吧，反正老子的戏份已经演完了，剩下的你们就是打死几个，老子也不管了！

写意脸色还有些发白，忙迎了过来，一面给我递过热帕子擦手，一面低声说道："那球是江氏传给三姑娘的。"

我略点了点头，"我猜到了。"

写意又说道："奴婢觉得黄氏几个也是心怀鬼胎，刚才若不是她们有意冲撞，情形也不会如此凶险。"

我正擦着脸，闻言愣了愣，却没说话。

写意似迟疑了一下，这才又张嘴道："还有楚王……"

"够了！"我恼怒地出声打断了她，将手巾甩给了她，"我不想再听这些了。”

写意怯怯地闭上了嘴，我回头看了她一眼，忽地想起杨严说的那句“写意不可信”来，不由得叹了口气，缓和了口气，与她说道：“写意，我觉得很累，算计来算计去，怎么也算计不来人心，既然如此，不如自己问心无愧就好了。”

说完了，便走到乳娘身边抱过了葳儿来，小葳儿，咱们回去吧，这里的人都太野蛮了，你可千万不要和她们学!

我这里正抱着小娃娃慢悠悠地往台下走，远处球场上却是忽地混乱起来，就听得场边有人惊呼道：“有人落马了！”

这么快就有人遭了暗算了?

我脚下顿了顿，下意识地踮着脚尖往那边看去，片刻之后，几个内侍用锦彩兜子从人群中抬了一个人出来，就瞧那人身形颀长，青色锦袍，却是赵王！也不知伤势如何，只见他用双手紧抱着一条腿，口中“哎哟哎哟”地叫个不停。

本就不是什么正规的比赛，有人受伤，这球自然是没法再打下去了。

这里离太医院不远，齐晟就叫人将赵王直接抬了过去，绿篱惶急之中往我这边望了一眼，便匆忙忙地追着赵王去了。

我一看这般情形，知道眼下先走不了了，只好打起精神过去应付齐晟与茅厕君等人。

不一会儿，太医院那边也传来了消息，说赵王只是扭伤了脚，骨头没事，歇上几日就行了。

我心中一块石头落地，面带笑容地打发了众人离去，自己也带着孩子回了兴圣宫。

待洗过了澡，写意趁着我身边无人，几经迟疑后才又问我道：“娘娘为什么不把黄氏等人叫过来敲打一番？也好问一问当时的情形，赵王骑术精湛，怎么会落了马？”

我懒洋洋地摊在床上，连嘴巴都懒得动。

赵王为什么会落马？这还用问吗？整个球场上，还有比他更适合落马的人吗？

想着想着，我不由得失笑出声，其实赵王一直就是个倒霉孩子，一个看得无比透彻却又十分无奈的倒霉孩子。

过了几日，赵王拐着脚进我宫里来探望。

我正躺在殿前的摇椅上晒懒筋，见他来了也没起身，只随意地说了一句“坐”，然后就叫写意去给他沏茶。

赵王左右看了看，认命地坐在了旁边的台阶上，开口第一句话就是：“皇嫂，咱别再和皇上赌这口气了，成吗？”

我乐了，偷偷瞄了一眼远处垂头侍立的宫女，从摇椅上撑起半个身子，凑近了赵王，低声调戏他道：“哎？如果有朝一日我能离了这个地方，咱们两个结伴去游遍天下的名川大河，如何？”

赵王下意识地往后仰着身体，强自镇定着，小声问我道：“皇嫂是觉得咱们两个加起来就能算计过皇上了？”

好大一盆凉水从头淋到脚。

我嘲弄地笑了笑，坐直了身子，“自然是算计不过的，这世上有谁是他的对手？我想与楚王结盟，他用事实告诉我男人靠不住。我转回头去笼络女人，他又用小小一场球赛，给我揭开了女人们虚伪的面纱。”

赵王沉默半晌，忽地轻声说道：“偏生她还那样傻，明知他的目的，却还要留在他的身边。”

我一怔，问：“你是说江氏？”

赵王抬眼看我，问我道："你恨不恨她？"

我想了想，摇了摇头。

赵王却是扯着嘴角自嘲地笑笑，"我却恨，恨她对我奉到她面前的感情不屑一顾，却要去追一份明明无望的感情。"

他看着我，忽地问道："你可知道那年马鞍下的钢针是谁放的？"

那年江氏因为那钢针而落马，摔得身上几处骨折，借了那个机会，赵王才能留守盛都，才会有了后面的宛江之事……我没有答话，他既然能问出这样的话来，那就说明十有八九不是他放的了。

赵王苦涩地笑了笑，说道："是她，想不到吧，是她自己。不管我多恨她，我都对她下不了这样的狠手。她为了逼我向皇上出手，也为了叫我以后能对她放手，将自己摔成了那般模样。"

我听得惊住了，这都是一帮什么人啊？非但个个嘴里没有真话，还都这样心狠手辣，对自己也能下得那样的狠手。

我忽地想起了宛江上齐晟知道是赵王暗算他时的神情，他眼中的痛苦之色浓厚而又无奈……当时的他，是不是已经看透了这一切？

赵王沉默片刻，低声说道："皇嫂，自从那年落水后，你就全变了一个人。可就是现在的你，才会叫他喜欢。因为你不是我们这种人，不论你表现得怎么张牙舞爪，说多少狠话，办多少自认为心狠手辣的事情，你都和我们不一样。你手上没有沾血，也不会两句话不对就要人性命。我们从小便在这样的环境中长大，从根上就已经是烂透了的。可你不同，你内里是明亮干燥的，是我们这些人做梦都要向往的。所以……"

他静静地看着我，"皇上那里不会害你，不管以后形势如何，只要你肯站在他的身边，他都会拉住你的手，他才是你真正的倚仗。"

听他说出这样的话来，我心中明明想笑，面上却是一片淡然，只轻声问道："当我和他的利益起了冲突的时候，当他要把整个张家都连根拔起的时候，他还会是我的倚仗吗？他还能护得住我吗？"

赵王叹了口气，答道："这世上从来就没有护住护不住之说，只有想不想护。再懦弱无能的丈夫，只要他想，也能在刀斧劈过来的时候把妻子掩于身后，只是看他把什么看得更重罢了，除此之外都是借口。"

我有些怔怔地，好半天才能回过神来，问他道："你为什么要和我说这些？"

赵王笑了，答道："这就看出我其实也是个很卑鄙的人，因为我想着皇嫂能和皇上恩爱，想着叫江氏也体会一下自己的心被人弃之如敝屣的感觉，叫她也眼睁睁地看着自己爱的那个人全心全意地爱上别人。"

我睁大了眼睛瞅他半天，也没能从他的神色中看出点端倪来，最后只能放弃。

赵王爽朗地笑了，说道："皇嫂，我就说你以后少动脑子，别的且不说，就说我刚才说的话中，你可知道哪些是真，哪些是假？"

看他笑得如此贱皮，我是真想给他脸上来一脚啊。

他见我不说话，又笑着继续道："连这你都分辨不出，你又如何知道他们谁在对你说真话，谁在对你说假话？"

那边写意已经端着茶出来，我深吸了一口气，突然倾身逼近了赵王，低声问道："当江氏还是你媳妇的时候，齐晟有没有给你戴过绿帽子？"

赵王一愣。

我不等他反应，又凑到了他耳朵边上，故意将声线逼得低哑暧昧，"那你想不想报复他一下，也送他一顶戴戴？"

眼角余光处就瞥到写意端着茶杯的手抖了一抖。

赵王却是火烧屁股般，噌的一下子从地上蹿了起来，脚也不拐了，利索地往远处连蹿了几步才停下来，颤声道：“皇嫂，开这玩笑可是会要人命的。”

我笑笑，冲着赵王招了招手，示意他近处来喝茶。

赵王忙面上带着惊恐的表情，眼中却闪着温暖的笑意，摆了摆手，说道：“不了，臣弟还得去给皇祖母请安，就省了皇嫂这杯茶吧。”

说完，竟又拐着脚走了。

待他走上抄手游廊，我忽地高声叫道：“错了，错了。”

赵王回头疑惑地看我，我指了指自己的脚，又指他的，压低声音喊道：“拐错了，刚才是那一只！”

赵王低头找了半天感觉，最后终于换了另一只脚，继续拐着出去了。

写意在我身后掩口而笑。

我漫不经心地问她道：“写意，皇上已经几天没来后宫了？”

写意伸出手，大仙一般掐算起来。

我等了半天，终于听她答道：“五日，自从上次球赛之后，已经有五日了。”

我原以为她会说出点别的来，没想到就只是给我报了个数。

写意问：“娘娘想做什么？”

我咧着嘴无声地笑了笑，想做什么？

我松了那么多日子的线，现在总得收上一收了。

我从摇椅上站起身来，伸了一个大大的懒腰，吩咐写意道：“叫厨房里煮一锅大补的汤药，咱们给皇上送过去。”

第十四章

男人与女人的战争

大明宫的小内侍一见我送了碗汤药来，估计是又想到了上次齐晟怒而摔碗的情景，吓得脸色都有点白，忙迎上前来，十分小心地劝道："皇后娘娘，皇上这会子还在处理政事，怕是没空用这东西，不如把它交给奴婢，等皇上闲下来，奴婢再替您送进去。"

我本着姿态一定要做足的原则，很是大度地摆摆手，笑道："不用，不用，他先忙着，我在外面等着。"

说完便转身立在了廊下。

小内侍眼珠子转了转，悄没声地进了殿。没过得片刻，他又弓着身子从内里退了出来，恭敬地与我说道："皇后娘娘，皇上请您进去。"

我笑了笑，从写意手里接过那汤药来，镇定地迈进了殿内。

齐晟果然在御案前批阅着奏折，江氏则安静地侍立在他的身侧。听到我进门，两人一起抬头看了过来。

真虚伪做作啊！还不如叫老子一进门看到你们在滚床单，那都比这副模样真实可爱。

我心中鄙视着，面上却挂上了淡淡的笑意，上前几步将汤药放在了案头，很是自然地对江氏说道："苏姑娘下去吧，皇上这里有我伺候就够了。"

可能是没想着我会这样直接，江氏一直淡定的面容就僵了一僵，却是没动地方，只抬眼去看齐晟。

不等齐晟开口，我已是先说道："皇上，臣妾有事要与你说。"

齐晟淡淡地吩咐江氏道："你出去吧。"

江氏就轻轻地勾了勾唇角，冲着齐晟微微一屈膝，退了出去。

哎？这叫个什么表情？你就不能笑得灿烂点？

齐晟抬眼看我片刻，嘲弄道："什么事？又来请朕回后宫？"

我抬起头来直视他，答道："皇上已经五六日没留宿后宫了，为了后宫稳定计，今儿该去了。"

齐晟目光从案头的那玉碗上滑过，然后冷笑着问我："是吗？所以就又给朕送了补药来了？难不成在你眼里朕就这么不中用，非得靠这补药撑着？"

我生怕他再像上次那般砸了我的玉碗，忙将碗往自己面前拽了拽，用手臂虚护着，赶紧提醒他道："这是我宫里最名贵的一个碗，砸坏了是要赔的。"

齐晟脸色顿时一黑，在那里静了半晌后才缓缓地吐出口气来，慢悠悠地说道："放心，朕不砸你的碗，不过，朕今儿也不想去你那后宫。"

我垂下眼皮，轻声说道："我知道，所以今儿我来了。"

齐晟一怔。

我又扯平了脸皮子，淡淡说道："被皇上厌弃的皇后是管理不了后宫的，所以不管你心里多么厌恶我，我也不能叫大伙瞧出来。该轮到我了，就必须是我。哪怕你碰也不碰我，我也必须和你待上一晚上。"

齐晟不出声，我抬眼看他，"你依旧睡你的寝殿，我打一夜地铺，没人知道我们两个之间发生了什么。你既然想叫我继续做这个皇后，怎么也得全我这个面子。"

齐晟还是没有反应，只目光深沉地打量我。

"就像这碗药，只要你我不说，又会有谁知道喝的人是谁？"我扯了扯嘴角，端起玉碗将里面的汤药一口饮尽，随意地用手背抹了抹嘴角，笑道："我去后面寝殿等着你，你先忙正事，回头别忘了过去睡一觉就成。”

说完也学着江氏的模样，低着头冲着他屈了屈膝盖，往外而去。

走了两步却忽地想起我那碗来，于是咬了咬牙又折了回去，视齐晟的打量于无物，从他案头拿起了那碗，正色道：“下次臣妾会用金碗，不怕摔的，皇上就可以随意地撒气了。”

齐晟抬起了手，绷着嘴角指着我抖啊抖啊。

我装没看见，转身出了殿门。

写意与小内侍等人都守在外面，我将那碗郑重地交给了写意，嘱咐她收好了，这才又说道：“今儿我留在这里陪皇上，你叫人回去交代一声，叫乳娘把葳儿照看好了。”

写意一脸的惊喜之色，低呼：“娘娘……”

我没理会她，只又转头叫旁边的小内侍带我去齐晟的寝殿。

齐晟寝殿内的装饰摆设都很大气，没有丝毫的脂粉味道，反而处处透露出男子的刚强之意。我简单地看了看，便叫殿内侍立的人都退出去，独自一人坐着等齐晟。

过了没一会儿，写意却做贼一般摸了进来，怀里还抱着小小的一个包袱，“娘娘，奴婢给您取了一件新睡袍来，您赶紧换上吧。”

说着便从包袱里掏出一件纱袍来，在我面前轻轻一抖。就见那睡袍在空中飘了好半晌才慢慢地落了下来，竟是名副其实的薄如蝉翼。

这样的轻纱，到底能挡住些什么啊？就算是关键部位都绣上了花，也不过是添了点此地无银的意味罢了！

我这里正惊叹着，写意又变戏法似的掏出几个胭脂盒子来，低声催促道：“娘娘，奴婢给您匀些胭脂，快些吧，皇上一会儿就要来了！”

说着就倾过身子来要给我涂抹。

胡闹，简直就是胡闹！生怕别人不知道我是来勾引齐晟的是不是？

我忙一把推开了她，叫道："写意，你先回去，回去！今儿晚上不用这些。"

写意疑惑了，"为什么？"

外面已是隐约传来了人声，我猜着是齐晟过来了，一时也顾不上和写意细说，只忙将那几个脂粉盒子塞回到她怀里，又胡乱地将那睡袍团了团，连带着包袱皮子一起，顺手就塞进了写意的袖中。

我刚忙完这一切，那边的脚步声已是到了廊下。

我一面起身往门口去迎齐晟，一面低声吩咐写意道："快走，别叫人看到了！"

说话间，齐晟已是进了殿门。

我这里脸上刚挂上了大方得体的笑容，还不及屈膝下去行礼，就听见身后传来一阵噼里啪啦的声音。紧接着，一个小小的胭脂盒子就滚到了我的脚边上。

我身子一僵，不用回头看也知道后面发生什么了。

写意姑娘，你是成心的吧？

齐晟看我一眼，又看向我的身后，最后还是把视线落到了我的身上。

我勉强地笑笑，装模作样地转回身去斥责写意："怎么这么毛手毛脚的，还不快些收拾了出去！"

写意早已是吓得面色都变了，连连点头称"是"，手忙脚乱地将那些散落在地上的脂粉小盒拾了起来，低垂着头快速地往外面退去。

眼看就要走出殿门时，却听得齐晟突然说道："站住。"

我的小心脏提了一提，写意的身子僵了一僵。

就见齐晟慢慢地倾过身去，用两根手指捏住了写意袖口的某处，轻轻一拽……结果却发现竟没能将袖中藏的东西全拽出来。

齐晟也似有些意外，挑了挑眉毛，转头瞥了我一眼，手上继续拽着。

我眼睁睁地看着他把那件薄如蝉翼的“睡袍”一点点地从写意袖中扯出，只恨不得用手捂住了眼假装看不到。

齐晟却是笑了，回头问我：“这是什么？”

我僵了僵，然后很是天真地眨了眨眼睛，转过头去看写意，问道：“对啊，写意，这是什么？”

写意窘得整张脸红得都快要滴出血来了，微低着头，嗫嚅道：“这，这……”

我最看不得小姑娘这种窘迫的模样，只得替她解围道：“像是件睡袍。”

齐晟提着那纱衣看了看，口中发出了一声低低的嗤笑，将那纱衣随手往我身上兜头一扔，这才由人伺候着去更衣洗漱。

我面无表情，淡定地吩咐写意道：“你先下去吧。”

写意眼圈都红了，十分歉意地看着我，张了嘴还要解释。

我冲她挥挥手，示意她出去，自己则镇定地往内殿而去，独自一人坐在床边等齐晟。

写意这一搅和，我原本的计划一下子都给打乱了。我这会儿若是再说我今儿是来睡地板的，估计齐晟非但不会信，怕是还要斥责我矫情虚伪。

来睡地板你用得着带那样的睡衣吗？

我忍不住也拎起那件睡衣来借着灯光细看，又将它在自己身上比了比，好嘛，连我衣服上的纹路都能透过来，真比那回绿篱给我裹的蚊帐布还薄了！

过了一会儿，齐晟换好衣服进来，瞥了我一眼，淡淡问道："你想怎样？"

我想把这祸害人的睡袍一把火给烧了！可手都凑到烛台边上了，又觉得这样怪浪费的，迟疑了一下，便又将它团了团，随手往自己腰间一塞，然后卷了卷袖子，干脆利索地从床上扯了床被子下来，挨着脚榻打了个地铺，往上面一坐，说道："好了，皇上睡吧，臣妾给你守夜！"

齐晟稍稍一怔，嘲弄地勾了勾唇角，垂着眼皮看也不看我，直接踩着我的铺盖上了床，冷声吩咐："给朕放床帐。"

我认命地从地铺上爬起来，走到床边给他把床帐都放了下来，然后刚回到自己铺上躺下，就听得他不紧不慢地说道："朕要茶水。"

我算是看出来了，他这是故意把我当宫女使唤了。

这样一连被他折腾了几趟，最后一次他刚开口："朕……"

我已是把便壶从床帐间递了进去，问道："皇上是要便壶吗？"

齐晟没说话，也没接我手中的便壶。

我笑了笑，抽回了手，重新躺回到地铺上去。

齐晟那里没了动静，我静静地躺了一会儿，故意翻了个身，微微蜷缩起大腿，侧身背对向齐晟那边。这种卧姿我都练了许久了，绝对是该高的地方高，该低的地方低，山峦起伏间十分的养眼。

齐晟那里却是没什么反应。

我正心灰意冷，打算放弃计划，翻个身老实睡觉的时候，床上的齐晟却猛地坐起身来。

我吓了一跳，下意识地问道："怎么了？"

齐晟沉默片刻，闷声说道："你过来。"

我的心肝就颤了一颤，暗中咬了咬牙，光着脚小心翼翼地走过去。

手刚触到那床帐，齐晟的手却是迅疾地从帐内探出，一把抓住我的手腕，将我扯进了帐内。紧随着就是一阵天旋地转，待我反应过来，人已是被他压在了身下。

齐晟伸手捏着我的下颌，逼迫我抬高了视线，对上了他的眼睛。可帐内的光线实在太昏暗，又是逆光，我瞧不清他眼中的神色。

我的心里下意识地反感他这种带有侮辱性的动作，想要挣脱他的手，可又怕激怒了他，索性闭上了眼。过了一会儿，就感到他的气息越来越近，竟缓缓向我逼近过来。

可眼瞅着就要能碰触到他的唇的时候，他忽地又停住了。

我心里不自觉地有些发虚，再顾不上琢磨什么进度问题，只想着鱼既已吞饵，这回要是叫他脱了钩，再钓怕就是难了。

这样一想，我立刻就下了狠心，双手往他脖子上一绕，自己先贴了上去。两唇相触的一瞬间，齐晟的身子明显地僵了一僵，然后便似有悔意，竟要抽身离去。

都已经到了这一步，我岂能容他就这样走了。

我本着亲不晕他也要憋晕他的原则，双手用力地环住他的脖颈，将他的嘴堵了个严实，用自己的唇瓣紧压着他的，施展开生平绝技，只盼着能撩拨起他。可就在我的舌尖马上就要探入他的口内时，他却猛地一把推开了我。

齐晟呼吸急促粗重，手臂撑在我的头侧，低下头看我。

我憋了太长的气，已是有些缺氧，只能气喘吁吁看着他，心想这回完了，鱼儿已经脱钩了，他的心里还是过不了那个坎，我都已经这么卖力了，最后关头他还是清醒了。

齐晟的气息渐渐平顺下来，就这样撑在我的上方，冷静地看着我。

我感到难言的尴尬，勉强地扯了扯嘴角，下意识地伸手去遮自己的眼，可手刚到半路却被齐晟挡住了，他忽地用手捏住了我的下巴，狠狠地吻了下来。

这是一个远比刚才更为激烈的吻，毫无温柔之意，只有侵略与掠夺，唇齿交锋，攻城略地。

我的大脑有几秒钟的空白，随后便强横地回应过去，胳膊重新搂上他的脖颈。

齐晟却将我的手臂扯了下来摁在身侧，把我牢牢钳制住，不许动弹分毫。就像是一只王兽，将猎物死死地摁在爪下，任意地戏弄，却容不得爪下的猎物有丝毫的反抗。

他在向我昭示他才是这场战争的主宰吗？

可越是这般，我心中反而有一种从未体验过的空虚之感从胸口蔓延开来。他明明抱得我极紧，可我却似仍觉得不够，总想着从他那里得到更多。像是本能一般，我开始撕扯他的衣服。

齐晟更加粗暴地剥着我身上的衣裙，剥到哪里，烫人的唇便跟到了哪里。

我忽地想起他身上穿的是睡衣，而我身上的衣服却远比他多，这样算来，我应该会先把他剥光的。

不过这个念头一闪就过去了，我的大脑已经不太灵光，甚至有些混乱，身体的触感却是意外地灵敏起来……混乱与火热之中，也不知是谁先剥光了谁，他的唇复又回到了我的颈侧，点点地亲吻着，从下往上绵延而上，最后终于落在了我的唇上。

这个吻出乎意料的温柔，叫我不禁有片刻的恍惚。

这感觉如此的清晰，我的心中有莫名的恐惧涌上来，叫我去挣脱，去逃避。我用力地去推他的胸膛，想要翻到他的身上，想要去主宰这场战争，可每次都是徒劳，他的力气那样的大，手将我的腰肢牢牢钳住，死死地摁在那里。

逃不掉，挣不脱，那就顺着本能缠紧了他……

待一切都归于平静，已不知是什么时候。我呼哧呼哧喘了很久，才将激烈的心跳与呼吸平复下来，紧接着就发现，自己还光溜溜地窝在齐晟怀里，连脖子底下枕的都是他的臂膀。

虽然都决定放开了做女人，可这般小鸟依人的模样还是叫我觉得很不自在，尤其是两人身上连个布片都没盖，就这么在床上晾着。

若要是身上盖着点东西，估计我也不会这么尴尬。

我偷偷地动了动脚指头，发现他没什么反应，然后便试着不露痕迹地往外面挪了挪身子，可刚有这个意思，齐晟放在我腰间的手臂便紧了紧。

“怎么了？”齐晟嗓音低沉，带着点情欲过后的慵懒沙哑。

我不由得就僵了一僵，想了想，正色道：“累了，想换个姿势。”

齐晟低低地“嗯”了一声，手臂猛地用力，将我整个人从他身上翻了过去，换到了他另外一边，依旧是贴在他身侧，然后问我：“这样呢？”

我默了下，勉强答道：“好了。”

齐晟没再说话。

我迟疑了下，用脚钩了被子过来，盖在了自己身上，可一看身边还晾着的齐晟，想了想，觉得这样不厚道，便又将被子展开了盖在两人身上。

这下好了，眼不见心不烦，就当刚才没睡吧。

齐晟忽地问我：“累了吗？”

我一愣，琢磨着他是问哪件事。

还没等我回答，又听得齐晟问道：“刚才如何？”

这回我听明白了，他这是问刚才那事。若要是一般女子，被男人这样问，十有八九是要做作一番，得把头埋入他怀里，然后羞涩地娇嗔一句：“讨厌！”

可我尝试着把头往下扎了几次，怎么也没法把脑袋埋到他怀里去，只好实话实说道：“好。”

齐晟侧过身来看我，追问道：“好？”

我琢磨着他是不满意这个词，想了想，换了个贴切的形容词，“很爽！”

帐中光线昏暗，我看不清齐晟的表情，只觉得他面容像是僵滞了一下。我就想我这实话说得有点太实了。

我想了想，又问他道：“我要说我今儿晚上真是想来睡地铺的，你信吗？”

他扯了扯嘴角，没答话，手却在我腰间轻轻地摩挲着。

我自己都笑了，说道：“其实我自己心里也是不信的。孤男寡女的，大晚上睡在一个屋子里，要说心里都没点想法，那才是自己骗自己呢。”

可有些话大家信不信是一码事，但说不说又是另外一码事了，于是我便又说道：“不过，那睡袍是写意偷着送过来的，我事先根本就不知道。”

齐晟散漫地“嗯”了一声，明显有些漫不经心。

我从他怀里半撑起身子来，认真地看着他，坚持辩解道：“穿上那东西虽然能制造点情趣，但是勾引的意味太明显了，我会做那么没脑子的事情吗？”

齐晟轻点了点头，用手扣着我的背，将我压在了他身上，懒洋洋地问："说完了吗？"

我停了停，答道："没有，还想问一句话。"

他略显诧异："问什么？"

我用手挑起他的下巴，轻佻地问道："尚能战否？"

顺着光线看去，就见齐晟一侧的眉峰挑了挑，猛地翻身把我压到了身下，哑声说道："勉力一试。"

谁知这一试就试到了半夜，我被他折腾得筋疲力尽，迷迷糊糊睡去，待一觉醒来再睁眼时，外面早已是日上三竿。

身边的齐晟也没影了，我一个人摊开了手脚，在床上睡得十分自在。

我一个激灵，猛地从床上坐了起来，这一起身，就觉得脑袋还有些晕沉，也记不起昨夜里到底是战胜还是战败，只觉得身上酸痛乏力，动一动都累。

写意带着人进来伺候我穿衣梳洗，我瞥了她一眼，问道："皇上呢？"

写意抿着嘴笑了笑，答道："皇上早去上朝了，这会子怕是都要回来了。"

我心中一惊，回头看一眼仍是一片狼藉的床铺，忙催促写意道："快走，快走。"

说完自己便像被人撵着一般，脚下生风地出了齐晟的寝宫。

写意十分不解地追在我身后，低声问道："娘娘这么着急做什么？"

能不着急走吗？再不着急就又与齐晟碰上面了，这一见面要怎么说话？能说什么？难不成还要再问他一句"还能战否"？

上了床大胆，下了床羞涩！这才是完美好女人！待齐晟回到寝宫，只留余香却不见美人，这才能叫他继续惦念。

我回头横她一眼，懂屁啊，心眼再多也不过是个黄毛丫头！

这样一想，我心情顿时大好，挺胸抬头地往外走，没想到绕那宫侧游廊的时候，却和江氏走了对面。

江氏的面色有些苍白，避让在游廊一侧，默默地看着我，点漆般的眼眸里满是讥讽与不屑，就在与我擦身而过时，忽地低声说道："以色侍君，焉能长久？"

不淡定了，绝对的不淡定了！

我停下了脚步，侧过脸打量她片刻，反唇相讥道："你连他的床都爬不上去，还有什么脸和我谈长久！"

江氏瞬时面如死灰，她还僵滞间，我已是大笑而去。

小样吧，老子好容易厚道些，你还真当我是好性子的了！

写意小跑着从后面追上我，一脸崇拜地问道："娘娘怎么知道皇上从没碰过江氏那贱人？"

我怎么知道？瞧瞧江氏那张苦瓜脸就知道了啊，明显是内分泌失调，整日里和齐晟住一个宫里还成这样，分明就是齐晟没给她调嘛！

我转头冲着写意嘿嘿一笑，神秘地说道："小丫头，等你嫁了人你就知道了。"

写意怔了怔，脸唰的一下子红透了。

还没进兴圣宫，就有宫女过来禀报说黄氏等几个还等着给我请安。我抬头望了望头顶的太阳，暗叹这几个女人还真有耐性，这都要到中饭时候了，还等着，难不成还想等着我管饭？

进了殿门，黄氏等几个忙起身迎过来给我行礼，我随意地点了点头，叫她们都坐下说话。她们恭顺地谢了又谢，这才又重新坐了下来。

你看看我，我看看你，谁都不肯先开口。

我早上还没吃饭，此刻腹中早已是饥饿难忍，实在没心思哄她们开心。

更别说这些女人虽看着个个貌美如花，可这些漂亮的皮囊下多多少少都装了一些见不得人的东西。不是没想过要下狠手整饬一番，可每次见了面，看到这些个把大好青春埋葬在这深宫里的女人，我就怎么也下不去手了。

说到底，其实也都是可怜人罢了。

黄氏等人都可怜巴巴地垂着头，不说话。

我真想与她们说齐晟就那么一个，就是铁杵磨成绣花针也不可能叫大伙都满意的，与其来我这里哀怨，还不如在自个儿宫墙边上种两棵黄瓜秧子。

只可惜这话绝对不能说，万一传到齐晟耳朵里去，估计他能宰了我。

我装模作样地敲打了她们几句，又应了劝说齐晟继续轮宿，雨露均沾，她们这才安心地走了。

我只觉得累，胡乱吃了些东西，又叫人给我备了热水，泡了个热水澡后就爬床上补觉去了。直到齐晟过来看葳儿，我才被写意从床上强行拎了起来，十分不情愿地去后面应付差事。

齐晟表情自然，仿佛昨夜里什么也没发生一般。

男欢女爱本是正常，我也不觉得有什么不好意思的，神态自若地陪着他逗了一会儿小葳儿，然后见天色已晚，便随口问他道："皇上今儿晚上……"

"前面还有些奏折没看，"齐晟打断了我的话，斜睨了我一眼，又慢悠悠说道，"再说朕昨儿也累了。"

我被他这一语双关的“累了”噎住了，一时说不出话来。

就见齐晟轻轻地勾了勾唇角，转身回了大明宫。

看着他远去的背影，我忽地明白过来他刚才一定是把我的话想岔了。

这边写意端着碗燕窝粥给我送过来，一脸欢喜地说道：“娘娘，刚才皇上走的时候，嘴角是往上弯着的，明显地带了笑。”

我点点头，这得多亏你家娘娘反应慢了一拍，少说了半句话，我刚才本想问的是：皇上今儿晚上……该去陈淑妃那里了吧？

这句话要是说全了，估摸着齐晟的嘴角就要往下弯了。

写意自个儿高兴了半天，忽地神神秘秘一笑，与我说道：“娘娘，您可能还不知道吧？”

我还一口一口地喝着燕窝粥，随口问她：“知道什么？”

写意两眼都快能放出精光来了，凑过来低声说道：“皇上今儿早朝都误了，满朝文武在宣政殿外等了小半个时辰呢！”

我这一口粥没喝着，却差点把碗沿子给磕下一块来，结结巴巴地问道：“你……你……你说什么？”

写意“嘿嘿”一笑，“听说这还是皇上头一回误朝呢。”

我愣愣地放下了碗，暗道这回可完了。

整个大明宫都知道我是端着碗汤药给齐晟送去的，然后我就留宿大明宫了，然后齐晟就误了朝了……这事瞒不住，怕是过不两天就要传遍后宫了，紧接着，就是前朝。

再经过人们的一番演绎，我这一世贤名怕是就要毁在这一宿了。

写意不知我心中忧愁，喜滋滋地端着碗下去了。

第二日，太皇太后就把我召过去了。

我心中十分忐忑，就怕她提起昨日齐晟误朝的事来，不承想她却携了我的手，笑呵呵地说道："年轻夫妻，性子又都是火暴的，免不了有个磕磕绊绊的时候。俗话说得好，床头打架床尾和嘛，只要和了就好，和了就好。"

饶是我脸皮厚得已经快和城墙拐角差不多了，听了老太太这话也不禁红了。

过了没两日，绿篱也进宫来看我，一面抹着眼泪，一面欣慰地说道："娘娘总算是转过弯来了，以后奴婢也就放心了。"

我愕然问道："连你也听说了？"

绿篱点了点头，开始从包袱里往外掏小婴儿的衣物。

我一下子就惊悚了。不会吧？又来了？上次也是她先给我准备这些东西，然后我才和齐晟睡了半宿就怀上了。

绿篱抬起头，十分真诚地看着我，"娘娘，快些生个小皇子吧。"

我顿时泪流满面，真想抓起绿篱的手说一句：要是又生了公主，怎么办？

绿篱这里盼着我能够椒房独宠，齐晟那里却又开始了轮宫留宿，甚至还比以前积极了些，三天里头有两天会宿在后宫。后宫嫔妃本就不多，齐晟又像是有意突出我皇后的地位，于是，隔上几天就能轮到兴圣宫一次。

我本着"床上要积极肯干，床下要任劳任怨"的工作态度，认真地做着"皇后"这份工作。可没想到齐晟竟然比我还要敬业，在床上从来都是积极主动，勤勤恳恳，绝不耍滑偷懒，能做两次的时候从来不做一次。

这样的工作态度着实叫人脸红。

我越发觉得齐晟也挺不容易的，白天披上龙袍做皇帝，夜里脱了龙袍做牛郎。为了后宫和谐，不管每天有雨没雨都得被人拧出一些水来。这样下去，怕是早晚有一天步了先帝的后尘。

这样一想，我就有点心软，一天夜里趁着中场休息的空，劝他道："要是觉得累，就歇歇吧，这世上只有累死的牛，没有耕坏的地，更别说这宫里还这么多块地，哪能就都耕透了，也别太难为自己了，我想她们也能理解的。"

齐晟被我说得愣了一愣，不知为何忽地就恼怒了起来，把我揉过来搓过去好一番折腾，最后将我死死地压在床边，双手紧扣了我的手，哑声问道："张芃芃，你就这么想气死我？"

说完就低下头来粗暴地吻了下来，连我嘴唇都给磕破了。

事后我摸着自己破皮肿胀的嘴唇，真心觉得自己是好心没好报。

时间进入四月，天气开始热了起来，宫女们的衣衫越换越薄，空气中荷尔蒙的味道也越来越浓。我原想着齐晟这阵子巡宫巡得这样勤快，黄氏等人的闺怨差不多也该没了，可没想着她们几个见我的时候仍都是敛眉垂眼，委屈得跟小媳妇似的。

凭良心说，我真是觉得齐晟在床上已经够努力了，这帮子女人有些得陇望蜀了。

待到五月间，云西的平叛之战打得越发激烈起来，朝廷里光战报一日里就能收到十好几份，还都是六百里加急的，齐晟政务缠身，再没那么多时间来后宫了，除了隔几天会往我宫里来睡一宿外，大多时候是把黄氏等嫔妃召到大明宫去侍寝。而且做派也越来越朝着传统帝王去了，忙的时候三五天不近女色，兴头上来的时候，一夜里召俩，前半夜一个，后半夜一个，跟赶任务一般。

此等情形，我前世只在电视剧里看过。

对于他这等行径，我十分地不齿，作为曾受过二十年现代教育的新青年，我唾弃他这种侮辱女性的行为！

黄氏等人想必也应是不情愿的，谁愿意睡一半被人从被窝里拎出来送走啊，就算现在天气不冷了，可觉也睡不好啊。折腾半宿，也难怪第二天的脸色会隐含三分委屈。

不过，总的来说宫中还算平静。

绿篱隔上几天就会借着进宫给太皇太后请安的机会来我宫里转一圈，顺便给我送些小婴儿衣物来。

可惜我肚子一直没有动静，我也说不清是喜是忧，绿篱便给我出主意道："娘娘请尊送子观音来吧，奴婢听说翠山福缘寺那边是极灵的，要不奴婢替娘娘去拜一拜？"

我不忍心拂了绿篱姑娘的一片好意，便点了点头。

绿篱精神抖擞地出了宫门，五月底的时候，她就被诊出怀有身孕来了。

我得到这信时都有些愣，第一个念头就是翠山福缘寺的菩萨果然灵验，第二个想法是菩萨也不容易，工作太忙了，偶尔失误一次也是情有可原的。

听说宋太后听了这消息眼睛都红了，当天就把茅厕君拎宫里好一顿训，连"不孝有三无后为大"都说出来了。

其实茅厕君也挺无奈的，他与张三姑娘那里才进行到议婚阶段，离入洞房都还远着呢，更别说抱孩子了。再者说张三姑娘今年才十三岁，如果茅厕君不想做禽兽的话，怎么也得等到小姑娘及笄才能圆房。

而且他与张家结亲又属于政治联姻，都得彼此敬重着点，怎么也不好做出这边小王妃进门拜堂，那边小妾请产婆生孩子的热闹事情。

如此一来，生孩子更得是好几年后的事情了，也怨不得宋太后要红眼了。

不过绿篱有孕，太皇太后倒是很高兴。

绿篱往太皇太后那跑得勤，嘴上也讨喜，老太太本来就对她印象不错，这回一看她肚子又争气，心里更是喜欢上了，特意派了人去赵王府传话给绿篱：头几个月哪都不许去，也不用进宫给我请安，先把身子养稳当了再说！

如此一来，绿篱再没借口进宫来看我了，听说当天夜里就抹了半宿眼泪。

说这话的时候，赵王依旧是蹲在我兴圣宫后殿的廊下，一脸的无可奈何。

我用双手架着葳儿站在地上，看着写意在一边用去了头尾的小鱼喂猫。

葳儿嘴里咿咿呀呀地叫着，挣扎着伸出短粗的小腿去踢那猫儿。她人虽小，劲头倒是很大，一会儿工夫就把我累了一身的汗。

我正有些烦躁，就听着旁边的赵王又幽幽叹道："我是真服了绿篱那丫头了，你说她那眼泪怎么来得就那么快呢？只要手帕子往外这么一掏，眼圈立刻就红，紧接着眼泪就下来了！"

其实这事我一开始的时候也很惊叹，不过见得多了，也就习惯了。

我安慰赵王道："没事，小姑娘都那样。"

赵王奇道："都那样？"

我点点头，转过脸去吩咐写意，"写意，哭一个给赵王看看。"

写意先是一愣，眼圈立刻就红了，泪汪汪地控诉我道：“娘娘尽欺负人，奴婢可不像绿篱姐姐那般动不动就哭。”

我面色如常，转回头去看赵王，“见到了吧？都这样。”

赵王佩服地点了点头。

写意抹干了眼泪，继续淡定地喂猫去了。

葳儿又开始在我怀里挣扎，还想着去踢那猫一脚。

我一边用手坚定地把她抱在怀里，一边问赵王道：“就瞧你表现的那样，我原以为你会为江氏守身的。”

赵王苦着脸说道：“皇嫂，那不都过去的事了吗？咱别哪壶不开提哪壶，成吗？”

我点点头，停了停，又继续说道：“你既然把绿篱拆了封，可就不能给我退货了啊。”

赵王微微张着嘴，满脸的惊愕，半天没能说出话来，过了好一会儿，这才又与我说道：“皇嫂也去趟福缘寺吧。”

我实在是被葳儿折腾烦了，就把她转手给了乳娘，叫乳娘带着她回屋里去玩，又吩咐了写意把猫抱走，这才转头看赵王，问道：“你说我现在去福缘寺，合适吗？”

赵王认真地想了想，回答我道：“挺合适的。”

我迟疑了一下，又问他道：“皇上那里……会不会多想？”

赵王笑道：“臣弟觉得应该不会，若是会，他也就不会隔三岔五地就来皇嫂宫里了。”

我思量了一下，认同地点了点头，这话说得也有道理，齐晟既然常来睡，就应该想到我有可能会怀孕这事。俗话说得好，总在河边走，哪有不湿鞋的，更别说这整天蹚水的。

第二天，正好是齐晟来我宫里的日子，我琢磨着男人在床上最好糊弄了，于是很是积极主动地勾引他滚了床单，然后趁着他筋疲力尽闭着眼昏昏欲睡的当头，委婉地向他表达了我想去福缘寺上香的愿望。

我本想着让齐晟糊里糊涂地点了头，没想到他听了反而是精神了起来，睁开了眼稍稍有些意外地看向我，问道："你想去福缘寺？"

我一面感叹着齐晟这血液回流速度可真够快的，一面老实答道："赵王那里说福缘寺许愿挺灵的，臣妾就想着去一趟。"

齐晟的手指在我腰间轻轻地滑动着，就是不说话。

我也觉得这事是有些不靠谱，自己又有点心虚，咬了咬牙，伸手搭上了齐晟的腰，故意半抬起身子，似贴非贴地擦着他的胸膛，低声说道："我在这宫里闷得久了，想出去透透气，翠山离得又近，早上出去，天不黑就能回来的，就叫我去吧。"

就这么擦擦蹭蹭的，眼角余光便瞥到薄被的一处慢慢地高了出来。

这血液一往下流，齐晟大脑供血明显就不足了，待我再撒娇一般地晃了晃他，他便答了一个字："好。"

真是一如既往地惜字如金啊！

齐晟说完这个字，手上就加了劲道，把我往他身上扣了过去。

我故作正经地笑了一笑，将他的手从我腰上扒拉了下去，正色道："明儿皇上还要早朝呢，快些睡吧！"

说完自己便率先翻身躺了下去，用被子将自己裹了个严严实实。

身后隐隐传来齐晟磨牙的声音。

我正得意间，他忽地一把扯开被子将我拽了过去，二话不说就开始揉搓，刚把我的兴致挑起来的时候，他却又突然停了下来，翻回身去说道："明儿还要早朝，睡吧。"

这种报复是多么的幼稚啊！

偏我还被他勾得连喘气都粗了，深呼吸了半天，还是没法把心头那团火压了下去，索性从床上坐起身来，转头恼恨地看了齐晟背影片刻，发狠地扑了上去。

不管了，先泻了火再说吧！

估摸着齐晟没料到我敢主动扑上去，一时间有些愣怔，待我都把他压身下了，他这才反应过来，眉头一皱就把我翻到了身下。

我觉得齐晟这人挺矫情的，上下真的那么重要吗？说白了，不就是介意我前十几年的性别吗？既然介意你就别碰我啊，为什么还要眷恋这具身体呢？

真是个矛盾的男人啊！

我一边感叹着，一边将双腿缠上他瘦削结实的腰腹。

齐晟这种男人，明明喜欢在床上热情大胆到放荡的女人，却又把什么都放在心里，不肯说出来。

简直就是闷骚男人的典范啊。要收拾这样的人，很简单，你只需要明着骚给他看就成了！

我没别的本事，就是脸皮够厚，床上也够积极主动，勇于用行动表示自己所需，于是很合他的胃口。

不过也亏得他如此，所以不管他之前心中对我的心理性别有多少芥蒂，可他对我的身体却是满意的，甚至是渴望的。

我觉着只要有这一点，那就足够了。不需太久，只需几年时间就好，让我生下皇子，有所倚仗，让朝臣们都知道我是个有子有宠的皇后，让张家再不敢轻易地抛弃我，让茅厕君重新回到我这条船上来。

我这里一描绘日后的生活蓝图，精神上就有些不太集中，齐晟倏地停下了动作，仔细打量我的面容，问道："走神了？"

我猛地警醒过来，只怕自己眼神出卖了自己，忙用手臂环上了齐晟的脖颈，抬起身子紧贴上去，故意停了片刻，才凑在他耳边低声说道："我想再生个儿子。"

齐晟的身子明显一僵，好半晌才哑声问道："真的？"

我心里很是鄙夷他，这问题还用问吗？后宫女人谁不想生儿子啊！

不过，想是一回事，说却是另外一回事了。

我默了默，尽量使自己身体放松，轻声说道："我害怕，怕总有一天会人老珠黄，怕你会厌倦了我。到那时候，身边有个儿子，也许就能保下我一条命。"

齐晟问我道："所以才想去福缘寺？"

我想了想，点头，"嗯，她们说那里求子灵验。"

齐晟没再说话，只用力抱紧了我，察觉到他明显地动了情，我忙紧紧地拥住了齐晟，暗叹果然男人在床上的时候最好骗了。

第十五章 帝王的野心

齐晟既已允了我出宫，这事也就不需要藏着掖着了，我吩咐了写意给我光明正大地准备出宫事宜。

去太皇太后那里报备的时候，正好碰到宋太后也在，我就图省事地问了她们一句：“臣妾要去趟福缘寺，皇祖母和母后有什么需要捎带的没？”

宋太后对我一向客客气气的，闻言习惯性地摇头。

倒是太皇太后与我说道：“前阵子忽地梦见了多年的一位旧友，近日总是记挂，皇后既去福缘寺，就替我给他在佛前供一盏长明灯吧。”

我点了点头。

“翠山是个好地方，我娘家原来在后山那里还有个庄子，很大，专门引了清水河的水进去造景。我小时候惯常去的，长大后还在那里住过好长一阵子……”老太太缓缓地转动着手中的念珠，不知是想到了什么，眉眼间有一刹那的恍惚。

她很快又恢复了常态，抬头笑道：“现在总是爱想年轻时候的事情，果真是老了。”

我暗叹老太太是够长寿的，把她那一辈的人差不多都熬尽了，也不知道她挂念的友人会是谁，尚健在否?

不知怎的，心里竟也有些忧伤，人活一世，就算是熬到了老太太这一步，又能如何？算计到头，最后也不过落得个一切是空。

这样一想，忽就觉得那福缘寺去与不去也没多大意思了。

许是我情绪太低落了些，齐晟来我宫里看葳儿的时候，便问道：“怎么了？”

我想了想，答道：“臣妾身为皇后，就算是便服简行，去趟福缘寺也挺麻烦的，早知如此，还不如就叫写意替臣妾跑一次算了，何必还要自己亲去。”

齐晟听了没说什么。

可没想着第二日一早写意就将我从被窝里扒了出来，趁着我还眯瞪的工夫，独自一个人给我穿了一身与平日风格大不相同的衣裙，把我摁在梳妆台前打扮。

我两只眼皮还像涂了胶水一般，一面点头打着瞌睡一面问写意道：“这还没到她们来请安的时辰啊，今儿干吗这么早？还有，人呢？怎么就你一个人伺候？”

写意声音中带着隐隐的激动，凑在了我耳边低声说道：“皇上刚叫人送信进来，说要娘娘这样打扮。”

我一愣，脑子还糊涂着，头上已是被写意扣上了一顶帷帽，然后被她拉着，蹑手蹑脚地从殿内摸了出来，七转八转绕出了兴圣宫。

兴圣宫后停了辆不起眼的马车，写意刚拉着我到了车前，车旁等候的马夫就已是放了脚凳下来，与我说道：“皇后娘娘，皇上正在车里等着。”

齐晟？他在车里等着我？

我正惊疑间，写意已是在身后扶着我上了马车，低声说道：“奴婢在后面跟着，娘娘有事叫人传唤奴婢便是。”

说着便替我掀开了马车门帘。

车内，一身便装装扮的齐晟倚壁而坐，闻声抬眼淡然地向我看了过来。

我怔了一怔，老老实实地爬进了车内。车厢不大，布置得倒是精致舒适，矮几软垫等物都齐全，虽都只是些半新不旧的，但细看就可以瞧出细微处的不同。

一句话形容，有那么点低调奢华的意思。

齐晟目光只在我身上打了个转便移开了去，然后又半倚在软垫上闭目养神，口中淡淡吩咐道：“走吧。”

外面有人恭敬地应了一声“是”，马车便缓缓开动了。

从头到尾，齐晟都没和我说一句话，也没有说他这是要带我去哪里。

这车厢远比以前我和他一同坐过的太子车驾小了太多，他摊开了手脚，我就只能规规矩矩地跪坐着，不然就要碰到了他。

即便这样，两人还是几乎气息相闻。

我忽地觉得有些不自在，除了在床上，我很少离得齐晟这般近过，尤其是这样衣衫整齐的时候。不知为何，觉得眼下这模样，还不如在床上与他赤诚相对时更自在一些。

我将头上的帷帽摘下来扔到了一边，细细地将这车厢内都打量了一遍，最后目光不得不落在了他身上，见他虽闭着眼，睫毛却是偶尔轻轻抖动，显然并没有睡着。

我想了想，开口问道：“皇上吃早饭了吗？”

齐晟睁开眼看我。

我赶紧下意识地解释道：“我不饿，真的不饿，我就是问问。”

齐晟嘴角上就有了些笑意，微微起身从矮几下抽出个点心匣子来，递给了我，“吃吧。”

我打开一看，嘿，里面种类还挺齐全，便老实不客气地从匣子里摸出块点心吃了起来。

齐晟仍懒洋洋地倚靠在软垫上，漫不经心地问我：“也不问问这是去哪里？”

这有什么好问的，就这一辆车，这点子人，能去哪里？难不成还能带我去云西观战？我又不是真傻，连这个都猜不到。我停了停，忙将口里的点心末子都咽了下去，这才问道：“不是去翠山福缘寺吗？”

就见齐晟的眉毛挑了一挑。

我装没看见的，继续低头专心吃点心。正吃着，齐晟却忽地靠了过来，伸手将我手里捏着的半块点心拿了过去，轻声问道：“真这么好吃？”

说着，便将那点心塞进了自己嘴里。

我愣愣地看着齐晟，他目光灼灼地看着我，似乎在期待着什么。

我是真有心脸红一下以示羞涩的，可就这个程度的挑逗，我这脸是真红不了啊！

这种撩妹的手法，早多少年前我都不用了的，若换作是我，刚才就该攥着我的手直接去叼那半块点心，顺便再用舌尖舔一舔那指尖。

这才叫暧昧，这才叫调情好不好？

跟着江氏那柴火棍子混，果然是混不出什么出息来的。

我有些怜悯地看着齐晟，从匣子里又摸出一块点心递了过去，一本正经地问道：“半块够吗？再来一块？”

齐晟面色冷了下来，深吸了口气，又靠回到软垫上去闭目养神。这一养神就足足养了大半路，愣是再没说一句话。

我觉得吧，明明不想睡，却还要闭着个眼睛装睡，这其实也挺不容易的，尤其还装了这么长时间。

若是叫他这么“不容易”一道，以后难免要报复我的。

我略一思量，便用手撑着矮几往齐晟那边探过身去，轻声问道：“聊几句？”

齐晟还是不睁眼，很大爷地，漫不经心地“嗯”了一声。

我暗中向他比画了一个“鄙视你”的手势，口中却是正经地问他道：“云西那边战事如何？”

齐晟这才睁开了眼，黝黑的眼眸中淡定无波，看了我片刻才答道：“很顺利，若是不出意外，明年初战事就能结束。”

说完了就静静地看着我，似在等着我的下一个问题。

我郑重地点了点头，然后又一脸紧张地盯着他，问道：“咱们中饭在哪儿吃？”

齐晟面色僵滞了一下，接下来又是要深呼吸。

我忙笑着伸手轻拍他的胸口给他顺气，笑道：“开玩笑的，好容易出来一次，别总是绷着一张脸，都对不起车外大好的风光。”

说着便探过身去，伸手替齐晟撩开了他那一侧的车帘。

车外一派初夏景色，树木青翠，花朵娇艳，就连迎面吹来的风里都有着融融的暖意，吸进胸膛里都是舒服的。

我转头去瞧齐晟，却见他并未瞧外面的山景，而是瞄着我的胸口。我低头，果见目光落处也是山峦起伏春光正好。

我就叹了口气，弯着腰站起身来从矮几上迈了过去，跨坐在齐晟腿上，在他的惊愕中解落了衣衫，慢慢地向他俯下身去。

齐晟身子一僵，浑身的肌肉都紧绷了起来，呼吸立刻粗了许多，下意识地伸手扶上了我的腰。

我从他唇上轻轻擦过，最后落在他的颈侧，低低说道：“那日夜宿大明宫后，江氏曾拦在路上讽刺我是以色侍君，可她却不知道我是多么感激这个‘色’。在你剪除了我所有的羽翼之后，叫我还可以取悦你，叫我即便做不成翱翔九天的凤凰，也可以做一只金丝笼中的雀鸟，不临风雨之苦，免受风霜之迫，甚幸，甚幸。”

说完便张口轻轻地含住了他的耳垂。

齐晟放在我腰上的手掌渐渐收紧，最后缓慢却又坚定地将我从他身前推离，垂着眼帘，默默地给我整理着已经凌乱的衣衫，直到将最后一根衣带系好之后，这才淡淡说道："你不是雀鸟，你是我的皇后，是以后与我齐晟并肩看天下的妻。"

我有些怔，狐疑地看着他。

他抬眼看向我，说道："你不用和我动心眼子，我之所以会回应，是因为我能从你的话中听出我想知道的事情。比如你提江氏，虽然是有意给她上眼药，却也说明你已有了女人的善妒。"

他淡淡地笑了笑，盯着我的眼睛，慢慢说道："善妒，善变，甚至虚荣，蛮横，你之前十几年失却的东西，我都会慢慢给你找回来，我会容你，纵你，宠你，爱你，直到你愿意牵住我的手，与我并肩而立。"

我已经是惊得说不出话来，下意识地往后退了一步，愕然地看着他。

这还是齐晟吗？不会是言情男主附体了吧？

齐晟看我这副模样，轻轻地嗤笑了一声，问我道："怎么了？吓住了？难不成还以为只你一个会糊弄人？"

我愣怔了片刻，这才由衷地赞叹道："皇上果然非凡人，佩服，佩服，臣妾佩服。"

齐晟讪诮地挑了挑嘴角，别过了视线。

我不由得感叹，这男人下了床智商果然是提高不少啊。当然，我也要自我检讨，自己演技还是太过生涩，还需日后磨炼，回头还应向绿篱、写意两个学一学哭戏，适当时候也可以向影帝同志讨教一下技巧。

身旁的齐晟再没说话，只撩开了一侧的车帘，静静地看着车外愣神。

福缘寺建在翠山半腰处，已有四百余年的历史，香火一直十分鼎盛。马车上山不便，在山脚下便停了下来，齐晟先下了车，极好心地回身扶了我一把，带着我随着上香的人群一同往山上走。

我觉得拜佛这件事吧，心诚不诚先放一边，这礼数绝对都得到了。于是进了寺不管三七二十一，见佛像就拜，生怕再把哪个菩萨给漏下了没拜到，得罪了菩萨。

齐晟见我在佛前求得虔诚，偶尔也会随着我拜上一拜。

拜到观世音菩萨座前的时候，身边齐晟嘴里也是低低地念念有词，我实在没忍住，便转头问他道：“你求什么？”

齐晟双目微垂，模样十分虔诚，答道：“求我身侧之人与我所求相同。”

这话有点绕，我咂摸了一下才明白了他的意思，顿时就觉得有些心虚，忙转过身去冲着观世音菩萨又拜了拜，暗暗祷祝道：菩萨，这事上您一定得向西方的同行多学习学习，也讲究一个女士优先。

就这样见菩萨就拜，磕头磕到后面，我已是有些头昏脑涨起来，待拜完了普贤菩萨出来时，若不是齐晟从旁边拽了一把，我差点就要撞上那殿门。

齐晟微微皱着眉看我，问：“怎么回事？”

我想了想，答道：“许是刚才心不诚，再回去拜一拜吧。”

说完便又回身跪倒在蒲团上，认认真真地磕了三个头。

齐晟终于不耐烦了，一把将我扯了起来，二话不说就拉着我出了佛殿。

我琢磨着，这小子估计是又哪根筋抽了，索性也不问，只闭着嘴随着他走，不一会儿的工夫就绕出了寺院，进了后山。

齐晟这才把步子放慢下来，却没松开我的手，只拉着我沿着山间石径慢步缓行。可即便走得这样慢，写意与做了小厮打扮的小内侍两人还是被落在了后面。那些在暗中保护的侍卫更是不用说了，基本上连个人影都看不到了。

我隐约明白过来，齐晟这厮是往这里和我约会来了。

约会这事我以前倒是经常做的，什么时候牵手，什么时候搂腰，早都熟门熟路了，眼下性别虽然变了，也不过是变攻为守罢了，不算什么难事。只是齐晟这厮心思太过深沉，从不做无用之功，他今天忽地这样反常，却叫我心中有些不安起来。

别不是还有什么坑在前面等着我呢吧？

这样一想，我更是紧张起来，哪里还有什么心思看风景，只用眼角余光瞥着齐晟，留心着他的一举一动。

齐晟一路走着，一面随意地和我讲着某棵树是谁种的啊，某个石棋盘是谁用过的啊，某个石刻是谁留的啊……

我跟着一道小心应对着，觉得齐晟句句话里都别有深意。

又走了一会儿，齐晟忽地停下了，转身静静看我片刻，低低地叹了口气，说道："回去吧。"

我终于大松了口气，忙点头道："好啊，好啊。"

正要转头回去呢，却又忽听得前面传来一阵女子清朗的笑声，抬眼看了过去，就见几个打扮贵气的年轻女子被人簇拥着从山上下来了。

待朝阳郡主那张明媚的小脸从人群中露出来的时候，我突然意识到，挖坑的终于来了。

这个小美女，虽然与我接触不多，但是我对她却是印象深刻。

第一次是在大前年元宵节家宴上，她美其名曰约我去看花灯，结果却领着我湖边小树林去捉奸去了，下场是那夜之后我被齐晟禁足三个月，宫中人人传说太子妃红衣撞邪。

第二次是前年前往避暑行宫的途中，她将我从马车里糊弄出来瞧春光，结果却是带到了茅厕君面前，一番试探之后，茅厕君终于认定我是个假货，于是宛江之上，齐晟与茅厕君一番斗法，我差点被人丢进宛江里煮了饺子。

这一次见面，小美女脸上先是闪过了意外和惊讶，紧接着，又灿烂地笑了。

她这一笑不要紧，我只觉得周身一阵小风飕飕刮过，连带着头顶的太阳都失去了热度。

我低声问齐晟："你约来的？"

齐晟微微摇了摇头，松开了牵着我的手。

朝阳郡主抛下了那几个同行的少女，独自一人向着我与齐晟欢快地跑了过来。

我眼角余光就看到四周一下子多出好几个身影来，不露痕迹地向着齐晟四周围了过来。

齐晟微微抬了抬手，那些身影顿了顿，眨眼间就又消失在四下里了。

我正惊叹这帮子暗卫如影如魅的身手呢，朝阳郡主已经是跑到了跟前，潦草地向着我和齐晟行了个礼，笑嘻嘻地问道："三哥，三嫂，你们也来游玩吗？"

齐晟在兄弟中排行老三，早年还是太子时，茅厕君也会偶尔叫他三哥，不过自从齐晟登基之后，他就已经跳出了兄弟们的排行，再没人敢叫他三哥了。

朝阳郡主此刻这样称呼，说明两个问题：第一，这丫头脑筋活络，一看我与齐晟的打扮便知道我们两人私下里出来的，自然不愿意叫人识破了身份；第二，这丫头脸皮子也够厚的了，不管双方关系怎样，口头上是一定要亲热的。

齐晟负着手，略略点了点头。

朝阳郡主又笑着向我看了过来，撒娇一般地说道：“好些日子不曾见过三嫂了，三嫂也不邀我去玩，小侄女满月的时候我送的礼三嫂看到了吗？可是喜欢？”然后不等我开口，又上来抱住了我一只胳膊，笑道，“好容易在外面遇到了嫂嫂，不能轻易放过了。福缘寺里的素斋有名，我和一些朋友正打算去尝尝呢，好嫂嫂，你和我们一起去吧！”

这样说着，手却在暗处悄悄地捏了捏我的手臂。

我十分无语，暗道你挖坑就挖坑吧，为什么还要当着齐晟的面挖呢？这么巧合的相遇，这么不合礼的相邀……你坑挖得老大，又不带盖，就差在坑的四周竖上“此处有坑”的标识了，你叫我怎么去跳这个坑？

我就有这跳坑的心也没这跳坑的胆啊！

我赶紧挣脱了朝阳郡主的手，又往齐晟身边靠了一步，借此表明自己此刻坚定的立场，然后就抬头看着齐晟，等着他的反应。

齐晟淡然地笑了笑，替我拒绝道：“家中有些事，你嫂嫂得同我一起回去。”

朝阳郡主听了有些失望，往下拉了拉嘴角，但又很快乐和起来，巧笑着说道：“过几日我去给老祖宗问安，到时候我再去看嫂嫂，三哥不会拦着我吧？”

齐晟这回只弯了弯嘴角，连话都没答。

朝阳郡主自己也觉得有些无趣起来，不过还是笑着扯了几句闲话，撒了两句娇，这才辞了我们走了。与她同来的那几个少女一直在远处等着，虽都做着看风景的模样，不过却不时地往这边瞄上一眼。朝阳回去了也不知道与那几个小丫头说了些什么，她们就都向我们这边瞧了过来，还有人用帕子捂着嘴笑了起来。

齐晟视而不见，淡定地牵起了我的手，拉着我沿着另外一条山路往山下走去。

待走出了几十米，绕过了两个弯，朝阳郡主那伙子人早就看不到了，我这才拽了拽齐晟，问道：“怎么会这么巧？”

齐晟回身看向我，说道：“老九想见你，若是不出意外，他此刻也在这山中。”

简简单单一句话，却惊得我差点一佛出世，二佛升天。

我和齐晟私服游翠山，这要传出去顶多算是个帝后情深的佳话，但若是我和茅厕君在这被人逮住了，那可就不是约会，成幽会了。

见我惊讶，齐晟反而笑了，问道：“你可想见他？”

说实话，我是真想私下里见见茅厕君，毕竟有些话是没法叫人来传的，只能我们两个见了面才能说。

不过我还没活够，当着齐晟的面，打死我都不会说自己想见茅厕君。

我镇定地摇了摇头，很坚定地说道：“不想见。”

齐晟笑了笑，转身又走。

我在后面站了片刻，才又追了上去，叫道：“哎？”

齐晟停了下来。

我有心问他是不是早就料到茅厕君想要见我，所以才带着我来这翠山给我们两人创造机会，可这话都到嘴边了，我却又突然改了口，只能问他道：“咱们中饭在哪里吃？”

齐晟面色有那么几秒钟的僵滞，问我道：“你想吃这寺里的素斋吗？”

那朝阳小美人说了要从寺里吃素斋的，我若是再去了，难免不会再碰上。眼下是敏感时期，多一事不如少一事，我琢磨了一下，忙摇头道："我不喜欢吃素。"

齐晟说道："那好，我们先回盛都，我知道一个地方饭菜做得极好，带你去尝尝吧。"

说完便带着我往山下走。

翠山离盛都还二十来里路呢，这个时候下山，再赶回城也得过了晌午了。我摸了摸空空如也的肚子，只恨早上没能多吃几块点心垫肚子。

齐晟在前面走得潇洒，我脚下故意慢了慢，想着写意能在后面追上来，可不承想我这里走得慢，尾随在后面的写意也跟着慢了下来，总离着我有那么二三十步，不远不近地在后面吊着。

没法子，我只能回身冲着她招了招手。

写意微微一怔，这才急忙跑上前来，低声问我道："夫人有什么吩咐？"

我饿得急了，额头上都已经起了汗，一把抓住了她的衣襟，颤声问道："有吃的吗？"

写意被我吓着了，好半天才抖着手从怀里摸出半块用帕子包着的玫瑰糕来，"奴婢一时贪嘴，就剩下这些了。"

半块就半块吧，好歹也能充充饥。

我刚将这半块玫瑰糕塞进嘴里，走前面的齐晟不知什么时候又转了回来，看着我问道："饿了？"

饿了？我一大早就被他从被窝里提溜了出来，马车上好容易吃块点心，他还叼走了半块。这一大上午又是爬山又是磕头，眼下太阳都到头顶了，我能不饿吗？

我是真想抱着他的大腿哭一句"这位大爷，我要饿晕了啊！"

可能是我的眼睛出卖了我的内心，我虽没回话，齐晟却是低低地笑了一声，说道："瞧你这点出息，这才几顿没吃。我以前在军中时，曾三天粒米未进过，也不像你这般。"

口中虽说着，手上却拉起了我，脚下的步子走得比刚才也快了些。

刚从后山里绕出来，却有随行的侍卫寻了过来，面上隐隐带了惶恐之色，凑到齐晟身边低声说道："主子，山下的马车被人做了手脚。"

我一愣，转头看向齐晟，就听他冷声问道："怎么回事？"

那侍卫忙细细禀报，简单说来就是"这是一场意外"。

因福缘寺香火鼎盛，来的人多，车马也极多，山下便专门辟了块场地给人们存放车辆牛马。最早是有心思活络的小贩，挑着担子在场子里卖些吃食玩意给看守马车的仆人车夫，慢慢地竟聚成了不小的集市，连杂耍班子都引了过来。

我与齐晟下了车之后直接上了山，暗中护卫的人员也都随着我们走了，只剩下车夫并着两个便装的侍卫在山下留守。那几人因怕出事也不敢四处转悠，只守着那车等我们下山。谁知你不惹事并不代表事情不来惹你，不知怎的，停在边上的一辆马车就突然受了惊，这一下子可就乱套了。

场子里一片大乱，人人都躲着那辆受惊的马车，那杂耍班子本来正抡火盘子呢，见状也没心思表演了，顺手就将手里的火盘子甩了出来，不偏不倚正好砸在了我们的马车上。

那火盘子烧得正旺，里面又有易燃的东西，眨眼工夫就将车厢给燎着了。

车夫与侍卫只顾着在车前控制惊马，却忽略了防火，待再反应过来，虽然救出了马，那车却已是被烧得连车厢里暗藏的精钢铁板都露出来了，实在要不得了。

这果真是一场“意外”啊！

齐晟面上虽是波澜不惊，眼神却是有些阴沉。

福缘寺离着盛都城二十来里路，这个时节又没有公共交通工具，所以大伙来上香能选择的出行方式不外乎就三种，要么骑马、骑驴，这全看你个人喜好，图潇洒的大都骑马，讲究安全的基本骑驴，当然个别极有性格的也会骑牛；要么坐车，马车牛车就全看你家庭条件了，富贵之家大多是装饰华丽的马车，普通家庭也就是辆牛车了，虽慢些，可毕竟能省了脚力；再剩下那些实在没钱的，也就只能靠着两条腿走了。

眼下我们的情况是，车虽没了，但是马还在的，倒还不算是最坏。

问题是，我今日穿了一身正统的女子裙装，若骑马却是大不雅的。为今之计，就是叫人快马加鞭地赶回城去，重新弄了车来接我们。只是这样的话，我这顿饭就得等到天黑才能吃上了。

只这样一想，我就下意识地摸了摸肚子。

齐晟默默站了片刻，却是忽地笑了，转头与我说道：“走吧，咱们也去寺里吃素斋去。”

我与他相处久了，对他的脾气也多少了解了些，暗叹茅厕君这回真是惹急了他。我不觉也有些奇怪，若是茅厕君只想暗中见我一面，无须这样来搞啊。他一个王爷，又有亲娘在宫里做太后，就算是宫里耳目众多，要想见我也不是没空子可钻，何必搞得这样声势浩大呢？

我随着齐晟又往寺里走，待从后厢房里吃了一顿素斋，出来的时候果不其然地再次“巧遇”了朝阳郡主。

朝阳郡主一张小脸上笑得跟花一般，这一回身边没了那几位贵女相伴，却是多了一个年轻人，正是茅厕君的好兄弟杨严。

我忍不住往杨严身后看了看，倒是没瞧到茅厕君。

齐晟正用着杨豫在云西平乱，看在老子的分上也不好太薄待儿子，又加上杨严前阵子刚去了一趟云西，回来没几日，齐晟便问起杨严云西的情况来。

朝阳小美女听了没几句，脸上便露出了不耐烦的神色来，拉了我袖子，用不大不小的声音央求道：“好嫂嫂，咱们不听他们说这些没意思的，听说西边新建了个园子，里面景致极好，咱们过去瞧瞧？”

我心中一凛，好嘛，该来的总会来的！

我转过头去看几步外的齐晟，恰好他也正抬眼往我这里看过来。我急忙瞪大了眼，恨不得用眼神向他保证，我现在的心绝对是又红又专，全无半点小心思。

齐晟挑着唇角笑了笑，交代朝阳道：“去吧，多带着几个人，日头大，别叫你嫂嫂晒着了。”

朝阳忙不迭地点了点头，挽了我的胳膊就走。

写意这回不用吩咐，紧跟着过来了。

西边果然是有个不小的园子，里面种了不少花木，眼下开得正盛，园子一角又引了活水进来造景，小桥流水的，倒是极风雅。

朝阳小美女刚领着我上了小桥，就听得身后传来一阵惊呼。我回头一看，好嘛，果然是写意落水了。我就知道她们得想法子把写意给调开，却没料到手段就这样简单暴力，直接把人挤水里去了。

果然是不能指着女人来怜香惜玉啊！

那池子里的水并不深，看样子不过是刚到写意腰间，几个侍女手忙脚乱地将写意从水里拉了上来，倒是没受什么伤，身上衣服却都是湿透了。夏天穿得又单薄，单衣湿淋淋地贴在身上，一下子把身材显了个透。

我上下打量了一下写意，这丫头真得加强营养了，这小身板，明明都十五六了，看着可真够单薄的。

朝阳眼中闪着幸灾乐祸的光芒，口中却是忙叫那侍女们带着写意下去找身干净的衣服换上。

写意一面拧着裙子上的水，一面委屈地偷眼瞄我。

丫头啊丫头，你本就不该跟着我来啊，你来了，就是她们的眼中钉肉中刺啊！我低低地叹息了一声，冲她点了点头，安抚地拍了拍她的手，吩咐道："去吧。"

写意不情不愿地被人架走了，朝阳脸上立刻收了笑嘻嘻的模样，一脸严肃地拉着我往园子深处走，低声说道："快些，九哥他们早就等得急了。"

我被她拉着走得飞快，只想问她几句：姑娘，你知道你现在在做什么吗？你知道做这事的后果吗？你们明摆着欺负齐晟，他可能放过你们吗？茅厕君那里是破罐子破摔了，你呢？你可还待字闺中呢啊，齐晟要想整你，都不用费心劳神的，只一个赐婚就能叫你恨不得投第二次胎去了。

唉，果然是无知者无畏啊。

朝阳将我带到了一间僻静的厢房内，一进门果然就见茅厕君等在里面，身边还坐了一个五十来岁的男子，看眉眼有些眼熟，想了想却是不记得在哪里见过此人。

茅厕君与那人都站起身来，茅厕君又冲着朝阳点了点头，朝阳就带上门出去了。

我走到桌边坐下，自顾自地给自己倒了杯茶水，那茶水入口只是温热，可见这两人果然是等候多时了。

坐在对面的茅厕君就笑了笑，指着身边的男子向我介绍道："这位是杨豫杨将军。"

我听得愣了一愣，反应了一下才明白过来，这人竟然是杨严的老爹？难怪看着眼熟，早在泰兴城外时倒是远远见过一面。不过，这位老兄不是应该在云西平叛吗？齐晟前几天还接到他的战报呢，怎的竟然突然私自回京了？

许是看透了我的心思，杨豫淡淡一笑，说道："皇后娘娘不需担心，云西那里臣已经妥当安排了，不会出事的。"

我按下心中的惊愕，问他道："是杨将军要见我？"

若不是他要见我，茅厕君大可不必费此周折。

杨豫与茅厕君对视了一眼，缓缓地点了点头，答道："不错，正是臣想要见皇后娘娘一面。事关重大，须得与殿下和娘娘见一面才能谈。"

我看他说得如此郑重，不由得也坐直了身子，问道："杨将军要说什么？"

杨豫沉了一沉，问道："娘娘可知道皇上为何命臣去云西平叛？"

我想了想，平静答道："他先调走了杨将军，再将我这个皇后禁足，为的就是诱使殿下与我张家的联合，然后再一石二鸟，在削减殿下的同时，也重创张家，将军政大权都拢于己手。"

茅厕君与杨豫并未显露丝毫惊讶之色。

茅厕君轻轻笑了笑，对我说道："我与张三姑娘订婚，不过是为了安皇上之心，本想着解释与你听，可后来见你一直这般平静，便猜着你已是想透了这些。"

杨豫却是略带欣赏地看着我，赞道："娘娘果然聪慧，殿下没有看错人。"

我本想自谦两句，可转念一想又闭了嘴。人家说这话也许不是赞我聪慧，而只是称赞茅厕君的眼光而已。

又听得杨豫继续说道："不过娘娘却只知其一，不知其二。"

我抬眼看向他。

"皇上调臣去云西，看着是为了除去殿下身后倚仗，实际上却有更深的意思。"杨豫停了停，微微绷了绷嘴角，这才又说道，"皇上心中更想的是将臣调离江北，困于云西，将臣手中兵权不露痕迹地收回。臣本没多想，是到了云西之后才渐渐察觉。因为云西叛乱远不像之前朝中说得那般严重，贺家多年镇守云西，兵力充沛，贺良臣又是宿将，怎么对这样的叛乱束手无策，非得从江北调臣过去平叛？"

他说的这个问题我也疑惑过，按理说贺家是齐晟的心腹之臣，是军中三大巨头之一，连个云西都平定不了，倒是真废物得叫人既安心又意外。

杨豫又继续说道："后来，皇上又命贺秉则分靖阳张翎之兵屯守西胡边境，却派薛、莫两家增兵靖阳、新野一线，看似是为了压制张家而进行的防务调动，仔细想来却是暗藏玄机的。若是臣所料不错的话，云西平乱之后，皇上也不会叫臣再回江北，而是留臣驻守云西，改调贺家主力北上。"

杨豫说到这里，停下来静静地看我。

这一串兵力调动，听得我脑子也有些发紧，我用手蘸了茶水，在桌面上随意地画着杨豫所说的几个地点，以及兵力的调动方向。

茅厕君若与张家联姻，齐晟必会寻了借口除去他，捎带着断了张家一个臂膀，而到时杨豫深陷云西，兵权也会被架空。这一切，都打着内部争权的烙印，齐晟与兄弟争，与外戚张家争，与杨豫争……

可结果却是江北的重要城池都已换上齐晟的心腹战将，北疆一线更是在一直慢慢地、不露痕迹地屯聚重兵。

突然间我脑中一亮，失声问道："他要对北漠动兵？"

北漠与南夏对立已久，五十多年前更是打了一场长达六年的恶仗，成祖就是从战中发迹，以一个先太子遗腹子的身份复位成功，成就一代圣主。杨豫的父亲麦帅，更是江北的一个传奇，自一名步兵小卒起，短短时间内便成为统领江北军的元帅，六年时间内历经数次恶战，却从无败绩。

还有张氏祖父张生，贺秉则祖父贺言昭，莫家莫海，薛家薛武等人，都是当时叱咤江北的战将。

那一场战争以南夏的胜利而告终，成祖本想着乘胜追击灭掉北漠，可当时的江北军统帅麦穗却不知为何突然撂了挑子，置成祖的君命于不顾，带着亲卫回了盛都。

成祖当时还因为此事大怒，将麦帅投入了天牢，不过这对君臣一同起于江北，两人之间有太多别人看不透的东西，也不知道因为什么缘故，最后成祖并未将麦帅治罪，又将他放了出来。

那麦帅也是有个性，出来后竟舍了盛都的荣华富贵和麦帅府中的娇妻幼子，一人一马独自走了。据说麦帅后来也曾回来过，不过身边已是有了新人，也生育了别的子女。人们便都说麦帅虽然是个英雄，但对原配徐氏却是无情的。那徐氏救麦帅于危难中，好容易得了一个儿子，还被麦帅过继给了别人，最后只落了一座空落落的麦帅府，守了一辈子。

许是这个原因，成祖对徐氏母子便多有照拂，对杨豫更是纵容。

这些都是半个世纪前的老皇历了，我也是听宫女们八卦的时候提起过。

那场战争之后，南夏与北漠虽然一直对立，边疆上也时不时地就发生一些摩擦，但两国也不过都是口头上谴责一下，或者用外交途径表示一下遗憾什么的，却没再发起过大规模的战争。

想不到齐晟登基不过两年，竟要准备着对北漠动手，而且，还为了这次动手多方谋划，不惜挑动云西叛乱。

张家、杨家、茅厕君与我等不过都是棋子，齐晟他下得好大的一盘棋！

据说他爷爷成祖复辟时也是利用云西之乱，现在看来，这爷孙俩还真是像，连手段都大同小异，真不愧那个“酷肖成祖”的评价。

杨豫此刻眼中已全是敬佩之色，正襟危坐，与我拱手道：“娘娘心思敏锐，见识深远，真乃女中豪杰。”

茅厕君看着我，唇角上却是挂了一丝苦笑，说道：“皇上还是太子时，便对江北苦心经营，经常在江北大营一待数月，现在看来，他早已是有心对北漠动手了。更别说兵指北漠还是成祖的遗志。”

我脑子里有些乱，这些到底是谁的志啊愿的我不关心，我只知道我得重新认识一下齐晟此人了。

这样一个能在数年前就慢慢谋划一个天大的棋局的人，别的且先不说，只心志之坚韧就叫人感到恐怖。

我沉默良久，忽地记起一件事情来，忍不住问杨豫道：“我曾听杨严说过，你们杨家有家训，外敌当前必要先护国守民，他既然有用你平云西的胸怀，为何不让你去领兵打北漠？”

毕竟杨豫是麦帅的传人，军中声望在那摆着呢，对北漠也可说是一种震慑。

杨豫听我问到这个似是有些意外，稍一迟疑，平静地说道：“因为臣有一半北漠血统，在此事上皇上是不放心臣的，这也是皇上为何非要把臣调到云西架空的原因，而不是明面上看到的那般只为了对付殿下。”

我微微张了嘴，已是被这个消息给震傻了。

麦帅与徐氏都是根正苗红的南夏人，长子杨豫竟然有一半北漠血统，这是怎么说的？到底是麦帅偷了人还是徐氏爬了墙？再一联想麦帅对徐氏母子的态度，难不成这杨豫还真不是麦帅的骨血？

茅厕君轻轻地咳了一声，接过话去，“既然看透了皇上的打算，那么，我们要怎样做？”

他说着，向我看了过来。

我觉得他这话问得有玄机，这个“我们”，可是又把“我”给圈进去了？我抬眼看茅厕君片刻，说道：“既然猜到皇上的用意，殿下可以不娶三姑娘。”

茅厕君闻言却是摇了摇头，道：“他既有除我之心，有些事情便是避免不了的。我若是顺着他的意娶了张三姑娘，碍着张尚书这一层的关系，到时候皇上对我可能还会抬一抬手，否则……”

他没说下去，脸上挂着浅淡的笑意，只静静地看着我。

我觉得一个狐狸窝里不可能养出绵羊来，哪怕他现在从始至终都披着羊皮，他也是吃肉的。所以，我不相信茅厕君是为了守信才要坚持与我联盟，若不是我这个皇后还有可用之处，他大可以抛开了我直接去找张家去谈。

既然找我，那就说明在他们的计划里，我是必不可少的。

我承认自己考虑事情总是比他们慢半拍，当下最好就是以不变应万变。

我瞥了眼一旁端坐的杨豫，问茅厕君道：“我脑子愚笨，猜不透人心，殿下有什么打算直说便是！”

茅厕君笑了笑，答道：“我与杨将军商量过了，还是觉得你的法子最为稳妥。”

我的法子？我的法子就是装乌龟，简单易学，包教包会。

我气乐了，说道：“既然如此，那大家就各自蹲各自的瓮，都小心着点，叫人养小了没事，只别被养死了就成！”

说完起身便往外走。

杨豫一下子急了，忙唤住了我，“皇后娘娘……”

我转回身来，看着他两人，冷笑道：“既然你们都觉得我的法子好，还这么费劲地见我做什么？”

杨豫微微皱了皱眉头，却不知说什么好，看看我，又转头看茅厕君。

茅厕君坐在那里默默看我片刻，忽地开口说道：“杨将军，请您先回避一下，我有几句话想与皇后娘娘说。”

杨豫点了点头，又看了我一眼，从桌边站起身来大步地出去了。

屋中只剩下了我与茅厕君两个，他低头给自己的茶杯里添着茶水，轻声问我道：“你可还记得宛江上我与你说的那句话？”

我怔了一怔，宛江上他可是曾说了不少话的，还曾许过我“平安康泰，衣食无忧”，这会子突然问起来，我却有些摸不准他这是问的那一句了。

茅厕君抬眼看我，缓缓说道：“我既许诺，便会重诺。”

我心头微微一震，忽地想起了我落水时的那一幕，他用手拉着我，盯着我的眼睛一字一句地说了这八个字后，便松开了扒着船舷的那只手，护着我落入了江中。

宛江九曲峡，江弯九曲，滩多水急，处处暗礁，时时凶险。

那一夜，我与他紧紧地抱在一起，彼此用身体去为对方挡着迎面撞来的礁石，半夜沉浮终换来逃出生天。

我点了点头，答道：“我记得。”

茅厕君看着我，又继续问道：“那我现在问你，你在兴圣宫中说的那些话可还算数？”

我沉默下来，好半晌才答道：“算数。”

“那就好。”茅厕君似松了口气，脸上露出淡淡笑意，说道，“这阵子他待你这样好，我真怕你就此昏了头。”

我下意识地抹了抹鼻尖，有些讪讪的，“也是，人都说温柔乡乃英雄冢，其实温柔乡不光对英雄管用的。”

茅厕君眉眼轻松，只笑了笑。

我转回来重新在桌边坐下，打算开门见山地和他谈一谈，便直接问道：“你们到底是个什么打算？需要我做什么？”

茅厕君面容平静，默默看了两眼，说道：“我手中力量不足，与他又有君臣之名，直接争是争不过的，唯有兵行险招。他早晚要打北漠，以他的脾气届时怕是要亲征的，我会提前安排死士，借此将他永远留在江北，到时候你手握遗旨，扶幼帝登基。”

他的语速稍有些慢，口气却是极为轻松，明明是在说弑君谋反的天大阴谋，却似在说今儿大伙爬山都累了，晚上多加两个菜吧，又或是明儿怕是要下雨，你别忘了多添件衣服。

我听得认真，每字每句都放嘴里咂摸了一下，然后本着“怀疑”的精神向他提出了四个问题，简单概括一下就是四个“哪里”。

第一，齐晟亲征北漠的时候你在哪里？还能活着吗？手中还会有权吗？第二，你所说的死士在哪里？能保证一刀毙命吗？第三，我到时候手握的遗旨在哪里？形式合法吗？第四，也是这个计划中最关键的一点，幼帝在哪里？

茅厕君一一解答道：“只要我现在肯委曲求全，处处都顺着他的心意，他就要不了我的性命。而只要我还活着，手中总是会有些人可以用的。死士不需你担心，我既然这样说，便已是做了安排。至于遗旨，不管他生前会不会留下，我总会叫你手中有叫人挑不出什么来的圣旨便是。最后这一点，能否有幼帝可以登基，就要看皇后你了。”

绕了千百圈，转了无数个弯，最后还是绕到了齐晟能不能生个儿子的问题上去。我的压力还真大！

我思量一下，试探地笑道：“能不能有幼帝还是个未知数，既然能做掉齐晟，不如你自己来做皇帝？”

茅厕君缓缓摇了摇头，目光清远，“名不正言不顺，天下必乱。而且，届时杨豫定还会被困在云西，我还需你张家来稳定江北局势，就算我娶了张三姑娘，一个皇后也已是无法满足张家的胃口，唯有扶你登上太后之位。”

这倒都是大实话。

我点了点头，垂目沉默片刻，将手掌按在桌面上站起身来，说道：“好，就这样定了！”

许是我答应得太简单了些，茅厕君不禁露出些诧异，看着我问道：“他现在待你这般，我还以为你得犹豫许久才会给我答复。”

我嘲道：“你自己也是男人，难道还不知道男人是个什么的东西？哪如自己儿子可靠！”

说完便起身出去了。

朝阳小美女还眼巴巴地在外面等着，见我出来二话不说就拉着我往花园子里走，待两人刚绕进一个水亭里坐好，朝阳的侍女已是带着写意从远处过来了。

侍女走到朝阳面前禀报道："咱们随身都没带着可换的衣裙，只得给这位姐姐从山下新买了一身，所以才耽误了不少工夫，郡主莫怪。"

朝阳随意地点了点头。

我抬眼细细打量写意，见她身上果然是一身簇新的衣裙，虽然衣料款式不算最好，倒也算是整齐。

写意眼圈还有些发红，眼巴巴地看着我，像是有无数的委屈。

我冲她眨了眨眼睛，回头又与朝阳闲扯了几句，这才带着写意去找齐晟。

回去的路上，写意凑在我身边低声说道："娘娘，是有人故意挤了奴婢一下，奴婢才落了水。后来带着奴婢去换衣的时候，奴婢本来想只胡乱寻一件外衫穿上便是了，她们却将奴婢身上的湿衣服都拿走了，叫奴婢在屋里等了许久，这才给奴婢送来了这身衣服。"

我脚下慢了一慢，转头瞥了她一眼，笑道："自然是得这样，不然怎么能腾出空儿来拉我去与人见面。哎？你说这事咱们要不要与皇上说？"

写意想了想，答我道："奴婢觉得还是说的好。"

我点了点头，"我也觉得这事得说，反正怎么也是瞒不过去，与其被人审，还不如主动交代。"

写意扶着我的手明显地僵了一僵。

对她这种明摆着做贼心虚的表现，我只笑了笑，伸手轻轻地拍了拍她的手臂。没关系，丫头，咱们俩就继续钩心斗角下去吧，看最后谁能收了谁。

那边齐晟早已是打发了杨严，正坐一大树下与福缘寺的住持谈经论道，见我过去了只淡淡地扫了一眼，又转过头去继续与那老和尚闲扯。

虽然只那么随意的一眼，虽然齐晟那厮面上仍是一副平淡柔和之态，可我心底偏就是莫名地发虚得厉害，总觉得有些时候，他这种看似漫不经心的眼神却比以往都要冷硬锐利。

为什么啊？刚刚分明是奉旨幽会的啊！

从翠山回盛都的道上，我端坐在一辆全新的豪华马车内，将我与茅厕君及杨豫的三方会谈内容简要复述给齐晟听，自然，由于会议记录员写意同志因故缺席，在内容上难免会有一些缺斤短两，只说杨豫已识穿了齐晟有意将他困在云西的险恶用心，茅厕君更是向我指出了现在帝后和谐不过是个假象，是齐晟为了与他争夺张家而有意为之，建议我不要被齐晟的甜言蜜语欺骗，齐晟若是真心对我，就不会把江氏继续留在大明宫，也不会叫我这个皇后至今无子。

齐晟一直垂着眼皮漫不经心地把玩新得的一串佛珠，直到我把话全部说完了这才撩起眼皮向我瞥了过来，不紧不慢地问："杨豫竟然也在？"

我思量了一下，决定还是把话说得保守一些比较稳妥，便答道："老九是这么介绍的，不过，我只在泰兴的时候远远看过杨豫一个身影，至于这个是不是真的，我还真不能确定。"

齐晟听了便似笑非笑地勾了勾唇角，说道："老九若是只想说那些，今日倒是用不到杨豫露面。"

我心中暗暗一惊，齐晟这厮刚才看着像是在走神，却想不到出口便是这样一针见血。的确，若茅厕君见我只是为了挑拨我与齐晟之间的关系，实在犯不着叫杨豫大老远地从云西跑回来。

我不禁有些后悔，不该为了取信齐晟而把杨豫回盛都的事情都说了出来，可此刻若是不说，这事以后万一要是叫齐晟知道了，那我以前说的话不论真假，他怕是都要不信了。

我抬眼看向齐晟，说道：“我猜着，他是为了向我显示诚意吧，也叫我信他身后确有杨豫的全力支持，只要再联合了张家便可以扭转乾坤。”

齐晟倚靠在车厢壁上，微扬下巴静静地看着我。

我深吸口气，壮着胆子继续说道：“他还说，他要的不只是这天下，还有……我，他也可给我皇后之位，凡是你能给的，他都能加倍给我。”

齐晟的眼睛就微微地眯了眯，其中杀机一闪而过。

我心中暗念阿弥陀佛，茅厕君，对不起了，这下子你要蹲的水瓮怕是要更小了，且记着一定要把脖子缩好，千万别给了齐晟挥刀的机会。

齐晟问我道：“你怎样答的？”

我眨了眨眼睛，答道：“我说此事太过重大，我一个人做不了主，得回来与你商量商量。”

齐晟微微一怔，随即便放声大笑起来。

我依旧跪坐在他的身侧，抿着嘴看他。

齐晟笑了许久，忽地伸臂揽住了我的腰，一把将我扯倒在他的身上，将他手上的那串佛珠拢在了我的腕上，然后用下巴轻轻地摩挲着我的头顶，呢喃道：“明知道你说的都是假话，可我就是喜欢听……就是喜欢听。”

我一个没绷住，身子就下意识地僵了一僵。

正想着撑起身来与他解释几句，可他手上却用了力，只将我压在他的胸前，停了片刻，忽地低声说道：“芃芃，我们再生个孩子吧。”

尚在愣怔间，他已是用手抬起了我的下巴，低头吻了下来。

头脑昏沉间，我不由得感叹，齐晟果然是个雷厉风行的主儿……

第十六章

读不透的心思

不知道到底是福缘寺的菩萨灵验，还是齐晟的金口玉言管用，自翠山回来之后，一向守时的大姨妈竟然就真的没来造访。

写意书记员记这些事情比我记得清楚，每日里都要掰着手指头算上几遍，待熬到七月中，终于坚持不下去了，带着颤音建议我道：“娘娘，要不叫宋太医进来切切脉吧，许是真的有小殿下了！”

我瞅着她手指头已经来回数了好几遍了，便点了点头。

写意得了我的应允，忙转身去吩咐我这里腿脚最利索的小福儿去太医院请宋太医。

我这里一块西瓜没啃完，小福儿已是带着气喘吁吁的宋太医一溜小跑地进了殿。

写意给我放好了迎枕，我把手腕搭上去。

一屋子的人都紧张地瞅着宋太医，都指望着他能说出那个喜讯来。

宋太医一手捻须，低头沉吟片刻，这才抬眼看我，淡定说道：“请娘娘换只手。”

众人一口气没吊上来，差点都没栽地上去。

唯独我依旧淡定，从谏如流地换了一只手腕放了上去。

宋太医又仔细地切了半晌，这才起身向我稳稳地跪了下去，“恭喜娘娘，这是喜脉。”

这下可好，兴圣宫一下子就“哄”了。紧接着，不到半天工夫，整个后宫都跟着“哄”了。皇后刚刚生育了不到一年，这又怀上了，帝后感情得是多么恩爱啊，谁还敢说皇后不受宠啊，不受宠能三年怀俩吗？

齐晟得了信过来瞧我，目光在我肚皮上流连了片刻，凑到我耳边低声调笑道：“倒是块好地。”

我自谦道：“关键还是牛好，犁得透！”

齐晟噎了噎，伸手搂了我的腰，将头埋在我的肩窝闷声笑了起来。

我看一眼角落里侍立的宫女，用手中的扇子轻拍他的肩膀，严肃道：“注意形象。”

齐晟又抱了我片刻，才直起身来松开了手，扶着我走到一旁的软榻上坐下了。

我瞄着他心情不错，思量了一下，先打发了殿内的宫女们出去，然后与他商量道：“臣妾这里怀孕了，以后怕是暂不能伺候皇上了，不如再重新安排一下各宫里侍寝的顺序，叫大家心里也都有个数，以后别再乱了套。”

齐晟不说话。

我一瞧他这模样便知道这厮心里定然是不痛快的，可是为了不让自己成为众矢之的，我也只能硬着头皮把他先推到别处去，就算不是后宫哪个嫔妃身边，也至少叫他留在大明宫守着江氏也好。

我一面小心地观察着他的面色，暗中咬了咬牙，又说道：“古人不是说了嘛，那个目不视恶色，耳不听淫声，口不出傲言，能以胎教，所以……”

齐晟打断我，“你是觉得我占了恶色，还是占了淫声？”

我被他问愣住了，只能低着头吭哧起来。

齐晟低低冷哼了一声，“你别以为我不知道你的那点小心思。凡事都要有个度，太过了小心收不了场。”

说完了竟就起身走了。

自从齐晟这皇帝越做越顺手之后，这样一语不合拂袖就走的情形已经是许久不见了。看着他的身影带着怒气消失在殿门外，竟然还觉得这个样子的他更可爱一些，也更叫我心里踏实一些。

按照惯例，齐晟恼怒之后一般都有几天不搭理我。谁知这次走后，当天下午他就叫人给我送了四书五经并几摞子兵书史书来，还特意给我传了口谕，为了腹中孩儿计，叫我一定要熟读这些东西，背过最好。

我翻翻兵书，再瞧瞧史书，我连本人物小传都记不住的人，你叫我背史书，齐晟你想搞死我吗？

送书来的小内侍一脸同情地看着我，安慰道："娘娘不需着急，皇上交代了这些书是给娘娘安胎的，若是自己不想看，叫人读给娘娘听也成的，只是为了小殿下好。"

我恍恍惚惚地点头，自己看那就是迷幻药，别人读估计就成了安魂曲了。

小内侍又指了指一直垂头站在边上的两个嬷嬷，说道："皇上还叫奴婢将吴嬷嬷和杨嬷嬷送来，说她们都是皇后娘娘生玮元公主时伺候过的，娘娘用着也顺手些。"

我已是被那一摞子一摞子的书给镇住了，还有些心神不定的，闻言只点了点头，见这两位也是老面孔了，便叫了写意带了这两人下去安置。

当天夜里我就亲自去了大明宫，向齐晟请罪道："臣妾错了。"

齐晟抬眼看我，问："真知错了？"

我老实地点头，"真知错了。"

齐晟又问："哪错了？"

我本着态度要诚恳的原则，答道："哪都错了。"

齐晟闻言却是冷哼了一声，又拾起了手边上的奏折，低头看了起来。

我一看这不行啊，琢磨了一下，又改口道："臣妾错在放着现成的大树不知好好依靠，却一味矫情，矫情过了头了。”

齐晟这才笑了，将手里的折子一丢，起身说道：“走吧。”

我一愣，“去哪里？”

齐晟拉了我的手往外走，微低着头看我，眼里有些许鄙视，简单干脆地答道：“去你宫里！”

我当时还很是不明白，你去我宫里就去吧，为什么这眼神里还写着鄙视两字？可等齐晟将一本史书甩我面前的时候，我顿时悟了。

齐晟已是换了便服，懒散地倚靠在靠窗的软榻上，很大爷地吩咐：“念一段听听。”

他那似笑非笑的表情出卖了他的心，我不用猜都知道这厮定然是想到了我以前读张氏祖父小传时的情形。

这是又拿我找乐子来了？

我翻看着那通篇都没有个标点符号的史书，很是淡定地说道：“我倒觉得读这个不如去学些女红，说不定还是个女儿呢。”

齐晟挑着眉笑了笑，将书从我手中抽了过去，笑道：“也好，那就请皇后给朕绣个荷包吧，正好修身养性。”

看着他笑得弯弯的眉眼，我这才明白过来，原来坑在这等着我呢。

私下里我与写意商量，叫她偷偷地帮我给齐晟绣个荷包。

写意先是推辞自己绣活不好，我一听正合心意，说这样正好，你要给我整一个绣工精美的来，就是我信了齐晟还不信呢！

写意被我逼得急了，只得抹着眼泪说道：“娘娘啊，皇上哪里是缺荷包，他是要您的一片心啊，这要是叫皇上知道荷包是奴婢绣的，必然会迁怒于奴婢的，奴婢小命不保啊！”

她哭得梨花带雨，看着着实可怜，我总不好再逼出人命来，只得作罢。

可若是叫我拿了针线来绣花，还不如叫我一个字一个字地去读那些史书。

精神压力一大，我的胃口上便出现了问题，时不时地就要恶心想吐，有的时候一个菜不对味，能叫我把胃酸水都吐出来。

有一次齐晟正好在身边，瞧得面色都变了，一面替我抚着背，一面急声吩咐人去叫太医。

我漱过了口，借这个机会，虚弱无力地扯着他的袖子问："皇上，能允臣妾一件事吗？"

众人面前，齐晟与我扮着帝后情深，紧紧地握着我的手，气道："有事就说，你说什么朕没答应过？"

听了这话我虽然很想翻白眼，可却是忍住了，只说道："咱们那荷包能不绣了吗？"

齐晟愣了一愣，哭笑不得地点了点头。

宋太医来得快，去得也不慢，就留下几句话：皇后娘娘这是孕吐，能不吃药最好别吃药，皇上无须担心，只要熬过这几个月就好了。

齐晟大松了一口气的模样，转头淡定地吩咐写意再重新给我准备饭食。

我就有些纳闷儿，这就孕吐了？为何怀葳儿的时候我是吃嘛嘛香身体倍儿棒呢？

回头和绿篱说起这事，绿篱先是小心地看了看四周，这才对着我挤眉弄眼地说道："娘娘怀第一个的时候不是……那个……什么嘛！"

我愣了一愣，这才明白了她的意思。怀第一个的时候我和她光顾着造假了，哪里还顾得上吐不吐的啊。

绿篱已是过了怀孕初期的不稳定期，终于被赵王放了出来，出府第一件事就是来我这宫里探望。

我与她多日不见，绿篱自然少不了要抹一抹泪，叹道："娘娘总算是熬出了头，只盼着这一胎是个小皇子。"

我心里一直有着三俗大师那个笑话的阴影，一提生男生女便觉得心慌，也不敢接绿篱的话，赶紧转过了头交代一旁的写意："你去大明宫跑一趟，问问皇上那里忙不忙，中午还过来用膳吗？他若是不过来，咱们中午就留绿篱吃饭。"

齐晟与绿篱不对眼，这事整个兴圣宫里的人都知道。写意也没多想，应了一声，转身就往外走。

我又叫住了她，嘱咐道："机灵着点，别叫皇上知道绿篱在这里。"

写意一溜小跑地去了。

我四下里看了看，小声问绿篱道："你想个法子查一查，看看黄氏几个为何一直怀不上，这也小半年了，怎么一个有动静的都没有？"

绿篱一怔，"娘娘……"

我低声道："生男生女可是说不准的事，万一我这还是生丫头，有她们生个儿子出来，也算是个补救。"

说白了，我还是觉得人多力量大，既然有这么多块地可用，犯不着可着我这一块使。

绿篱迟疑了一下，问道："娘娘还是不肯信皇上？"

我反问她："你现在是否全然相信赵王？"

绿篱想了想，点头道："奴婢知道怎么做了。"

我俩又说了几句别的，绿篱向我推荐了宫里几位比较可靠的同志，叫我找时间好好考察一番，若是能用就笼络过来，自己手上有人比什么都好用。

两人正说着话，写意从大明宫回来了，说是齐晟并不在大明宫。

绿篱一听齐晟没在大明宫立马精神了，两眼冒光地向我建议道："娘娘，咱们两个去趟大明宫吧，看看江氏那贱人现在怎样了。"

说完从椅子上站起身来，用手扶着腰身就要往外走。

亏得我现在身手比她利索，一把抓住了她。呀，丫头，你当我真不知道你那点小心思？你不就是想挺着肚子去气江氏吗？咱能少干点恶毒女配们常干的事吗？

"快省省吧，你少惦记着点她吧，也不怕以后生出孩子来随她！"

这话比什么都管用，绿篱立刻蔫了，在宫里陪着我吃了中饭，老实地回了赵王府。

待我孕期满了三个月，张家递了入宫的牌子来探望我。这次张老太太没来，来的是张氏的母亲范氏及大堂嫂白氏。

范氏的面色比上次还要不好看，一见我的面就喜极而泣了，一面抹着眼泪一面说道："自从上次从宫里出去，娘就吃斋念佛，只求菩萨保佑我儿，没想着真的灵验了，我儿果然是要熬出头了。"

白氏是个活泼的性子，见范氏越哭越带劲，忙上前递了帕子劝道："大伯母快别哭了，娘娘身怀皇嗣可是好事，您这样一哭，反而叫娘娘心里难受。"

她这样一说，范氏才停了哭，抹干了眼泪就嘱咐我孕期应该注意的事项，"饮食上一定要抓紧了，千万别叫人钻了空子去，还有皇上那里，你身子沉了不能近身，不如就在知根知底的里面挑一个好性子的出来……"

我一听她絮絮叨叨地，竟然又奔着“宫斗”的道上去了，忙打断了她的话，转头问白氏道：“茶茶的婚事准备得怎样了？”

白氏眼神闪烁了一下，答道：“这次来，老祖宗还叫臣妾给娘娘带个信呢，就是三姑娘的婚事，想向娘娘讨个意见。”

白氏这话只说了一半，不过意思却是极明白。眼下我这个皇后忽地又咸鱼翻身，圣宠隆眷了，于是张家也矛盾了，不知道此刻是该继续往楚王身上继续投资呢，还是狠狠心割肉出来。

那边范氏还磨叨着怎么在孕期抓住齐晟的心，插空说道：“越是这个时候越不能恃宠而骄，男人都是贪新的，只要他的心在你这儿，就比什么都强！”

我应付地“嗯”了一声，在范氏的念叨声中抽出空子来与白氏说道：“圣心难测，三丫头那里就照着定好的办吧，总不是一件坏事。”

白氏是个机灵人，闻言点了点头，便不再说话了，只听着范氏在一边唠叨，恰当时候还要递杯茶水过去给她润润嗓子。范氏的话说了这半天，总算到了总结阶段，不外乎就是叫我明白一个道理，既然没法管住男人的身，那就要哄住男人的心。

我听得头大，心中也十分感慨，果真是铁打的宫廷，流水的美人，磨不细的精钢杵。女人苦，男人更苦，做皇帝苦上加苦。

许是齐晟也觉得自己这个皇帝做得太过辛苦，自从知道我有孕之后，他就不大召黄氏等人去大明宫了。待过了九月，我的孕吐反应消失之后，他更是干脆撂了挑子，除了每日里例行往我这宫里来一趟，剩下的时间就留大明宫里守着江氏一个了。

黄氏等人来我宫里请安的时候，言语上难免流露些抱怨之意。

我恨铁不成钢地点着她们几个脑门子训，“你们自己也不检讨一下，论身材论模样，哪个不比大明宫的那个强百倍，留不住皇上的心也就罢了，偏生连人也给我留不住，白瞎了我整天替你们操心。”

这伙子女人本是一肚子委屈抱怨，叫我这样一训反而老实了。你说你自己技不如人，那能怎么办?

待她们走了，写意给我端上碗燕窝粥来，在我耳边念叨道：“奴婢第一次觉得有江氏在大明宫是个好事。”

我听了一愣，仔细琢磨了一下，觉得写意这话还真有几分道理，有江氏这么个目标在大明宫吸引众人的火力，果然省了我不少事情。

往后日子过得更顺，等进了十一月，我的肚子再一次凸出来了。葳儿不但已经走稳了路，连一些简单的话也都会说了。每日里齐晟一进殿门，她第一个先扑了上去，抱住了齐晟的双腿就大叫“父房”。

齐晟就特乐和，先抱起了葳儿在殿内转上两圈，然后父女俩一块凑到我身边来看我的肚子。

外面冰天雪地，屋里暖意融融笑语晏晏，倒是一副夫妻恩爱、父慈女孝的情景。偶尔我被殿内的热气熏得头昏的时候，就会想这也快算上“老婆”孩子热炕头了，若是能一直这样下去倒是也不错。

十二月初九，茅厕君正式迎娶了靖阳城守张翎之女为妃。张家手握北疆兵权，又有两女嫁入皇家，一时间权倾朝野，风头无两。

不过，这外人瞧着风光，身为张家人却知道这其中的滋味不是那么好受。

我这个张氏皇后乃是张家长房的嫡长女，是齐晟后宫唯一生下公主的，现在又身怀六甲，怎么看都是圣眷隆重。可张三姑娘却是张家二房的嫡女，眼下成了楚王妃，而明眼人都知道，楚王和皇上不是一条心的。

一家的女儿嫁到了两个阵营里去，这样一来，若是张家内部没有一个强有力的大领导的话，那么早晚就会从内部开始分化——谁还没点私心？孩子怎么也是自己生的贴心啊。

每每想到这些，我就挺佩服齐晟的，同时也打消了“老婆孩子热炕头”的念头。这小子从不做无用之功，做什么都是有目的的，若是指着在他这棵大树下躲雨，早晚会遭雷劈，还是想法自个儿搭个房子的好！

云西那边的战事进行得挺顺利，短短半年多时间，杨豫已是平定了云西大部，看样子明年春就能结束这场叛乱了。

朝堂上形势一片大好，皇家里也是喜事连连。

“大龄青年”楚王同志娶妻的热闹劲还没过去，赵王府里又传出喜讯来，绿篱姑娘经过两天一夜的辛苦，终于给赵王添了一个大胖小子。

赵王很是兴奋，向太皇太后来报喜的时候脸上还都是傻乐，一边说一边比画着，“足有这么大，一抱都坠手，小脸蛋子胖得把眼睛都挤成两条缝了！”

太皇太后高兴坏了，一个劲儿地念叨“绿篱是个好丫头”。

我一听孩子这么大，却很是同情绿篱，忙叫了写意带了大包的补品去探望产妇。

写意回来却说产妇面色红润，精神极好，还特意把孩子抱出来给她看，小声地说道：“就这样的孩子，打死江氏她都生不出来！”

听了这话，我就知道自己是咸吃萝卜淡操心了，只要有江氏在一天，绿篱就会一直斗志昂扬，别说只生一个，就是生一双，有她那如虹般的气势，怕是也不在话下。

只是有一点我十分不明白，绿篱与江氏哪来的这么大的仇呢？

皇家这一年添丁又进口，年节过得很是热闹。

元宵节家宴的时候，我身子已是十分笨重了，只坐了一会儿就坐不住了。齐晟见我这样，便向太皇太后与宋太后请了辞，亲自扶了我回兴圣宫。

因是十五，天气又晴朗，天空中一轮明月照得四下里一片亮堂，连灯笼都用不着打。我走了两步就想着偷懒，与齐晟商量道："能不能用步辇？"

齐晟用手臂帮我撑着腰，笑道："少发懒，吴嬷嬷交代了的，要你多走路。"

没法子，我叹了口气，只能挺着肚子继续往前晃悠。又走了一会儿，见后面的宫女内侍等人都远远地缀在后面，便轻声问齐晟道："什么时候动楚王？"

齐晟闻言沉默片刻，答道："待杨豫从云西回来。"

我稍一思量就明白了齐晟的打算，杨豫那样的大将，哪怕是手上没了兵权，也是不能掉以轻心的，不如就放在自己身边还让人放心一些。

齐晟停了停，忽地说道："你……别胡乱寻思。"

我淡定地点了点头，心中却在哀号，眼瞅着就要风起云涌风云际会了，我能不多想吗？哎？对了，"风云际会"这词能在这里用吗？

二月里，绿篱做足了月子，抱着孩子进宫来问安，从太皇太后那里出来后就直接来了我的宫里，先叫乳娘抱着小娃娃给我看了看，然后趁着写意带着乳娘去后殿给小娃娃喂奶，我跟前没人的工夫，与我悄悄说道："奴婢已经叫人去查过了，皇上之前去那几个人宫里，倒是也都有同床，事后也不曾赐过避子汤，只是不知道为何一直不见她们有孕。"

我听了心中越发地疑惑起来。按理说偶尔有块地不好，没有什么收成也是正常之事，可连着这么多块地都光溜溜的连棵草都不长，那就不正常了。

绿篱观察了一下我的脸色，又给我出主意道："娘娘，不如咱们趁着这个机会，偷偷给黄氏几个灌一碗红花，彻底绝了后患得了。反正她们之前就一直不生，就算以后不生也不会怨到咱们头上来。"

她说得一脸轻松，我却听得是心惊胆战，若不是眼下身子实在太笨重了，怕是都要从椅子上跳了起来。

绿篱啊绿篱，你说你一都做母亲的人了，怎么还能歹毒得这么心安理得呢？

我忙上前捂了她嘴，急道："你快省省吧！断人子孙是要损阴德的！"

话刚说完，齐晟却是从外面进来了。

绿篱吓得立刻站起身来，垂着头给齐晟行了个礼，怯怯地叫道："皇上。"

齐晟冷淡地瞥了绿篱一眼，连理都没理，直接问我道："人呢？身边怎么连个伺候的也没有？"

这正合计着给人灌红花呢，怎么可能还叫人在一旁伺候着？

我看齐晟脸色不太好，只得解释道："葳儿非吵着要看小弟弟，我嫌她闹，就叫她们带着两个孩子去后殿玩去了。"

齐晟闻言只淡淡地点了点头。

绿篱小心翼翼地瞥了齐晟一眼，忙又屈膝行了个礼，说道："臣妾出来时间久了，得回去了，先告辞了。"

说完连自己的孩子都忘了，只顾着低头沿着墙角往外溜。

我哭笑不得，忙出声唤住了她，提醒她带着后殿的孩子一同回去。

直到绿篱带着孩子走了，齐晟脸色仍是不好，我无奈地看着他，劝道：“绿篱不过一个小姑娘，你一个大男人，至于和她一般见识吗？”

齐晟剑眉微锁，默默看我半晌，问我道：“你还记得那年在张家园子里醉酒那次吗？”

“记得啊。”我点了点头，不就是第一次和齐晟酒后乱性那次嘛。

看我答得随意，齐晟脸色更黑，又问道：“那你可还记得醉酒后说了一句什么？”

既然是醉了酒，那醉话一定少说不了的，我这回认真想了想，也记不起来他问的是哪一句了，只得诚实地摇了摇头。

齐晟黑着脸，咬牙切齿地说道：“你说……绿篱，还是咱们俩……睡了吧。”

这句话听得我一愣，待反应过来，我的嘴已是下意识地半张着，合不上了。

齐晟冷着眉眼走到我身前，想伸手搂我的腰，可我的腰实在太粗了些，他一双手已经环不住了，最后只能一只手扶在我的腰侧，另只手上来轻抬了我的下巴，冷哼了一声，问道：“你说，我没杀了绿篱，是不是已经够便宜她了？”

“便宜，的确是太便宜她了。”我怔怔地答道，然后又急忙举起手来指天发誓，“皇上，我和绿篱之间绝对清清白白的，她那小身板比江氏强得有限，就算我是男人，我喜欢的也是黄氏那样的。你也都睡过的，还能不知道这其中的分别？那有料的睡起来多舒服……”

齐晟额角的青筋又欢快地跳了起来，抬着我下巴的手往下滑了滑，虚虚地落在了我的颈间，恨恨说道：“张芃芃，我真想掐死你！”

一进三月，兴圣宫里的气氛顿时紧张起来，各宫大佬又开始往我宫里派稳婆，一看来人都挺熟悉，竟然还是上次我生葳儿时用过的。我乐了，心道这倒是好，人熟好办事啊，别的且不说，就是凑一起打马吊也顺手啊，都熟悉牌风的。

齐晟这回比较爽快，叫人收拾了一下大明宫里的办公物品，直接搬进了兴圣宫。

我瞅着江氏没一块跟过来，忍不住问他道："用不用把江氏调过来伺候你？好歹也是用熟了的。"

齐晟轻蔑地瞥了我一眼，"我现在不和你一般见识。"

葳儿咚咚咚地从后殿跑了过来，扑到了齐晟怀里，叫道："父皇！"

齐晟将她举了起来，叫她坐在自己臂弯里，眉眼带笑地问她："今天听母后话了吗？"

葳儿努力地点头，转过来指着我的肚子大喊："弟弟，弟弟。"

齐晟更高兴，用额头去顶女儿，笑着问："葳儿想要弟弟？"

葳儿被他逗得咯咯直笑，仍是点头，嘴里不停地叫："弟弟，弟弟。"

写意在一旁就笑着凑趣，说道："小孩子的话最准了，娘娘这回一定会生个小殿下。"

快拉倒吧，一岁半的孩子，知道个屁的弟弟妹妹啊，还不是你们教的？

我不屑地撇了撇嘴，撑着腰站起身来，拉着葳儿的手问："葳儿想要妹妹还是弟弟？"

葳儿叫道："弟弟，弟弟。"

我又换了种问法，"葳儿想要弟弟还是妹妹？"

葳儿又毫不犹豫地叫："妹妹，妹妹。"

我不屑地看向齐晟，"喏，看到了吧？她哪里懂什么弟弟妹妹，她只会重复你后面两个字而已。”

齐晟看看我，又看看怀里的女儿，忽地失笑出声，亲了亲葳儿的脸蛋，又出其不意地凑过来在我脸上啄了一口，低声笑道：“弟弟妹妹都好，又不着急，一个个慢慢来。”

我一愣，边上的写意却是扑哧一声笑了出来，又怕我恼，忙使劲地低下了头。

齐晟将手上的葳儿交到乳娘怀里，转过身来扶着我往床边走，问：“这两日小家伙踢腾得可还厉害？”

我摇了摇头，最近肚子明显往下走，里面的小娃娃也消停了不少，照吴嬷嬷的说法是左右不过这几天的工夫了。

果然，三月十二夜里，我的肚子忽地就发作起来。

齐晟就睡在我身边，最先惊醒过来，忙凑上前急声问我道：“怎么了？”

我先将最初的阵痛忍了过去，这才淡定地与他说道：“可能是要生了。”

齐晟怔了一怔，然后立刻就不淡定了，连衣服也顾不得披，一下子蹿到了床下，扯着嗓子叫道：“来人，来人！”

这一来人不要紧，殿内呼啦啦就拥进了一群的人来。

几个稳婆早就是全天候待命的，上前给我简单地看了看，吩咐宫女将我往产室里扶。结果宫女们刚围上来，还不及伸手，却被齐晟三两下都给扒拉开了。他从床上一把抄起了我，直接将我往产室里抱。

我生怕他一紧张再失手摔了我，吓得忙搂紧了他的脖子，安抚他道：“别紧张，别紧张，现在生不出来呢，再说货在我肚子里，你再着急也没用。”

谁想齐晟却不领情，很是恼怒地横了我一眼。

产室是早就准备好了的，齐晟刚把我在产床上放下了，就被稳婆请了出去。临走前，他用力握了握我的手，用着自以为镇定的语气与我说道：“别怕，我会一直在外面守着你。”

他那里说得煽情，我不好继续无动于衷，只得也回握了一下他的手，“有你在，我不怕。”

齐晟得了我这样一句话，终于松了我的手，心满意足地出去了。

说实话，看着他宽阔坚实的背影消失在殿门之外，我心里竟然还真有那么点悸动，不过还没来得及咂摸咂摸这滋味，腹部又是一阵抽痛袭来，于是，我也就顾不上体会这感觉到底是心悸还是惊悸了。

幸好生孩子这事也是一回生，二回熟，这次就比生葳儿的时候快了不少，就连中间的加餐都比上次少了一顿。

第二天正午时分，我顺利地生下了一个六斤九两的男婴，母子平安。

稳婆将孩子抱出去给齐晟看，齐晟很是高兴，重重赏赐了兴圣宫里的所有工作人员，就连太皇太后派过来问信的小宫女都得了十两银子。

我人还躺在产床上，闻言恨恨地拍了拍床板。这厮太不会过日子，眨眼工夫就送出去了几千两白花花的雪花银，真是一败家爷们！

写意过来给我掖了掖被角，轻声劝道：“娘娘，合上眼眯一会儿吧。”

折腾了这半日，我身上早已是又累又乏，可我却吸取了上一次的教训，坚持着摇了摇头，吩咐她道：“你叫人把孩子抱进来给我瞧瞧。”

写意应声而去，片刻之后却是齐晟抱了孩子进来。见我看他，他的嘴角上绽开一个极明亮的笑容，小心翼翼地将孩子放到了我的怀里，轻笑道：“看看，是不是像我的地方更多？都说像我呢。”

他那样一副小人得志的模样叫我很看不过眼，不过就是大伙的恭维话罢了，他倒是当真了。

小燕子刚被乾隆认了女儿的时候，令妃那一伙子人还说小燕子和乾隆像是一个模子里刻出来的呢！可结果呢？小燕子和乾隆有半毛钱的关系吗？白白叫人家小燕子她娘担了虚名。

齐晟伸出手指轻轻地碰触小娃娃的脸蛋，忽地低声说道："齐灏，就叫齐灏。"

我这里听得一怔，还没反应过来是哪个字，齐晟那里已是拉了我一只手过去，用手指在我掌心里慢慢地写着这个"灏"字。

他用的力道很轻，就像是情人之间的呢喃，指尖若即若离地从掌心划过，每一下都仿佛挠在了人的心尖上，叫人心里也跟着痒痒的。偏他自己面色端凝，一笔一画的，写得极是认真。

好半晌，他才写完了这个字，然后抬眼看我，问道："好吗？"

手掌心里还留着麻麻痒痒的触感，我有些愣愣的，听他问才反应过来，心想亏得这孩子不用去参加什么考试，否则你这里写一个名字，人家都做完两道选择题了，铁定栽倒在起跑线上了。

齐晟还在看着我，我说道："我还以为你还得在草木茂盛的道上一直走到黑呢。"

他微微挑眉，一双眸子隐含笑意，亮晶晶的，清亮无比，"你也知道'葳'字的意思？"

多新鲜啊，就算我不知道，还不兴我查字典吗？

我下意识地撇了撇嘴，齐晟却是笑了，叫乳娘把新鲜出炉的齐灏小朋友抱走了，然后仔细地扶着我躺下了，柔声说道："你好好睡一觉吧。"

我立刻从谏如流地点了点头。这就好比辛苦加班赶了个通宵，工作终于圆满完成了，不管多困多累，也熬到大老板来慰问过了，是时候爬床上补觉去了。

这一觉睡得甚是香甜，醒来已经是第二天了，齐晟不在殿内，说是云西那边又来了人，他不方便在我宫里接见外臣，又回大明宫去了。

我琢磨了一琢磨，干脆就打着方便齐晟处理政事的旗号，叫人把他的东西都收拾了收拾，打包送大明宫去了。

写意苦劝我："娘娘这是何必呢，别人求这样的恩宠还求不来呢，娘娘何苦要把皇上往外推？"

针对她这种小言情的调调，我再一次对她进行了深刻的思想教育，义正词严地指出我是皇后，后宫之主，首先自己就不能坏了规矩。生产前齐晟长住在我宫里是情有可原，还可以往帝后情深上靠一靠，可这都生产后了，再靠就靠过线了，成皇后专宠了。

不好，十分不好。什么事情都是过犹不及，我得保持着若即若离的风格，坚定不移地走职业皇后的路线。

再者说，身为皇后，皇帝的敬重比宠爱更有用，也更能长久。

当然，还有更重要的一点我没和写意说，那就是我自己坐月子都快要坐崩溃了，若是扯着一个齐晟在身边，两人非得一块产后抑郁了不可！

东西搬入大明宫后，齐晟那里倒是没有什么反应，很是平静地在大明宫住下了，夜里还召了王昭容去侍寝。

这事在宫里引起了极大的反应，消息也光速一般传播着，估摸着那边王昭容也就刚上了齐晟的龙床，这边消息已是传到了兴圣宫。

我一直认为后宫女人这种把焦点都放在齐晟下半身的做法不可取，要知道男人上半身和下半身向来就是兄弟的关系，亲密无间，却从不隶属。

可惜女人们从来想不明白这点事儿。

于是，我这坐月子的还没抑郁呢，写意这伺候月子的却先忧郁了。

我其实挺明白她这种小姑娘的心思，她一直期冀着能在我与齐晟的身上看到一个“弱水三千我只取一瓢饮”的爱情童话，来满足她少女心中的粉红色梦想。

写意，还有以前的绿篱，后宫中有很多这样年纪轻轻充满幻想的女孩子。她们聪慧，却又稚嫩，总是幻想着这世间能有一份最真挚的感情，会有一个男人可以爱一个女子如生命。

哪怕这个女子不是她们自己，哪怕她们只是这份感情中的一个看客，可她们依旧会被深深地感动，然后，用这份感动支撑着自己的情感，在这个吞噬着女子青春与血肉的后宫中一日日熬下去。

可生活从来都不是童话。

就这样胡乱寻思着，我忽地就觉得自己现在太矫情了，连心理活动都要这么文艺女青年起来了。我不由得叹息了一声，暗道这孩子生多了果然没有半点好处，我本就不多的雄性激素，随着孩子被我排出体外了。

“要不得，要不得啊……”我自言自语地念叨了两遍，翻了个身过去继续睡我的塌心觉。

睡到半夜，半梦半醒间就觉得身后有个人贴了过来，将我搂进了他的怀里，缓缓收紧。

后宫里，估计也就有皇帝敢在这个时候爬皇后的床。

我心里倒没觉得害怕，只微微有点诧异，眼皮又沉重，也懒得回头，只迷迷糊糊地问他：“怎么这会子过来了？王氏呢？”

身后的齐晟没有说话，却把下巴轻轻地搁在了我的肩上。

我一半大脑还在睡梦中，口齿不清地嘟囔道：“这样不好，哪有睡一半跑的，快回去吧。”

齐晟一阵沉默，忽地低声说道：“没意思……挺没意思的。”

我困得晕沉，也没多想，随口就说道：“没意思就换人，实在不行再选些新人……”

话未说完，就觉得拢在我腰间的手臂惩罚性地又紧了紧。

他这样一勒，总算把我的睡意勒走了几分。

我就觉得自己这皇后做得真不容易啊，平日里劳心劳神不说，辛辛苦苦生个孩子，连个产假都休不安生。我调整了一下表情，回过头去，郑重问他道：“会不会是最近压力太大了？不行就叫太医给看看，吃几服药。”

齐晟的声音里带上了几分恼怒之意，“张芃芃，你非得气我是不是？”

我很识时务地闭了嘴，用手轻轻拍了拍他的手臂，示意他放松一些，然后自动自觉地在他怀里找了一个比较舒适的位置，“睡吧，我这还坐月子呢！”

齐晟没再说话，却是低低地叹了口气，过了半晌后突然没头没脑地说了一句：“我想动手了。”

我强忍着没让自己的身体表现出僵滞等状况，又缓了片刻，觉得自己可以完全操作声线的时候，这才平静地说道：“动吧，只要别扣谋逆的罪名就好。”

一旦和谋逆扯上关系，那就是牵连广泛，落头无数。

齐晟沉默良久，轻声答道：“好。”

五月初，杨豫率军大破云西叛军主力，获其云西王、妃、世子、郡主以下三十余人，并宝玺、符敕金牌、金银印诸物，至此，云西完全并入南夏版图。捷报传至盛都，举国欢呼，齐晟封杨豫为平西侯，并在其谕中，赞誉杨豫可比麦帅。

八月，杨豫奉命回京，齐晟赐其良田千顷，黄金美眷无数，连皇家在翠山的一个庄子都赐给了他。一时间，杨氏一族在盛都炙手可热，身为杨豫幼子的杨严也跟着水涨船高，年纪轻轻就被封了侯。

杨严行事越发地骄纵猖狂起来，竟明目张胆地来兴圣宫看我。

我现在已是彻底沦落成了家庭妇女，到哪里去都是怀里抱着一个齐灏，手里扯着一个齐葳，就差肚子里再揣着一个了。

杨严很是不屑地看我，讥笑，“你还能混得更没出息一点吗？”

我没搭理他的挑衅，径直走到了院中的树荫下坐下，先叫乳母领走了齐葳，又吩咐写意去给沏茶，然后一边逗弄着怀里的齐灏，一边随意地问杨严道：“你怎么想起来我这里了？”

杨严挑眉，“若是不来，他又怎么会信我杨家犹不知大难临头！”

瞅着他原本一没心没肺、时时犯二的少年竟然变成了这样一个句句带刺的愤青，我也不知该说些什么，默了一默，才问道：“最近过得如何？”

杨严斜着个眼睛看我，似笑非笑地问道：“难道你不知道我现在是盛都最抢手的单身汉吗？我家里的门槛都要被媒人踩坏了。”

见他如此，我心里也不禁有些悲哀，外人瞧着热闹，可眼下的热闹不过是齐晟故意制造的一个假象，很快，这一切都要以一种惨烈的形式破灭在世人面前。

最残酷的是杨家人明知道前面就是万丈深渊，却不得不继续走下去。

杨严仰起了头，目光有些空洞地看着树头仍茂盛的枝叶，似自言自语地问道：“你说这样做对吗？拿着我杨家上下十几口人的性命去赌一个口头的约定。”

我想了想，答道：“碍着麦帅的声望，他也不敢伤你们的性命。而且，别忘了还有我呢，总不能叫你们家死人的。”

“你？”杨严讽刺地勾了勾嘴角，“就凭你一个接一个地给齐晟生孩子？”

我拿眼瞪他，这不才生了俩嘛，什么叫一个接一个地生？

杨严沉默了一会儿，低声说道；“有的时候我真的不懂你们，你，九哥，还有我爹，尤其是九哥和我爹，我不知道他们为什么要拿身家性命去赌这样危险的一个局，若换作是我，我宁可玉石同碎，拼死一搏，也不会这样委曲求全。”

我看着他那张年轻而张扬的面容，低低地叹了口气，“其实，他们也选择了拼死一搏，只不过是另外一种形式罢了。置之死地而后生。”

杨严听了却是冷哼了一声，说道：“若我不先发制人，终必为人所制，置之死地而后，等死耳，不如速发难。”

那边写意已是端了茶水过来，恭敬地把茶杯放到了杨严的手边。

我瞄了一眼写意，心中忽然起意，便笑问他道：“你说现在很多给你说媒的？”

杨严点了点头，“挺多。”

我又问：“可有中意的？”

杨严摇了摇头。

我便指着侍立在一旁的写意，笑着问他：“你看我身边这个丫头怎么样？”

杨严脸皮厚得出名，闻言竟然真的抬头去细细打量写意，一下子把写意瞧得又羞又窘，使劲地低垂着头，恨不得能咬上自己胸脯子一口。

偏杨严打量完了，还一本正经地点了点头，答我道：“挺好。”

写意羞得连耳朵都是红的了，再待不住了，匆匆冲我屈了屈膝，躲流氓一般仓皇地退了下去。

杨严看着写意的背影，嘴角勾了勾露出一丝讥诮，然后又转头看我，问道：“你说我现在是不是真该娶个媳妇了？到事发的时候，也能多拉一家子进来，人多热闹啊！”

我笑了笑，“行，你现在看着哪个不顺眼，你就去娶他的闺女好了。”

杨严“嘿嘿”冷笑一声，说道：“那我最该娶的就是你的玮元公主了！”

玮元公主是葳儿的封号，只听这名字的寓意就知道她在齐晟心中的地位。

我自认为开明的家长，一直觉得年龄不是问题，更别说我自己这里连性别都跨过去了。听他这样说也不觉得恼怒，只随意地耸了耸肩膀，答道：“无所谓，只要你能坚持锻炼身体，保持身心健康，待二十年后葳儿若是愿意嫁你，我是不会棒打鸳鸯的。反正丈母娘看女婿，总是越看越好的。”说完了就眯着眼睛上下打量他。

杨严被我噎住了，一张俊脸跟调色板似的，先是渐渐憋得通红，然后转青，最后终于变成了白，怒道：“你这样的母亲，真是少见！”

我笑了笑，高声招呼宫女过来给杨严换茶水。

趁着宫女还没过来，杨严从矮凳上站了起来，弹了弹自己的袍角，用阴森森的语气威胁我道：“你也是知道我的手段的，我盼你守诺，否则，我定然不会放过你。”

我头也没抬，只用腿颠着怀里的齐灏，嘲道：“什么手段？上树的还是爬墙的？”

“你！”杨严想发火，却又忍下了，弯下腰来歪着头瞅着我，脸上已是恢复了笑嘻嘻的神态，道，“我就把你从这宫里偷出去，再丢进宛江里，叫你顺着江水漂上百八十里。”

我就想起那次在宛江落水的事情来，忍不住轻轻地打了一个冷战。

杨严觉得自己总算是找回了场子，哈哈大笑了两声，扬长而去。

十月，正当杨家在盛都风头正盛的时候，有御史参杨豫骄傲自满，蓄养庄奴，抢占民田，欺压百姓，暴虐凶横。齐晟一连压下了十几道折子，没想到不仅没把此事压下去，反而引起了御史们的强烈反弹。

十月十一，最早弹劾杨豫的两名御史突然在家中被杀，此案立时震惊了朝廷内外。十月十三，都察院左、右都御史带领着手下百十号兄弟，浩浩荡荡地来到了大明宫含元殿外，一撩袍角齐刷刷地跪在了大明宫宣政殿外，要求齐晟彻查此案。

迫于文官体系的压力，齐晟只得命大理寺、刑部、都察院会审此案。

这一审可不要紧，非但条条线索都直指平西侯杨豫是杀人泄愤的幕后黑手，更是将杨豫之前在军中的不法行径都扯了出来，贪墨军饷，擅自罢免、提拔军官，独断专行……罪名越加越多，很快，就又顺着线索摸到了和杨豫幼子来往密切的楚王身上。紧接着，就连楚王的岳家靖阳张翎都牵连了进去。

大理寺、刑部、都察院都有些傻了，大伙虽然谁也没说，可心里都明白这根线若是再继续捯下去，后面就该是兵部尚书张放。而张放的两个女儿，一个嫁入了军中另一巨头贺家，另外一个则嫁给了当朝皇帝齐晟。

除非大伙有心把我这个皇后连根拔起，否则，这事是真不能再往下查了。

估摸着都察院那帮子御史们最初跪宫的时候也没想到此事会发展到如此地步，一下子把军中三大家都扯了一个齐全，再算上我这个皇后，好嘛，打一桌麻将正好，连楚王都没上桌的资格，只能在一旁帮着看牌。

据说都察院左都御史急得嘴上都长泡了，大理寺卿比他也强不了多少，每天一梳头都大把大把地掉头发，眼瞅着就要成半秃了。

绿篱进来和我说这些的时候，神情虽看着轻松，可一些下意识的小动作却暴露了她内心的紧张。到后面可能自己也觉得这样强颜欢笑实在辛苦，索性沉了脸，有些焦躁地问我道："娘娘，皇上会不会借着这事彻底把家里打压下去？若是一扣上谋反的帽子，非但家里人都要死，就连娘娘也要受到牵连。"

我懒洋洋地半躺在寝殿的软榻上，漫不经心地答道："他现在又不想废后，不会往谋反上扯的。"

只要不是谋反的罪名，那么这场看似震天撼地的大案最后只能落得个雷声大雨点小。

杨豫乃是麦帅长子，就是瞧着成祖的面子，齐晟也不敢杀麦帅后人。所以，杨家是无事的。

茅厕君是齐晟的亲兄弟，宋太后的独子，他若是敢杀茅厕君，宋太后就能去大明宫的含元殿上吊去，更别说宋太后手中还攥着先帝留下来的不许齐晟残害手足的遗诏。如此一来，茅厕君也是死不得的。

剩下的就是被牵连的张家了，张家有我这个生育了齐晟嫡长子的皇后，若齐晟不想废后的话，他也不能打杀张家。

掰着手指头这么一算，觉得齐晟其实也挺憋气的，这么多心腹大患好容易一网都抄了进去，却碍于这些错综复杂的关系，一个也杀不得。

有的时候我就会想，若我是齐晟，我会怎么办。

估摸着我没齐晟这个忍功，也不会像他考虑这么多，十有八九会一咬牙，心一横，彻底解决了这些心腹大患，管他什么麦帅不麦帅，什么孝道遗诏，都先灭了再说！

果然，案子查到张翎身上便停了下来。

三司会审之后将奏报呈给了齐晟，满篇子的罪状大大小小琳琅满目，就连张翎部将强娶了个寡妇都提到了，唯独不见“谋逆”两字。

案子查完了，剩下的就是怎么判了。

杨豫虽有人命在身，可他也有军功，最后判了个削爵夺券，一家子给迁去了岭南。

茅厕君由楚王降为郡王，罚了三年的薪俸。

至于张翎那里，更好说了，直接从军中开除，永不起复。

这个结果，虽然比茅厕君预料的坏了许多，不过倒也算是没偏离了大方向。这一番折腾，直到来年三月，这场轰轰烈烈的“御史被杀案”才落下了帷幕。

三月十二便是齐灏的一周岁生日。

由于之前的“御史被杀案”牵连太广，朝中有事没事的大臣都跟着打了小半年的官司，齐晟自己好像也觉得有些不好意思，就想着借着这个机会缓和一下朝中的气氛，便下了旨意要大办皇长子的生日。

我其实是很喜欢这种热闹的，可碍于皇后的名声，却又不得不故作贤良地去大明宫劝齐晟要节俭，万万不能大操大办齐灏的生日宴。

齐晟正站在书案前临帖，闻言只抬眼瞟了我一眼，问：“你真这样想？”

我一贯坚持“小事上要说大实话，大事上要扯小瞎话”的原则，闻言摇了摇头，答道：“我也想办得热热闹闹的，最好再来个大赦天下，叫大伙都知道灏儿在你心目中的地位。这样他们再想对我们母子做什么的时候，都会先掂量掂量。”

齐晟轻轻地嗤笑了一声，“这不就得了？”

我也跟着打了个哈哈，主动地走到一旁帮他研墨，嬉笑道：“不都是为了应付名声嘛。我也就来这么一趟，和你这么一说，你听就听，不听我更高兴。”

齐晟停了笔，抬头看我，过了一会儿后突然说道：“我想立灏儿为太子。”

我听了这话却是真的心中一惊，想也不想地说道：“别，这事还是算了。”

齐晟仔细地打量我，问：“这是真话还是假话？”

我打算走以情动人的路线，正色道：“你也是做过十多年太子的，你还不知道做太子的滋味吗？若说太子妃是天下最难做的，那么太子就是天下第二难做的，何必叫灏儿去受这个苦？”

齐晟挑高了眉峰，“你觉得太子妃比太子还要难做？”

我对于他这种抓不住句子重点的行为已经习惯如常了，也不理会，只是说道：“皇上眼下年轻力壮，以后若是能远酒色，勤锻炼，早睡早起少劳心，估计再活个四五十年是不成问题的。”

这话估计还算中听，齐晟慢慢地点了点头。

我又说道：“那就是说若现在立灏儿为太子，他这个太子就要做到四五十岁，你可见过有哪个太子能熬得过四五十年？”

齐晟静静地看着我，不发一言。

“他现在还太小，不知道以后会长成什么样子，是不是真的有才能担起这个江山。”我停了停，垂下了眼帘，才又继续说下去，“而你又太年轻，以后还会有越来越多的儿子，也许就会有一个比灏儿更得你的喜爱，到时候，你要怎么办？你又要灏儿怎么办？”

齐晟还是不说话，我没看他，也不知道他此刻会是个什么表情，只能揣测着他的心思，然后又低声说道：“皇家里，父子相忌手足相残的事从来都不少，我的前半生已经见识过了，后半生不想再看到这些。”

过了许久，才听得齐晟轻轻地叹了口气，说道：“我知道了。”

果然，齐灏的周岁生日虽然办得风光，却没有提及储君之事。其后没几天，我再去大明宫的时候，就发现了一件十分奇怪的事情。

一向坚守岗位任劳任怨风雨不误十几个月如一日的小江同学竟然不见了。

小内侍凑在我身边，十分恭敬地弯着腰，小声说道：“是皇上叫人送走的，奴婢也不知道到底把苏姑娘送去了哪里。”

这个小道消息叫我很是吃惊，忍不住问道：“好好的，怎么就送走了呢？还回来吗？”

小内侍小心地瞄着我的面色，说道：“奴婢也不清楚是怎么回事，要不皇后娘娘问一下皇上？”

我问？我有什么立场问？人家江氏又不是编制内的，薪水从不在我这里领。再说我能怎么问？问江氏这是临时休假还是长期内退？有补偿金没？以后还给交三险一金吗？

一旁的小内侍还用眼角瞄着我，我随意点了点头，待见到齐晟的时候，却装作不知道这事一般，提也没提。

齐晟也没提这件事，只是说道：“灏儿以后渐渐大了，不能叫他长于妇人之手，从明日起，每日里你都带他过来，我要亲自教养他。”

齐晟这种“教育要从娃娃抓起”的想法是好的，可做法却有些叫人不敢苟同，人家上个幼儿园还得满了三周岁才收呢，你就叫一个刚满周岁的小娃娃每日里过来学习政务？

我有些哭笑不得，可他说得十分认真，不带丝毫玩笑模样，只能点头应下了。

第二日，齐晟果真就派了小内侍来兴圣宫催我。我没法子，只能硬着头皮抱着齐灏去大明宫应卯。

齐晟接见朝臣的时候，我就抱着孩子在屏风后听着。他批阅奏折的时候，我抱着孩子在御榻上坐着陪着。

刚开始的时候，齐灏不熟悉这个环境，表现得十分乖巧，就老实地在我怀里坐着。可没两天，他就再不肯老实地坐在我怀里了，非要吱吱呀呀拧着小身子下来，踉踉跄跄地往屏风外面跑。

齐晟正在外面听吏部、户部的几位官员奏事，我哪里敢叫他跑出去，只能拎着他的衣领把他扯了回来。谁知这下可惹了大祸了，齐灏瞪了我片刻，委屈地撇了撇嘴巴，下一秒就放声大哭起来。

我这里怎么哄也哄不住，正急得满头大汗，恨不得用手去堵他的嘴的时候，齐晟就从屏风前绕了过来，把他抱了出去，一面放在膝上轻声地哄着，一面神色自如地吩咐户部尚书接着说。

我还坐在屏风后，外面众人是什么表情看不真切，不过户部尚书说话明显不像刚才那么顺溜了。

再后来，事情就渐渐变成了齐晟抱着孩子在屏风外接见朝臣，我独自一人在屏风后认真听讲。头两回的时候，朝臣们还都有些惊愕，渐渐地，也就都淡定了。

这般月余的时间过去，齐灏长没长见识我不知道，我却是把朝中一些事务都听熟了。齐晟偶尔犯懒的时候，我都帮着他念折子了。虽然断句还是不太利索，不过齐晟大都能听明白，然后闭着眼念出批复来。

我就手抓毛笔，在纸条上歪歪扭扭地记下来，夹入奏折里，等着齐晟自己再誊一遍。

齐晟第一次看到我写的字的时候，半晌没说话，然后指着纸条面无表情地问我："你这是写的什么？"

我一时不知道他是嘲笑我字写得烂，还是不认识这些简笔字，想了想，才答道："这叫简笔字，是你们用的繁体字的简化体，你不觉得这样的字更简单易学吗？"

齐晟仔细地看了看我写的字，不置可否，却是说道："以后别写这样的字，叫人看到了不好。"

我点头应了，可等下一次写的时候，还是下意识地就写了简体字。

如此几次，齐晟便怒了，也不在软榻上躺着了，起身走到我身边亲自监督着我。

我抓着毛笔立在那里，笔尖上的墨汁都滴下来了，也没能写出一个字来。

齐晟斜着眼瞥我，问："怎么了？"

我脑门子上都冒汗了，吭哧半天，十分不好意思地答道:"不会写。"

齐晟纳闷儿，"不会写什么？"

我摸了把汗，答："繁体字，没学过，不会。"

齐晟诧异地看着我，"你刚才读的时候不是都认识吗？"

我答："看着模样都觉得眼熟，就蒙着念了，秀才认字认半边嘛！"

齐晟看着我，终于无语了。

从那以后，我就又多了一个活，齐晟坐着批折子的时候，我就在一旁站着练大字。如此一来，我每日里大部分时间都要待在大明宫，有的时候齐晟政务繁忙，我还要跟着一同加班到深夜，顺便也就宿在大明宫了。

我初步算了一算，自己眼下除了担着后宫大总管的差事，还干着机要秘书与生活助理的活，时不时地还要陪一陪睡……我这也算是身兼数职了。

劳累之余，我越发地思念起江氏来，想江同学可真是个有追求有理想、踏实肯干的好同志，她若是还在大明宫的话，齐晟许就不会这样把我当牲口使了。

五月里，来自江北的奏报忽地多了起来，大部分都是来自军中。我隐约感觉到齐晟对北漠动手的时间快到了。

一日，我陪着他加班到了深夜，待又和他做了一番体力活之后，这才趁其不备地说道："我想回兴圣宫。"

齐晟气息还有些不稳，过了片刻才问道："为什么？"

我用薄被掩住了胸口，抬起身来看他，答道："因为我是皇后啊，得统领六宫啊，整日里待在前朝算什么事？昨日里黄氏与李氏因为两匹布吵起来了，想找我评理呢，结果被人拦在大明宫外愣是没进来。两人转身又哭着去了太后那里，这才把布分利索了。"

齐晟侧着头静静地看我，我毫不避让地和他对视。

没一会儿，我却忍不住笑了出来，伸手推了推他，笑道："练什么对眼啊，帐子里这么黑，连个眼神都看不清，媚眼都白抛了！"

齐晟也闷声笑了起来，将我拉倒在他的胸口上。他的胸膛宽厚结实，因为在笑而微微震动着，好一会儿，这震动才停了下来，又过了半晌，才听得他低声说道："我要去打北漠，这是成祖的遗志。"

我身体不受控制地一僵，胸腔里的心脏却是激烈地跳动起来。为了不被他察觉，我连忙用手撑着他的胸口，微微分开了两人贴在一起的身体，涩着嗓子问他道：“你要亲征？”

齐晟没说话，却把手掌轻轻地覆在我的背心处。

我的心脏跳得如同擂鼓，偏生身子不敢移动丝毫，只能任他温热干燥的手掌贴在与我的心脏只隔了一层骨肉的地方。

昏暗之中，隐约地看到齐晟的嘴角好似轻轻地勾了勾，随后缓缓说道：“别怕，万一我回不来了，你就扶持着灏儿登基，正好全了你做太后的念头。”

明明是玩笑似的语气，可这短短十多个字，却字字都似闷雷一般炸在了我的心头上。我的心脏还没出息地擂着鼓，大脑上的每一根弦却都是绷成了钢线一般，下意识地干咽了一口唾沫，就琢磨着得说出几句什么来好好表白我的忠心。

黑暗中，他的视线像是无形的利剑，简直能直接洞穿人的灵魂。

我张了嘴半天也没能出声。

他说这话显然不是临时起意，那之前叫我大明宫陪他处理政务，算是试探，还是岗前培训？

而他现在又需要我什么样的答案？

这样思考着，激烈的心跳却是渐渐地平复了下来，我镇定地问道：“若是老九不服怎么办？”

齐晟轻巧巧地吐出一个字来：“杀。”

嗯，回答的真是一贯的言简意赅啊！

我崇拜地看着他，惊叹道：“好主意！果然好主意！问题是……怎么杀？”

齐晟又笑了，用手轻轻地抚着我后背，答道："我帮你杀，在把权杖交给你之前，我会替你把杖柄上的棘刺都除了。"

我心中莫名地一惊，面上却强撑着笑，轻松说道："嗯，不过，你可别把整根权杖都给我打磨得光溜溜的，那样抽别人也不疼了。"

齐晟想了想，点头，"好。"

我觉得不管他信不信，这会子怎么也得给他煽煽情才好，于是便将头埋进了他的怀里，憋了半天气后，哑声问他道："不能叫别人带兵去吗？"

齐晟的手顺着我的脊背缓缓往上，摸了摸我的发顶，又用手指随意地绕着我鬓角的一绺头发，轻声答道："没有人比我更合适了。"

他说的倒是实话。

同成祖一辈的老帅们基本上都已经被阎君请去喝花酒了，就是有那么一两个落下的，也都七老八十指望不上了。

子一辈里，杨豫有帅才，却不能用，张翎前一阵子刚被齐晟拉下了马，剩下的薛家、莫家之流，猛将倒是不少，但是却都挑不起主帅的担子。

至于孙子辈上，都还太年轻，大多是孔武有余而谋智不足，又无资历，更不敢用。

算来算去，倒还真是齐晟自己最合适。他幼习兵法，有很高的军事天分，深得成祖喜爱，亲自带在身边教养。爷孙俩闲暇之余除了对着沙盘推演战法之外，时不时地还要带着人马去西胡草原上实践一把，很招草原人民的痛恨。

直到后来先皇继位，草原人民这才过上了安生日子。

先皇是个文化人，一心只想发展经济文化，虽然碍着成祖的面子不得不立了齐晟为太子，心中却是不大瞧得上他这种好武的人。

齐晟也有自知之明，知道自己不得父皇喜欢，索性也就不在他眼前讨人嫌，经常自请去北疆巡边，一年里得有七八个月在江北各个军营里厮混，对江北、对北漠都熟悉无比。

他自己为帅亲征北漠，倒是比别人都合适些。

黑暗中，两人就这么静静地躺了一会儿，气氛刚有点静谧的味道，就听齐晟轻轻地嗤笑了一声，问我道："舍不得我？"

这个问题一下子把我给难住了。

我若答"不舍得"吧，估计他会不信，可我若答"舍得"吧，估计他又得不高兴。我左右思量了一下，决定还是不要直接回答的好。

我从他怀里抬起头来，半真半假地说道："我们两个走到今天，连孩子都生俩了，若再说互不相干，那纯属矫情得找抽了。你对我有防备，我对你有戒心，这很正常。信任不是靠言辞来维系的，日久见人心才是正理。你要去亲征，我不拦你，我会好好替你守着这盛都。你回来，我还接着给你做皇后。可若是你真回不来了，我也不说那些什么同生共死的假话糊弄你，我只会好好守着葳儿和灏儿，皇位能保则保，不能保我就放手，什么都不如活着重要。"

齐晟听了半晌无语，终哭笑不得地叹道："你就这么没有气节？"

"气节？"我笑了，故意冲他脸上吹了吹气，"我要有那东西，早吊死八百回了，现在还能和你躺一张床上？"

这一回，齐晟没笑，只认真地盯着我看了片刻，然后轻声说道："累了一天了，睡吧。"

我乖顺地伏在他的怀中，心中却在暗骂：睡个毛啊！今天晚上这么刺激，大脑早兴奋起来了，能睡着才怪！

过了没一会儿，又听得齐晟问道："睡不着？"

我默了默，轻轻地"嗯"了一声。

齐晟就笑道："我也是，既然这样，那就先别睡了，再来一次吧！"

话还未完，人已是翻身覆了上来。

最初时我没多大兴致，不过转念一想若是他真的被茅厕君长留在了江北，我这里少不得就要守寡，到时候就是再想睡个男人都不容易了。如此一想，我随着也跟着热情起来，两人足足折腾到快大亮，这才睡下了。

五月里，齐晟果然宣布要北巡。

帝王巡边本是大事，可由于成祖对北疆防务太过重视，三年两载就要跑一趟江北，以至于这事也没人把它当作大事了。

到了先帝这一辈，他比较偏爱江南的灵山秀水，不太喜欢这种粗犷风格的"北疆双骑一月游"。无奈老爹留下来的规矩又不好破，苦挨了两次之后灵机一动换了个方式，将北巡改成了皇帝出钱皇太子出力。

齐晟身为皇太子，一共代帝北巡过三次，最后一次北巡时被赵王兄弟阴了一把，差点在宛江翻了船。

那个时候我还是太子妃张氏，白天先拉着杨严横渡了大半个宛江，夜里又拽着楚王齐翰漂了整整一个九曲峡，搞得我后来见着活水就发怵。

这回是齐晟登基之后的第一次北巡，声势自是比以前做太子的时候大了不少。不过除了少数的几个重臣知道他这次是借"北巡"之名行"亲征"之事外，其余的人只当齐晟又搞公费旅游，都没怎么太在意，甚至还有御史抨击齐晟北巡是劳民伤财之举。

苍蝇虽不咬人，可它烦人啊！

我将一沓子奏折递给齐晟看，问他："就不能想个法子叫这伙子人闭嘴？”

齐晟随手翻了翻就扔在了一边，笑道：“他们叫他们的，你自管低着头做自己的事就是了，管他们做什么！”

这话说得真轻松啊，到时候你拍拍屁股打北漠去了，还得留下我在盛都跟着这么一帮子人混。

我抬眼很是真诚地看他，商量道：“要不你干脆带着他们和你一起去北边吧，闲的时候还能有几个唠嗑的。”

齐晟撩着眼皮看了我一眼，不阴不阳地说道：“不行，我这回带的人太多，还是给你留下吧。”

我真心觉得这事只有“不想带”，没有“带不了”，你连赵王与楚王都能一块带上了，还怕再多出几辆马车给御史们用吗？

没错，这次“北巡”齐晟竟然命赵王和茅厕君一同侍驾。

最初听得这个消息时，我还惊愕了那么两秒钟，不过很快就理解了齐晟的用意。他对这两个兄弟都不怎么放心，与其留他们在盛都，还不如放自己身边看着更放心一些。

临行前，茅厕君终于逮到机会，突破重重阻碍与我在宋太后那里见了面，拿了一张比真的还像真的圣旨给我看。

那是以齐晟的口气写的遗诏，也可以算是罪己诏，字里行间感情充沛，文采斐然，用简单精练的文字，概括了一个皇帝因不听群臣劝阻执意北伐而最终导致自己身死疆场的“事实”。

这一句够长吧？看着费劲吧？你还别抱怨，这比起我看的原版圣旨来，这都是简化版的了，我好歹还给你加了个逗号呢。

也亏得我前阵子在齐晟的威压之下苦练文言文，总算是将这份圣旨看懂个七七八八。

圣旨的最后，齐晟将皇位传给了皇长子齐灏。

茅厕君待我看完，将圣旨从我手里抽了回去，淡淡一笑，说道："为安全计，这东西先放在太后这里。若是江北不能成事，皇后只当自己从没见过这样一份东西。但若是江北成事了……"

他说到这里停了下来，目光沉静地看着我。

我笑了笑，接道："若是你那里成事了，我就用此圣旨扶皇长子登基，然后命你与张放同朝辅政。不过，你也要多注意一下，莫要给北漠捡了便宜去，一旦他们趁机反扑过来，再要赶出去可就难了。"

茅厕君点了点头，又郑重说道："我也是成祖子孙，定然不会叫鞑子过靖阳的，也望皇后守诺。"

守诺这事吧，不能只看说的，得看做的。我没说什么，只对他扯了扯嘴角，然后便起身往外走。人刚走到门口，茅厕君又在后面唤住了我，等我回身看过去，他却又不肯说话，只静静地看着我。

我问他："还有事？"

茅厕君却是浅淡地笑了笑，轻轻地摇了摇头。

我最最受不得这种文艺小清新的范儿，只觉得牙都酸倒了半边，忙转身出去了，带着宋太后送给我的两个小美人回大明宫。

后殿里，写意刚指挥着宫女给齐葳和齐灏两个小祖宗洗完了澡，不亚于刚打完一场水仗，连头发丝上都还滴着水珠，听说我回来了，忙迎了出来，关切地问我道："娘娘，没事吧？"

她话问出了口，这才看到我身后还跟着两个面生的小美人，面上不觉露出些惊讶之色。

我向写意简单介绍了一下这两个小美人，都是宋太后远得不能再远的远房亲戚，明面上说是派过来伺候皇帝和皇后，暗底下却是希望我能给开个后门，把这个工作地点设定到齐晟的龙床上。

写意听了直撇嘴，等人都走了，与我说道："奴婢还当太后请娘娘过去有什么事，原来又是安插狐媚子过来。要奴婢说娘娘也别和她们客气，就把人留在宫里伺候娘娘，看她们有没有命活到皇上北巡回来。"

那两个小美人都是十五六岁年纪，正是娇得跟花骨朵一般的年纪，只光看着就叫人赏心悦目，我倒是有心把她们留在自己身边，可这人毕竟是太后送的，怎么也得和齐晟说一声才是。

齐晟一听太后又送了两个远房亲戚过来，剑眉微皱，说道："也不知这太后哪里来的这么多娘家人，还没完没了了。"

我敛目不语，心中却想这有什么啊，这好歹还都是美人呢，你就知足吧。

齐晟瞥了我一眼，又问："是两个美人？"

我真心实意地答道："确是美人，天生丽质，娇俏可人。"

齐晟缓缓地点了点头。

我试探地问道："皇上这回北巡，要不要把她们带在身边解个闷？"

齐晟摇头，"我去打仗，带什么女人！"

我暗中大松了口气，面上却是笑道："也是，人家都说军营里不能进女人的，不然不吉利，这两个就先留在我宫里吧。"

齐晟狐疑地看了我两眼，眉头微皱，想了想又说道："算了，还是带在我身边吧，心里更踏实些。"

皇帝开口，不敢不从，我老实地应了一声"是"，心中却是十分鄙视他这种反复无常的脾气。

第十七章 芃芃，我心悦你

六月初九，齐晟终于率众北巡。

我一面给齐晟系着头盔，一面给他普及避雷常识，“野外行军时赶上雷雨天气，莫要骑在高头大马上，你个子高，头顶上的盔缨也比别人长了半尺，雷公就喜欢拣着你这样的……”

他猛地抓住了我的手，用力握着，好半晌才淡淡地问道：“你就不能说几句好听的？”

要好听的？有啊，我这里大把的有啊，我连想也不用想就张口说道：“那就祝皇上一路顺风马到成功旗开得胜万事大吉年年有余……”

“够了！”齐晟凶巴巴地打断了我的话，很是恼怒地看着我。

我无言，只能沉默以对。

他脸上的怒色渐渐敛去，连带着眸底也缓缓沉静下来，露不出一丝情绪。最终，他也没再说什么，只又深深地看了我一眼，便毅然转过身去，大步离开。

看着他的背影渐渐远去，我只觉得浑身的气力像是被人猛地抽走了一般，腿上一软，差点就要坐到了地上。不管怎么说，这尊佛爷总算是走了！

我心里一时说不上是悲是喜，反倒觉得有些空落落的。

绿篱送走了赵王就进宫来瞧我，我向她描述自己的心情，可连说带比画了半天，她依旧是听了个糊里糊涂，好半天才猛地一拍大腿，叫道：“娘娘，奴婢明白了，奴婢明白您要说的意思了。”

我心中大为欣慰，想我自己现在都有些搞不清到底是个什么心情，想不到她竟然是我的知己。我又惊又喜地问道：“你真明白了？”

绿篱十分肯定地点头，“明白了，直白了说就是您三十年媳妇总算熬成婆了。皇上不在，这宫里就是您说了算，想干什么就干什么！”

这都哪跟哪啊？媳妇我一个没见着，头上婆婆倒是还有两个呢。

绿篱见我没反应，张了嘴又要再猜。我忙止住了她，问道：“赵王临走时可说了什么？”

她答道：“他倒是叫奴婢转给娘娘一句话，说无论到了什么时候，娘娘能倚仗的人只有皇上。”

我细细咂摸赵王这句话，总觉得他这话里别有含义。

绿篱在一旁静了片刻，忽地低声问道：“娘娘，要不咱们干脆把楚王殿下给卖了吧？把他要谋划的事情偷偷告诉皇上，这样一来，皇上必要记娘娘一个大情，再加上有小公主和小皇子两个，皇上未必不能给娘娘一个平安康泰。”

还要去信齐晟？我怔了一怔，摇了摇头，道：“阜平行宫中我已信过他一次，可结果怎样？”

绿篱噎了一噎，无法回答。

我不由得冷笑，又道：“绿篱你记着，男人的心狠起来，杀妻灭子都不在话下。吃亏上当只一次就够了。”

绿篱沉默，过了一会儿，才又问道：“咱们眼下就只能干等着吗？”

我反问：“不然还能怎么样？他们这才刚刚离京，谁知道到最后会是哪个赢了，我们总得给自己留个退路。”

姑娘啊，咱们现在自是不能轻举妄动啊。

万一茅厕君那里失了手，我这里却是露出了要升职的野心，待齐晟回来少不得和我算总账。还是等等再说吧，这么多年我都熬过来了，不差这一年半载了。

六月底，南夏一支数百人的商队在靖阳关外遭到劫杀。此事传回关内，正好巡到靖阳的南夏皇帝齐晟暴怒而起，立刻命两千靖阳守军进入北漠境内，打着搜救商队失散人员的旗号，对北漠进行报复性掠边。

北漠边军忙组织兵马予以阻击，双方在靖阳北七十里处展开激战。由于双方兵力悬殊，南夏军损失惨重，只有三百余人从北漠包围圈中逃出，回到靖阳。

这下可是捅了马蜂窝了，齐晟怒斥了一番北漠的无耻行径之后，当即就宣布要御驾亲征北漠。靖阳关门一开，四十万南夏大军以迅雷不及掩耳之势攻入了北漠境内，几日之内就连下北漠几座边城。

北漠人一时有些傻眼了，以往这样的小规模纠纷时有发生，两国守军顶多就是你给我一巴掌我挠你一把的小打小闹，谁也没往大处闹过，今儿南夏这是怎么了？怎么就突然豁出命地扑过来了呢？

唉！什么也别说了，赶紧调集兵马打吧！

邸报传回盛都已是七月中，我瞅着那“讨虏檄文”上义正词严的词句，发自肺腑地佩服齐晟的厚颜无耻。

绿篱到底是个姑娘，一看北边真打起来了，难免有些紧张，问我道：“娘娘，咱们怎么办？可是要与家里联系？”

齐晟未将兵部尚书张放带走，而是把他给我留在了盛都。往好处想，齐晟这是想给我留个可用的人在身边，可往坏处想，也许这就是他故意引着张家做些什么落人把柄的事情出来。

不能上当，绝对不能上当。

绿篱那里还在等着我的吩咐，我想了想，摇头说道：“家里那边不用咱们管，倒是宫里，我得去太皇太后那里走一趟，探探她是个什么口风。”

别看这太皇太后林氏平日里像是尊不管事的菩萨，可她做了几十年皇后太后，又在先帝驾崩之时可是显露过雷霆手段。若是只把她当作老眼昏花的老太太，那才傻了呢。

太皇太后见我过去，十分高兴地把我拉到她身边坐下了，用手轻轻地拍着我的手臂，安慰道：“皇后不用担心皇帝的事情，你安心替他守着灏儿，叫他没有后顾之忧就好。”

她既然都这样说了，我更是打定主意万事不管，每日里除了教教葳儿识识字，便是看着乳娘哄齐灏那个小祖宗。

天气由热转凉，北边传回来的消息一个接着一个，今儿说先锋贺秉则又攻破了哪个北漠重镇，明儿说齐晟的行辕又往北迁了多少，总之都是好消息。

我这里胡吃闷睡，绿篱却是渐渐沉不住气了，偷偷问我道：“娘娘，楚王真的会出手吗？”

我想了想，轻轻点了点头。

茅厕君若是想翻身，能抓住的只有这次机会了。

刚过了八月十五没两天，宫里的月饼还没吃完呢，被齐晟流放到岭南的杨严却是突然趁夜来了。

我被人从睡梦中晃醒了，一张眼就见床头黑乎乎地立了个人。那人劈头第一句话就是：“我爹找不到了。”

也亏得我定力好，这才没惊叫出声，愣了一愣，说道：“我这儿没有，要不……你再去别的地方找找？”

杨严把牙咬得咯吱咯吱响，没好气地把我往床里推了推，长腿一迈跨到了我的床上，盘腿坐下了，低声道：“刚到了岭南没多久，他就找了个碴儿把我给关了起来，等我好容易逃出来，却发现他和我大哥、二哥、三哥几人都不见了，问家里的人，只说是他们一同出去了，却不知道去了哪里。”

我听得愣了，父子四人同时离开，难不成是一起走亲访友去了？那干吗还非得把小儿子一个人关了起来？

脑子里像是有个什么东西飞快地闪了一下，快得叫人抓也抓不住。我问杨严：“他们什么时候走的？”

杨严答道：“听说是五月初，他们以前在军中惯常用的东西也都随身带走了。我被关了近三个月，前些日子才逃了出来，昨夜里我去九哥府里问过了，我爹他们并没有去找九哥。”

他的声音里有着隐隐的慌乱，说完了静静地看着我。

杨豫父子几个突然消失，若是私下离开，绝对不会随身带着那些惹人耳目的军中之物，既然带着，那就说明不怕被人看到。

我心里也有些乱，思量了半天也没个头绪，只得说道：“他们好几个大老爷们，总不会是叫人拐走的，你先耐心地在盛都等几天……”

杨严怒气冲冲地打断我的话，“你知道他们这样防着我说明了什么吗？”

我心里火气也上来了，冷笑道：“不就是说明了他们防的不只是你一个，还防了你的九哥，说明你和你的九哥都被你爹那只老狐狸给耍了，说明他们很可能早就已经投靠了齐晟……”

杨严脸上既是惊愕又是恼怒。

我冷眼看他，问：“那又怎样？已经到了现在，你还能怎样？”

杨严呆呆地坐了片刻，肩膀慢慢塌了下来，喃喃道：“那我该怎么办？他们竟一直把我也骗着。”

看他这么一副霜打了的模样，我忍不住叹了口气，伸脚踹了踹他，

“楚王府那里一定有人监视着，你别再去了。你就先去绿篱那吧，我叫人去查一查，有了消息再通知你。”

杨严愣怔地坐了片刻，用力地点了点头，起身走了。

我睁着眼躺到天亮，又把整件事从头到尾地捋了一遍，不管自己多么不愿意接受那个猜测，可所有的线索都表示杨豫现在极可能就在江北，还可能已经上了战场。

可齐晟为何敢用有着一半北漠血统的杨豫？为何茅厕君那里一点消息也没有传回来？

正想得头大，小福儿的声音轻柔地在帐外响起，“娘娘醒了？可是要起？”

我想了想，将床帐掀开了一个小缝，小声叫了小福儿上前，低声交代道：“你今日偷偷出宫，叫楚郡王妃尽快来宫里一趟。”

小福儿姑娘已经被我重点培养了两年有余，脑筋灵活，嘴严腿快，最难得的是不管我吩咐她做什么她都应一声“好咧”，连个“为什么”都不曾问过。

现在听我说要她偷偷去给张茶茶传信，她仍是只干脆地应了一声“好咧”，便若无其事地叫了殿外等候的宫女进来帮我梳洗，待我梳洗完毕，小福儿的身影却已是不见了。

中午不到，张茶茶就打了探望堂姐的名头进了宫。

我没工夫和她细说，只叫她赶紧亲自去找张放，问他齐晟北征军那里是不是有什么反常之处，各军的统帅是否都有名有姓，有没有名不见经传之人。

张茶茶见我急着找她来竟然是问这事，有些奇怪，一面不急不忙地喝着茶水，一面问我道：“大姐姐，这事很重要？”

我急得嘴上都要长泡了，这事是真重要啊，这关系到是你做寡妇还是我做寡妇的问题啊！

“重要，这事十分重要，你万不能叫别人知道了。”

张茶茶一听这个，把茶杯往桌上一扔，转身就要走。

我这里忙一把拽住了她，问道：“你干吗去？”

张茶茶回头看我，“我这就去找大伯去啊。”

我无奈，叹了口气，把茶杯重新塞回到她手里，“你记住，不管多么急的事，自己心里都不能先乱了，不然一定会露破绽的，你这么急匆匆地来一下就走，生怕别人不知道你是来传信的是不是？”

张茶茶眨巴眨巴大眼睛，问我：“那怎么办？”

我答道：“吃了中饭再走吧。”

我叫了写意进来去抱齐葳和齐灏过来，带着两个小娃娃与张茶茶吃了一顿饭，这才放了她走了。

结果还没等到张放给我回信，江北却是有新的捷报传了回来，原西平侯杨豫亲率十万大军沿着小葛城、茂城、凉州一线向西穿西胡草原而过，偷偷潜入北漠境内，然后又回旋千里穿越过茫茫戈壁深入北漠腹地，趁着北漠人不备连下几座重镇，已是攻到了北漠都城上京之南不足百里处。

据说杨豫的行军路线五十年前北漠杀将常钰青就曾走过，只不过他那时是从北往南，今天杨豫是从南往北。方向虽是不同，可效果却是差不太多。

邸报传来，朝中众人都被这消息震住了。

我也傻了，一个人呆呆地在殿门外的台阶上坐了半日，然后便叫小福儿给杨严传了话。

杨严当天夜里就摸黑来了宫里。他像是一下子瘦了许多，个子显得更高了，整个人像一条绷得紧紧的弦，目光灼灼地看着我，问道："你确定我爹去给齐晟领兵去了？"

殿内没有点烛火，借着窗外的月光，我看了看他那亮得都快能当灯泡的眼睛，苦笑道："反正邸报上是这样写的。想当初你爹在云西平叛，那可是一军主帅，身边得围着多少的人啊，他怎么就能避开齐晟的眼线千里潜回盛都呢？一军主帅临阵私逃，若是没有齐晟的默许，他怎么可能办到！现在想来我们当时多傻啊！你，我，还有你那个看似精明的九哥，我们三个凑一块儿，在齐晟眼中都跳梁小丑一般的角色。"

好半天，杨严才将一直紧抿着的唇瓣缓缓松开，问我："现在怎么办？"

我心里其实早已是有了主意，可却又怕他不肯轻易就范，便装模作样地低头想了一会儿，猛地伸出双手握住了他的手，低呼道："杨严！"

杨严面上一喜，忙急声回应道："有主意了？"

我用最最真挚的眼神看着他，说道："咱们两个……私奔了吧！"

杨严的嘴角就抽了一抽抽，好一会儿才强往上扯了扯嘴角，干笑道："都什么时候了，你还有心情开玩笑。"

我摇头，道："不是开玩笑，是真的，眼下齐晟又得打仗又得防着老九，落在我们身上的精力必然少之又少。我们趁着这个机会跑了吧！带着齐葳和齐灏，这样一来你不但老婆有了，连儿子女儿都有了，多划算的买卖……"

杨严往后退了一步，指着自己的鼻尖，声音已是有些变了调，结结巴巴地问道："你你你……要嫁我？"

我点头，"我们两个一路同行，少不得要假扮夫妻遮人耳目。你放心，我这里有钱，只要逃到个安全的地方，生活不成问题。而且我还是一个贤妻，我连这么大的后宫都管得了，给你管上十来个姬妾绝对不成问题。”

杨严却忽地恼了，甩开了我的手，怒道：“胡闹！你是皇后，只要齐晟不死，你怎么可能跑得掉！更别说还要带着一个皇子和一个公主！我要是只带着你私奔了，齐晟也许就杀我一个，可我若是带着你们母子三个跑了，他非得把我们全族都剐了不可！”

哟哟哟，这人倒是还有些脑子。

我暗松一口气，面上做出一副被他呵斥傻了的模样，怔怔地看了他片刻，慢慢地垂下了眼帘，轻声道：“那怎么办？你们都能逃走，就留我一个在这里等死吗？”

果然是没白和齐晟混这几年，我这演技又精纯了不少，没过一会儿就见杨严迟疑地向我伸了伸手，只是刚到了半路却又缩了回去，又过了片刻，他轻声说道：“对不起。”

“你没对不起我。”我低声回道，脸上的笑容却是越发凄婉起来，“是我自己命不好。”

要说杨严这种只混过两天演员速成班的就是不行。他一见我这副神情，自己越发地愧疚起来，好像不能带我走就是抛妻弃子一样，小心翼翼地问我道：“还有别的法子吗？”

我深吸了口气，重新提起精神来，问杨严道：“你可知道老九到底什么时候向齐晟发难？又是通过什么手段？”

杨严摇头道：“九哥没和我说过。”

“你爹也不知道？”

杨严沉吟了一下，“不知道，只说是安排的有死士，我原本想自己出手去刺杀齐晟，九哥不答应。”

“那好，现在有两条道。其一，你立即赶往北疆阻止你九哥动手，然后你们两个死遁，有多远逃多远。”

杨严打断了我，问：“那你呢？”

“我？在盛都等死呗。”我笑了，问他道，“我也想跑啊，可是你不也说我跑不掉吗？”

杨严默默地看着我不语，半晌后问道：“第二条道呢？”

我一乐，答道：“第二条道就是等，若是你九哥得了手，那就什么也不用说了。如果不能，咱们就等着齐晟回盛都。他大胜而归，又自觉破了咱们的阴谋，心里指不定多么嘚瑟呢，十有八九还会专门来我这里耀武扬威一番，到时候你杀了他便是。”

杨严微微有些惊讶，“在你这里刺杀齐晟？”

我反问他：“为什么不？他时时算计，事事算计，难不成我就要坐以待毙？”

杨严低头思量了一会儿，说道：“就走第二条道吧。”

前面绕了百十来里大的一个圈子，演了那么久的戏，为了就是能得他这么一句话，现在总算听到了，我心中那块大石总算轰隆一声落了地。

隔天我把这事告诉绿篱，绿篱当场就从椅子上跳起来了，失声道：“娘娘糊涂了！就算有这样的心思，也要他独自一人潜到江北去动手，这样才能做到神不知鬼不觉。若是在宫中动手，万一有失，娘娘就再没活路了。”

宫中生活几年，我已是快修炼到了泰山崩于前而面不改色的境界了。绿篱如此激动，我也不过只是淡淡地瞟了她一眼，问：“你都能想到这些，难道齐晟就想不到吗？”

绿篱一下子怔住了。

就因为大家都觉着杀齐晟的最好地点在江北，所以我才要反其道而行之，偏等到齐晟回到宫中后再动手。

我低下头继续剥我的石榴吃，耐心劝她道："淡定些吧，反正已经走到今天这步了，能做的也只能是破釜沉舟了，我赌齐晟不会一回来就对我喊打喊杀，那时反而更容易得手。"

绿篱呆愣愣地立了片刻，有些失魂落魄地坐下了，过了一会儿才又问道："咱们现在只能等着？"

我闻言点了点头，"你暗中联系家里吧，叫他们将京都戍卫军把紧了，到时候齐晟一旦在宫里出事，能不能稳定盛都局势就全靠他们了。"

绿篱又问："然后呢？"

"然后？等着吧！"我答道。

事到如今，也只能继续以不变应万变了。

绿篱在我殿里心浮气躁地转悠了片刻，也没想出什么法子来，深深地叹了口气，然后又在面皮子上挂了一副欢喜的神色，装着若无其事的样子走了。

北边那仗打得激烈，朝堂上少不得也是十分热闹，唯独后宫一片宁静祥和。

齐晟不在，宫妃们想争宠都没得争了，后宫里十分和谐，大伙姐姐妹妹地称呼着，闲来串串门子聊聊天的，起码表面上比以前亲近了不少。

我想着自己以后若是落在齐晟手里，就算不死恐怕也是一辈子粗茶淡饭幽居冷宫的下场，所以更加珍惜眼下的大好时光，每日里除了吃喝玩乐看美人，就是陪着齐葳与齐灏姐弟两个玩耍。

就这样混到十月里，这一天我正领着两个小娃娃在御花园里转悠，太皇太后身边的贴身宫女突然急匆匆地找了过来，说是太皇太后请我速速过去。

太皇太后早已不怎么管后宫之事，平日里就是有事也顶多叫宫人过来给我说一句而已，今日却突然这么着急地叫我过去，定然是发生了什么大事。

我隐约有了些猜测，强自装着镇定，吩咐了身边的人带着齐葳与齐灏先回兴圣宫，自己这才随着那宫女去了太皇太后宫里。

宫女把我领到殿外就退了下去，轻声道："太皇太后请娘娘独自进去。"

我心里诧异着，先轻轻地咳嗽了一声，这才迈入了殿内。

内殿里，老太太独自一人拄着拐棍面朝窗口站着，脊背是少见的挺直，听见我的脚步声才缓缓回过身来看我，"皇后，你来了。"

声音不大，却透露着难言的威严，与往日里的温柔慈祥全然不同。

我心中一凛，忙恭敬地应了一声，小心地问她召我过来有什么事。

老太太指了指一旁书案，"北边来的，皇后看看吧。"

我将书案上的那封密奏拿起来细看，这一看不要紧，后背上的汗唰的一下子就冒出来了。

密奏里说得很简单，北征最初本一切顺利，各路大军捷报频频，可后面北漠反应过来后，迅速调集全国兵力组织抵抗，战事就僵持了下来。这个时候，齐晟却突然在军中遇刺，虽未伤到要害，但刺客兵刃淬毒，毒性十分霸道，军中又没有解毒的药剂，齐晟一下子就趴窝了。

皇帝若是死在了前线，且不说军中会大乱，就连朝中怕是也要动荡。

亏得齐晟人虽然中毒，脑子却还清醒，立刻瞒下了遇刺中毒之事，一面命大军停驻在北漠小城假作休整，一面派了人飞速将刺客的兵器送回盛都，命太医院研制解毒药剂。

我抬头看向林老太太，颤声问道：“太医院可制出了解毒药剂？”

老太太面容坚毅，可声音里却有着遮掩不住的悲戚，“已经在研制，可即便今天就能制出药剂，最快也要十余日才能送到皇帝那里，不知道……”

她没能说下去，可我已是听明白了，潜台词就是即便药剂送了过去，也不知道齐晟还有没有这个命来用。

茅厕君的死士竟然真的得手了？齐晟真的就要这样死了？

我也说不出来心里到底是震惊还是忐忑，是惊喜还是恐慌，明明感到有万千感情齐齐涌了上来，可心口处却是一片空白，只能傻愣愣地站着。

老太太一看我这副神情，眼圈也红了，低声道：“好孩子，你要撑住。”

我嘴唇哆嗦得连话也说不出来了。老太太，我现在哪里是要撑住，我是得要稳住啊！

齐晟现在就齐灏一个儿子，虽然现在才不过一岁半，可也算是名正言顺的皇位继承人，又有张家和茅厕君的扶持，若是不出大的意外，这皇位就传给他了。儿子一旦做了皇帝，我这个当妈的也能跟着升职做太后了！而且还是一位大权在握的太后！

架在头顶上的那把刀总算是撤了，再不用看齐晟的脸色过日子了。

这明明是天大的喜事啊，为什么我心里还真有那么点悲伤难受呢？我这是又抽哪门子的风，哪根筋又没搭对了？难不成还真跟齐晟那厮日久生情了？

老太太脸上悲恸万分，上前两步扶住了我，痛声说道：“芃芃，你千万不能倒下了，皇帝那里还需要你。”

我一怔，有些迷茫地看向老太太。齐晟那里还需要我？

老太太目不转睛地盯着我，“晟儿想叫你过去。”

我悚然一惊，人都差点没从地上蹿起来，顿时清醒了几分。不会吧？就算皇帝死了要有人殉葬，那不也是嫔妃们的活吗？没听说皇后也要跟着一块活埋的啊。

“叫我过去？”我迟疑地问。

老太太郑重地点了点头，眼圈通红，就差落泪了。她从怀里又掏出一封信来，递给我道：“这是晟儿给你的。”

刚才看的那是密奏，是齐晟心腹之臣代笔的，算是内部公文。现在手里的这封，应该算是私信了。

不管是公文还是私信，先送到的都是太皇太后这里，可见齐晟对他这位奶奶倒是极信任的。

信纸上面只写了八个字：生死之际，唯盼一面。

我在大明宫也住过一段日子，齐晟嫌我字写得难看，还曾握着我的手教我写过大字，他的字体我十分熟悉。这纸上的笔迹虽有些凌乱无力，却真是齐晟的手迹。

我瞧着那信纸，一时不觉有些怔了。

又听得老太太哑声说道：“按理皇后不能在这个当口出宫，更不该去那战乱之地，可这是晟儿……”老太太停了停，深吸了口气，才又继续说了下去，“许就是最后一面，他既然有这个心愿，皇后就去吧。”

我猛地回过神来，抬眼看向老太太。

还没等我开口，老太太又继续说道：“皇后放心，葳儿和灏儿都先养在我这里，只要我这个老太婆还活着一天，盛都里就没人敢翻了天去！”

到了这个节骨眼上，我的眼泪总算是逼下来了。

死去吧！我才不信自己在齐晟心中会有这样的分量，搞得好像临死前不见我一面，他就会死不瞑目一般。

这里面的疑点太多了。

首先，齐晟既然早就从杨豫那里知道了茅厕君的打算，就一定会严加防备，为何还会落了一个被刺中毒的下场？

其次，就算这回是茅厕君侥幸得手，可齐晟既然没有立刻身死，为何没有治茅厕君的罪？密奏上甚至连提都没有提一下茅厕君？

这里面太多不合理的地方了。

我心里飞快地合算着，面上却故作坚强地抹了抹眼泪，毫不迟疑地点头道："我去，我这就赶往漠北。"

老太太看着我，点了点头，终于欣慰了。

刚回到兴圣宫，宋太后那边的消息也送了过来，齐晟确已遇刺中毒。

直到此刻，我才是真的信了齐晟遇刺这件事。紧接着，我就开始考虑太皇太后与齐晟为何要逼我去江北。

往好里想，齐晟是真想见我一面，交代我一些事情。可千里迢迢跑过去只为说几句话，这事太言情了，也不符合齐晟的性格。

往坏里想，他们极可能是怕以后君弱母强，外戚弄权，所以要借着这个机会除去我这个太后。

越是思量，越觉得"去母留子"才是他们的真实目的。

为了这，齐晟还假惺惺地写了那极煽情的八个字，分明就是想来乱我的心志。我没看到的信上，这祖孙俩还不知道怎么算计我呢！

那到底要不要去呢？

去吧，很可能就是一条死路。可若是强拧着不去，这就等于是提前扯破了脸。且不说万一齐晟死不了，我一点退路也没有，就是太皇太后这里，我都没把握能斗得过，一个不好，怕是我还得走在齐晟前面。

这老太太，都快成精了。

我躺在床上足足想了一晚上，第二天一早起来，就见镜子里的那个人憔悴无比，面比黄花。

写意瞧着十分地心惊，骇然道："娘娘，您这是怎么了？"

我没心思理会她，打发她去太皇太后那里问解毒药剂可是制出来了。

写意前脚出门，我就又吩咐了小福儿去赵王府，给绿篱传了信。

两天后，皇后忽感风寒卧床不起。太医诊断之后说皇后病虽无大碍，却需静养。皇帝不在宫中，皇后又忽地病倒了，宫中就有点人心惶惶。

关键时刻，又是太皇太后林氏这位老同志站了出来。

太皇太后不但果断地全盘接管了宫中事务，还将皇子齐灏与公主齐葳都接入了自己宫中教养。有这样一尊老佛爷镇守，宫中顿时安定下来。皇后遵医嘱开始卧床静养，兴圣宫也随之闭门谢客。

与此同时，我这个张芃芃已是女扮男装，带着贴身侍女写意，由二十余名武功高强亲卫护送着，暗中出了盛都往北而去。

一路上扬鞭纵马，行速极快，不几日便到了宛江边上。早有船在江边等着，待我们这一行人下马登了船，便立刻扬帆向江北岸飞驶而去。

过了宛江，一行人还是日夜兼程，沿泰兴、豫州、小站一线北上，打算经靖阳出关，然后直奔齐晟大军所在地，北漠平宁城。

出靖阳关时已是十月十七，从离开盛都那天算起，我已是在马背上过了八天，别说两腿间早已是磨得血肉模糊，就连小命也都丢了大半了。

中午在一片树林子边上歇完脚后，我就死活也爬不到马背上去了。写意从一旁用身体支撑着我，带着哭音说道："娘娘，您再歇一会儿吧。”

我甩开了她，用手抓着马鞍继续往上爬，再一次栽倒在地上之后，就听得护送我的亲卫队长轻声说了一句“得罪了，娘娘”，然后用手架住了我腋下，轻轻一托，将我放到了马背上。

我双手握紧了缰绳，坐直身体，转头说道：“麻烦也帮一下我的侍女上马。”

他二话不说，将写意也拎到了马上。

一行人又拍马而去，又往前赶了百十来里路才到了一个小镇。按照往日的习惯，我们即便过城镇也不会住宿的，而这一回，那亲卫队长却策马到了我身边，小声而恭敬地说道：“娘娘，在这里歇一宿再走吧，大伙的身体都快熬不住了，而且出关后换马不便，得叫马匹也歇一歇。”

我眼睛从队伍里扫了一圈，发现他说的这个“大伙”只包括我与写意两人。我迟疑了一下，还是从谏如流地点了点头。

当天夜里，我们这些人就宿在了这个镇上唯一的一家客栈里。

睡到半夜，有个黑衣人趁黑摸进了我的房内，一掌劈昏了起身阻拦的写意，然后用被子将我裹了裹，从窗口跃了下去。守夜警戒的人很快就警觉了，一声呼哨，顿时叫醒了所有的亲卫。黑衣人也不和他们纠缠，挥刀逼开一个挡路的亲卫后，抱着我跃上门外提前备好的骏马，扬长而去。

亲卫们有人去后院牵马，有人飞掠而起，直接在后面追了上来。

我从黑衣人的怀里探出头来，一面用力扭动着身体挣扎着，一面冲着后面疾呼道：“救命啊，救命啊。”

黑衣人不耐烦地冲我撩了撩遮面的黑巾，“是我，杨严。”

我没好气地翻了他一眼，“废话，不是你，我还不叫呢！”

说完便又继续卖力演出被歹人劫持的女子的角色。

杨严用一手搂紧了我，低声嘱咐道："那你小心点啊，别真挠我脸上了。"

我僵了僵，避开他的脸面，只装模作样地捶打着他胸前肩膀等处。

两条腿的毕竟跑不过四条腿的，又过一会儿，后面追赶的人便都渐渐消失在了夜色之中。我抓住一切能偷懒的机会，见既然都瞧不到人了，索性停止了挣扎，只嘴里高一声低一声地呼救。

杨严终于忍受不住了，举起了掌刀与我商量："来，咱们配合一下，你尖叫一声，我把你敲昏，省得你受累没完没了地叫，也吵得我脑浆子疼。"

我想了想，放开嗓子尖叫了一声，然后在杨严掌风劈下来之前，猛地截断了声音。

杨严瞥我一眼，"算你识时务。"

借着月光，我翘起头往他身后扒望，问："他们不会再追上来吧？"

杨严嘿嘿一笑，得意道："不会，我提前给他们的马匹下了药。"

我这才算放下心来，裹了裹身上的被子，在他身前寻了个舒服点的位置倚靠，交代道："我先眯一会儿，等到了安全的地方你再叫我。"

说完不管不顾地睡死了过去。

再醒来的时候是在溪水边上，天已经大亮，放眼看去四周都是粗粗细细的树木，像是已经进了山林深处。

杨严正坐在火边上烤着干粮，见我醒了便凑了过来，感慨道："你对自己也真够狠的，非得要出了靖阳关才叫我出手，若是依我的主意一过宛江就动手，你也能少受几天的罪。"

我不理会他的聒噪，强撑着爬起身来，走到水边洗脸。

杨严又在后面跟了过来，蹲在一边叨念，“我有点想不明白，既然九哥那里也传回信来说齐晟真的遇刺中毒，你干吗还那么听那老太太的话来北漠，留在盛都等着做太后多好！你这样一走，反而是给那老太太腾出了地，万一她再起点什么幺蛾子，你应变都不及。”

我不以为然，盛都城防都有张放把持着，太皇太后再怎么折腾也是在宫里，翻不出天去，倒是齐晟这里，才是最为紧要的地方。我用衣袖胡乱地抹了抹脸，从贴身的内兜里掏出一个小瓷瓶来，问他：“知道这是什么吗？”

杨严接过去仔细地看了看，又拔下瓶塞嗅了嗅味道，问：“解药？”

我点了点头，“我若不亲自跑一趟，万一有人把解药送到了齐晟手上，怎么办？”

说完，将瓷瓶从他手里拿了回来，大口朝下地倒了过来。

“哎？！”杨严急忙伸手堵住了那瓶口，有些惊愕地看着我，认真地问，“你可想好了？”

可想好了吗？

我一时怔住，静默不语。想什么呢？想齐晟曾对我的欺骗利用，还是他对我的信任托付？想他曾对我的折辱，还是他对我的宠爱？想我们也真真假假地过了这几年，生育下一双儿女，还是想我背后甩不掉的张家和齐晟的帝王心术？

过得许久，我才轻声问杨严道：“若你是齐晟，此刻中毒不治，可会要我千里远赴关外，来见你这最后一面？”

杨严认真地想了一想，摇头道：“不会。”

我又问：“为什么？”

“太危险。”杨严正色答道，“关外即战场，不知哪里就会冒出北漠骑兵来，就算有高手护卫，也未必安全，怎能叫你一个弱女子以身犯险。”

我又问他道：“可若是你想我呢？”

杨严面上红了一红，闭嘴不答。

我见状不由得笑了一笑，“只是个假设，又不是真的，你脸红什么？”

杨严尴尬地挠了挠后脑勺，想了一想，依旧是坚决摇头，“想便自己想吧，若是我心爱的女子，我越是想她，就越要她平安无忧，不受丝毫风险。”

“喏，这就是你和齐晟的不同。”我笑笑，又回头去看那河水，咬了咬牙，坚定地把多半瓶豆粒般大小的解药都倒入了河水中。一粒粒漆黑的药丸瞬时就被水流带出去了老远，眨眼间就看不到了。

都到这个时候了，我与齐晟之间已经不是你死就是我活了，就别再矫情什么情啊爱的了，又不能当饭吃!

杨严许久都没有说话，好半晌后才幽幽叹道：“张芃芃，像你这么狠心的女人不多见。”

我情绪也有些莫名的低落，怔怔地看着河水，口上应付：“多谢夸奖了。”

杨严被我噎得没话说，瞪大了眼睛看着我。

我觉得这会子多愁善感实在要不得，便又用手撑着腰，拖着两条半残的腿，走回到火堆旁，取了干粮自顾自地吃了起来。

杨严叹了口气，问我：“接下来怎么办？”

我摇头，“你先带着我躲几天，等一等北征大军的反应。若是大军悄悄地往关内收拢，则可以确定齐晟是真不行了，我们就联系张家的人马，由他们护送我进入军中，我来扶着齐晟的灵柩回盛都，到时候就是太皇太后也拿我无法了。可若是军中没有动静，又或是继续北征……”

“那怎么办？”杨严问道。

我笑了，“那就说明齐晟没死成，咱们俩个就真得私奔了。”

杨严这回是真的傻眼了，过了好一会儿才从地上跳了起来，叫道：“你怎么不早说！”

我口里叼着半张面饼，歪着头斜着眼瞄他，问：“有什么问题？”

杨严却是忽地扭捏起来，用手挠着头，颇有些不好意思地说道：“早知道我就多带些银钱出来了，私奔也要钱的，不然哪能跑得远！”

听了他这话，我一口面饼全卡在了嗓子眼里，差点没被噎得去见阎君。

杨严忙过来用力替我拍着背，不停地问着：“要水吗？要水吗？这会子没茶水，来点河水怎么样？”

我咳得满脸是泪，挡开了他的手抬头看他，恨恨道：“你怎么就这么记仇呢？你一直女扮男装的吧？”

杨严蹲我对面看了我片刻，终于忍不住放声大笑起来。

爽朗的笑声传出去老远，惊飞了山头林梢上的鸟雀。我被吓了一跳，忙扑上去捂他的嘴，低声骂道：“你作死啊？被人发现你就美了！”

杨严还是闷声笑了许久才停了下来，不在意地推开了我，笑道：“没事，我已经把追兵甩得远了，没人能逮到咱们的。”

他说得信心十足，我听得是将信将疑。杨严此人，一贯的不靠谱。

第二天清晨，天上忽地飘下雪来。杨严大喜，叫道：“这场雪来得好啊，正好将咱们的行踪掩了个干净，齐晟的人若是能找到咱们才算神了！”

我这才松了口气下来，便问杨严能不能找个住在山间的猎户，也好讨口热汤喝上一喝。

杨严拍着胸脯说没问题，结果领着我在山中转悠了好几日，愣是没找到一个人毛。

我十分无奈，只好放弃了喝碗热汤的奢望，叫杨严带着我出山。既然已经甩掉了追兵，就要往靖阳那边走走，也好探听一下北征军的消息。

杨严点了点头，又面容严肃地领着我在山里绕了两日，非但没能走出山去，还把路都给走丢了。

我怒了，问他："你不是说你自小就是在山间长大，闭着眼都走不错道吗？啊？"

杨严面上有些尴尬，干笑道："我那不是说的是泰兴城外的山嘛！"

泰兴离这里足有千里之遥好不好！这山和那山能一样吗？

我气得肺疼，狠狠踹了他几脚之后，开始坐在地上喘粗气。

杨严拍打着身上的雪，不忘安慰我："迷了路也有好处，咱们都不知道自个儿眼下在哪里，追兵就更不可能知道了。"

事到如今，我也只能这样自欺欺人地安慰自己，可事实很快就证明杨严非但人不靠谱，话也是要反着听的。

他说了这话的第二天傍晚，追兵就到了。

我当时正坐在树下数着皮囊里的面饼，爬树顶上登高望远的杨严从树杈上跳了下来，神色紧张地蹲在我的面前，小声与我说道："现在有三件事得告诉你。"

他说得这般郑重，我便把放在面饼上的目光收回来放到了他脸上。

"其一，追兵到了。"

我一愣，手里抓的那张面饼就掉了下去。

"其二，带队的人像是齐晟。"

啪的一声，另只手上的行囊也落到了雪地上。

杨严低头看了看，有些困难地说道："其三，我打算自己跑。"

我终于从地上蹦了起来，扑向了他，用手掐着他的脖子，骂道："杨严！你浑蛋！"

杨严并不挣扎，只低声而快速地说道："齐晟这回带的都是高手，我带着你根本逃不出去，而且他既然没事，那九哥那里一定是出了事，我得去救九哥。你松手，他们已经到了山脚，马上就要上来了。"

老子的一条命和他九哥比起来就这么微不足道！我心里越发恼怒起来，你既然不仁也就不要怪我不义了，要死大家一起死吧！我一咬牙，骑他身上发疯般撕打起他来，却仍觉得不解恨，干脆一低头死死咬在了他的颈侧。

口中很快就有了血腥味，杨严的身子僵了一僵，却并没有推开我。

"我已经尽力了，"他深吸了口气，继续说道，"他们早就追上来了，我绕了四天的路，可一直甩不掉他们，眼下他们已经把咱们围起来了，我实在是没法子了。"

我缓缓地松开了嘴，抬起身来看他。

他喉结动了动，艰涩地说道："我是真想带着你逃出去，可我没能办到。齐晟肯亲自出来寻你，那就说明他看你不是一般的重，只要你咬死说是被我劫走的，就算被他抓回去也不会有性命之忧。可九哥此刻已是生死难料，我得去找他。"

他的手臂猛地扬起，我只觉得后颈一痛，眼前一黑便失去了知觉。

再醒过来时已是在帐篷里，我躺在一张低矮的行军床上，旁边不远处，矮几上的烛火将齐晟的侧影放大了打照在一侧的帐壁上，有些模糊。

齐晟听见动静，抬起头来平静地看向我。

我也瞅着他，琢磨着性命与尊严到底哪个更重要一些，然后又很是可笑地发现，这个问题对我来说都不算是个问题，因为我每次的选择都是性命。

齐晟听见动静，抬起头来平静地看向我。

我静静地回望着他，面上虽也是一副心如止水的模样，而实际上肚子里的心肠都快纠结成朵牡丹花了。

我到底是该扑进他的怀里痛哭一场，感激上苍还叫他好好活着，还是一脸悲苦气愤地指着他怒斥一番，明明没事却叫我千里迢迢来北漠，你逗我玩呢?

又或者干脆就做滚刀肉。没错，我就是想要扳倒了你，自己好做太后。你爱咋样就咋样，反正我是横竖什么都不在乎了。

两人大眼对小眼地瞪了半天，齐晟先低低地叹了口气，问道："我们两个为什么会走到了今天这个地步？"

这话一出，我就明白他是什么都知道了。

既然都这样了，我再装傻充愣除了让自己看起来更像一个小丑之外，也没什么别的用处了。

我转回头去，看着那黑乎乎的帐顶，忍不住冷笑了一声。

又听得齐晟继续低声说道："我曾告诉自己，只要你肯为了我过来，我就再不计较你之前做过的所有事情……"

我实在听不下去了，从床上坐起身来，抓起枕头向齐晟砸了过去，怒骂道："齐晟，你怎么有脸说这话！还不计较我之前做过的事情，我呸！不过就是你做初一我来做十五罢了！你明明从头就知道我的打算，你一回不落地睡着我，叫我生下齐灏，叫我去大明宫学习政务，不就是为了培养我的野心吗？道路都是你给我定好的，用权势迫着我一步步地随着你走到今天这个地步，你还装什么痴情人？”

齐晟静静地看着我，半晌后才涩声说道：“我每一次都给了你选择的机会，可你从来没有想过可以选择信任我。”

我怒极而笑，“你又做过什么可以叫我信任的事情？你对我时时算计，处处防备，凭什么叫我掏心掏肺地对你？”

“张芃芃，你摸着良心问一问自己，我对你是不是只有算计和防备！”齐晟面容愤怒，声音中透着隐隐的战栗，漆黑幽深的瞳仁在烛火的映照下隐约泛出了微红的光芒。

我的心上似是突然坍塌了一角，一股酸涩之意猛地涌了上来。

齐晟身体坐得笔直，用力瞪大了眼睛看着我，紧着声线问我：“张芃芃，你告诉我，你到底有没有心？”

心中那股酸涩渐渐往上涌过来，我的眼眶里一片模糊，我别过了头，抿紧了唇不肯开口。

齐晟却是猛地站起身来，几步走到床前，用力地扳过我的身体，抓着我的手用力摁在我的胸口处，哑声问道：“你来告诉我，这里面跳动的到底是什么？为什么能前一刻还和我一起在佛前求子，后一刻就转过身去和别人商量怎么来杀我？我自己欺骗自己，我告诉自己说是因为我之前欠了你，是我叫你心冷了，我得慢慢地把你这颗心再焐热了……我甚至用孩子来留你，可你呢？张芃芃，你都做了什么？”

我盯着他，慢慢答道：“我只是做了能叫自己平安活下去的事情，你与其在这里抱怨我一直不肯信任你，不如回去好好想想我为什么一直不肯信任你。”

齐晟许久之后才松开了手，只对着我疲惫一笑，转身出了帐篷。

我怔怔地坐倒在床上，却忽然觉得寒冷起来，这寒意从心底腾起，从内到外一层层弥漫过来，很快就冻透了我的整个身体，连牙齿都控不住地咯咯作响。

我用毛毯将自己裹得紧紧的，躺倒在床上，自己提醒自己：“别上当，不过是齐晟演的另一场戏而已，看看就成了，千万别入戏，不然可就真要死无葬身之地了。”

这天夜里，齐晟再没进这个帐篷。第二天拔营出发的时候，也是一个面生的亲卫过来照管着我，齐晟的视线只随意地从我身上扫过两次，却没和我说过一句话。

一行人沿着山脉往北而走，出山后不久就和另外一队人马会合了。写意就在那队人马里面，见了我又忍不住抹起了眼泪。

我看了看她，劝道：“快别哭了，这大冷天的，把脸哭皴了，以后更嫁不出去了。你也叫齐晟给你安排个别的戏，别整天都是哭戏，我看着都烦。”

写意半张着嘴，呆愣愣地看着我，说不出话来。

我笑了笑，用马鞭柄轻轻地拍了拍马屁股，往前而去。

这一队人马像是齐晟的亲卫队，足有百十号人，看起来个个精悍，显然都不是寻常之辈。我彻底放弃了逃走的心思，老老实实地跟着大队人马一路往北，走了不到两日，就远远地看到了一座城池，城墙上高高飘的正是南夏的旗帜。

我眯了眯眼，这才看清了门楼上刻的“平宁”二字，不觉一愣，暗道这就是齐晟被“刺杀”后，南夏大军暂作休整的北漠小城了。

还没走到近前，城门已是大开，有十几骑从城内迎出，簇拥着齐晟进入了城内。写意这时才从后面跟了上来，恭敬说道：“娘娘，进城吧。”

我深吸了口气，随着众人一同打马入城。

平宁城以前就是北漠的一个军事要镇，齐晟打下来后也觉得这地不错，干脆就把它当作了自己的粮草中转站。

他进城后就召集将领们开作战会去了，我则被直接送进了将军府。在野地里混了半个来月之后，终于又过上了有屋有床有锅碗瓢勺有马桶有浴盆的生活……当我泡在热腾腾的大浴桶里，只觉得这样的人生也算圆满了。

虽然吃穿上都不如在盛都精细，可好歹也是一日三餐管饱。

虽然被限制了活动范围，可在住的这个小院里还是可以自由活动的，甚至扒门口往外看看也是被允许的。

可惜好日子没过两天，我就发现这城内形势貌似突然紧张了起来。倒不是我多敏感，而是院外巡逻的士兵猛地增多了，而且都披上了甲。铠甲这东西，动辄几十斤，只要不是到了必需的时候，没人愿意整天穿着一身这东西溜达来溜达去的。

我叫写意出去打听打听到底出了什么事。她出去转了一圈，回来后却告诉我说不知从哪里冒出来一支北漠大军，已是把平宁城给围了。

写意有些紧张地问我："是不是要打仗？"

瞧瞧她问的多新鲜吧！他齐晟领着好几十万大军到人家的地盘上来，不是要打仗，难道还是来串门子的？

"打！自然得打啊！而且这仗还小不了。"我答道。

这事不用说都知道，此地是南夏北征军的行辕所在，有皇帝在这呢，兵马一定少不了，而北漠人竟然敢来围这个城，也绝对是有备而来。

一场大仗自然不可避免。

许是为了验证我的话，当天下午城外就响起了喊杀声，吵得连蹲在屋子里都听得见。写意正给我盛稀饭呢，吓得手一哆嗦，一下子把稀饭又倒锅里去了。

我很是无奈地看着她，叹息道："写意，我一直以为你很大胆呢。你说你双面间谍都敢做的人，怎么说也得是智勇双全啊！"

写意尴尬地看着我，一张俏脸是红了又白，白了又红，好半天才磕磕巴巴解释道："娘娘，奴婢也是身不由己，而且，而且，奴婢对娘娘绝对是忠心一片。"

做皇后做得久了，这样的话我都听得耳朵起茧子了。其实忠心不忠心的不重要，关键是能替你做事就成！就比如写意，我明知道她真正忠心的只有齐晟，可我现在得指着她办事，所以也只能用她。

我看着她手里的粥碗，与她商量："咱们能先吃饱了饭，然后再说忠心不忠心的事吗？"

写意抿了抿嘴，开始专心伺候我吃饭。

此后几天，外面一直在打仗。我依旧被关在小院子里闷吃闷睡，写意的脸色却是一天比一天紧张。待等到第六天的时候，我吃完了中饭，抹了抹嘴正打算去床上眯一觉，写意却跟在我屁股后面，紧张兮兮地问道："外面打得这样激烈，娘娘就一点也不害怕？"

我回过身去看她，奇道："又不叫你上城墙，你害怕个什么劲呢？再说了，咱们这边是守城，城里面粮草兵马都足，就是守上一年半载的都不成问题的。"

写意急得都快哭了，说道："娘娘，可城里根本就没有那么多兵马啊，听说昨日里北城门的瓮城都被攻破了一回，是贺将军亲自带着人将鞑子又杀了出去，这才守住了城门。"

我听得一怔，想昨天下午的时候是听见北面传过来的动静比较大，我当时还以为是北漠中午的伙食比较好，大伙刚吃饱了有劲呢……

写意见我没反应，还以为我不信她的话，又急忙补充道："是真的，奴婢听说鞑子攻势猛烈，守城将士伤亡十分惨烈，连辎重营的伙夫都上了城墙了。"

为何守个城都守得这样狼狈？难道北征大军不在平宁城内？那齐晟为什么还要进平宁城？

我正愣愣地想着，院中却是传来一阵急促的脚步声，那些人片刻间就到了廊下，就听得有人在门外恭声问道："皇后娘娘可在房内？"

这话问得可真是没水平啊，齐晟连这个院子都不叫我出，院子里没我，我不在房内还能在房上不成？

我看了写意一眼，示意她去给开门。

门外站了几个全副武装的将士，当头的将领一身铠甲虽穿得整齐，上面却带着刀剑的划痕，有的地方还沾了片片的血迹。他低头冲我抱拳行了一礼，说道："卑职奉皇命前来保护娘娘，为安全计，还请您更换装束。"

说完，后面的亲卫就捧着一摞军服薄甲走上前来，径直交到了写意手上。

我听着那将领的声音有点熟，忍不住仔细打量了他一眼，试探地问："你贵姓？"

他这才有些尴尬地看向我，答道："卑职李弘，娘娘以前见过的。"

他这一抬脸，我倒是看清楚了，可不是以前见过嘛，这不正是那年在宛江上逼我落水的李侍卫嘛！

我嘿嘿笑了两声，说道："岂止是见过，咱们都老熟人了！怎么？你这又是要把我往哪里领啊？"

李弘面上讷讷的，想了想干脆身子一矮，单腿跪在了我的身前，"娘娘，那次卑职也是奉命行事，请娘娘谅解。眼下战事激烈，皇上命卑职前来保护娘娘，万一城破，就由卑职护着娘娘出城，还请娘娘赶紧换装。”

我冷声问道：“齐晟在哪里？”

李弘迟疑了一下，答道：“皇上在北城门。”

我听了抬脚就往外走，李弘急忙伸开双臂拦在了我的身前，急声叫道：“娘娘不能去。”

“不能去？”我冷笑一声，上前一脚踹在了李弘的肩上。趁着众人愣愣间，一把抽出了旁边一个亲卫的腰间佩剑，喝问道，“谁敢拦我？”

说完便仗剑往外面闯。院内的亲卫本来挺多，可谁也没料到我会这么硬闯，一时都有些傻了。

李弘忙在后面大喊：“拦下她！”

倒是有亲卫伸手想拦，可又不敢碰我，只是虚张着手臂拦在前面。见他们如此情形，我心里有了数，更是毫无顾忌地往前冲，就是有大胆的侍卫想伸手来抓我，我立刻用剑比到了自己颈间，威胁道：“你敢碰碰我试试？”

那亲卫吓得立刻收回了手，还连着往后退了好几步。

我一路畅通无阻地出了院门，正想撒开脚丫子往外面跑，就听得写意在后面疾呼道：“娘娘，娘娘！”

我一下子怒了，转身问道：“怎么，你也想拦我？”

写意正用手臂死死地抱着李弘的腰，秤砣一般坠在他的身后，脸红脖子粗之余还不忘从他腰侧困难地探出头来，大声叫道：“错了，错了，娘娘走反了方向了，城门是另外一个方向！”

我老脸一红，忙转了个身往相反的方向跑了。

府中守卫的人已是很少，城中更是没有什么闲人，加上我又是穿的男装，所以一路很是顺畅地跑到了北城门。

战事比我预测的要惨烈得多，不停地有伤兵被从城墙上抬了下来，又不断地有人补充了上去。我之前跑得太急，通到城头的马道只刚爬了一半就没力气再迈一步了，只能站在一边用手撑着腰捯气。

混乱中，一个将领浑身是血地被两三个士兵从上面架了下来，路过我身边时猛地停了下，惊愕地叫道："皇后娘娘？"

我仔细地看了看那张涂满血污的脸，这才勉强认出他来，"贺秉则？"

贺秉则一把推开了身旁扶着他的士兵，两步冲到我的面前，急声道："您怎么来这里了？李弘人呢？他死到哪里去了？"

我上前一把扯住了他的领口，问道："到底是怎么回事？城内的大军呢？"

贺秉则张了张口，却没有说出话来。

"说！为什么会这样？齐晟又在玩什么花活？"我怒声问道。

贺秉则无奈答道："皇上暗中分了兵，城内只留了三万的御林军，其余的兵马都由赵王带往了上京支援杨豫将军，不知为何鞑子会探到了平宁的虚实，竟弃自己的都城不救，下了死劲来打这里。"

我听得都快傻眼了。我怎么也想不到齐晟能够大胆到用自己来行这样的险招，竟然把人都派出去抄人家的老窝，只留下三万人马来守自己。

人家北漠为什么不下死劲打这里？我都知道这是围魏救赵啊，老祖宗传下来的兵法啊。如果你不回救，就算攻破了我的都城，我也要灭了你们的御驾亲征的皇帝，一个皇帝换一个皇帝，不亏啊！换作我是北漠人，也得往死里打平宁城啊！

我还没缓过劲来，李弘已是带着人在后面追了上来。

贺秉则转身对着李弘怒吼："皇上不是叫你带着人去南门吗？你怎

么叫她来了这里？”

李弘答不出话来，也不解释，只上前几步抓住了我的手臂，低声道：“娘娘恕罪，卑职失礼了。”

说完另外一只手往我膝间一抄，竟是不知避讳地一把将我从地上抱了起来，转身大步往回疾走。

我回过神来，急得大声叫道：“你放开我！”

李弘置若罔闻。

见他如此，我打算换种方式，于是便放缓了声音，很是好脾气地与他讲道理：“北漠人没围南门吧？所以齐晟才会叫你从南门带我走。可这叫什么？你好歹也是一个当兵的，听说过围城必阙吧？人家留南门为的就是叫咱们逃的啊！出了南门还有多远才能到靖阳关？没两千里也差不多吧？你觉得人家就能放咱们顺当地走？”

李弘步子顿了顿，却说道：“有卑职在，一定能叫娘娘安然回到靖阳。”

对于这种软硬不吃油盐不进的人，我也无奈了。

李弘抱着我疾步下了马道，转上了城门大街，迎面有一队士兵急匆匆地跑过来，与我们相错而过，像是从别处调过来支援的人。我的目光跟着他们远去，无意间就看到了城楼上的那个身影。

长身而立，英挺笔直，头盔上鲜红的盔缨迎风舞得张狂，黑色的大氅被风卷起，露出其下的一身金甲，在阳光下泛出耀眼的光芒，恍惚间犹若天神一般。

他的视线穿过纷乱的人群落在我的身上，平静而又悠远。

我怔怔地看着他，挪不开视线。

他却冲着我缓缓地勾起了唇角，露出一抹淡之又淡的笑容，用口型无声地告诉我："活下去！"

然后便毅然转过了身去。

我深吸了口气，将一直抓在手里的那把剑压到了李弘的脖子上，简洁干脆地说道："回去！"

许是李弘吃定了我不敢下手，理也不理我，还继续走着。

我手上便用上了些力道，在他脖子上压出道血痕出来，"这下面就是大动脉，只要一割破了，神仙也救不了你。回去！别逼我杀人。"

要说李弘也是个识时务的人，听了我这话，身子只僵了僵，立刻就听话地转回了身往城墙上走。

城墙上，齐晟手扶剑柄正一脸淡定地指挥着守城之战，一转头看到我出现在他身边的时候，人顿时就淡定不下去了，脸色铁青地问我："你怎么又回来了？李弘人呢？"

李弘忙低着头凑上前来，应道："卑职在！"

齐晟一愣，下一个动作就是抬脚去踹李弘。

我用手捂了眼，暗叹这时候还上赶着应声，明摆着就是上赶着找踹了。

齐晟踹完了人，转回身来冷着脸问我："你走不走？"

我坚定地摇了摇头，"不走，你这人最是奸诈狡猾，只有留在你身边才是最安全的。谁知道你叫我从南门逃走，是不是故意替你引开追兵！"

齐晟气得说不出话来，咬牙切齿地瞪了我半天，这才转头问还在地上跪着的李弘："铠甲呢？她的铠甲呢？"

李弘一下子傻眼了，铠甲在小院的时候他就给了写意，后来我仗剑闯出，他只顾着追我了，哪里还顾得上什么铠甲不铠甲啊。

倒是他身边一个亲卫比较机灵一些，见状二话不说就把自己身上的铠甲扒了下来，双手奉了过来。

齐晟冷哼一声，接过来直接往我身上套。

都生死攸关的时候了，我也顾不上客气了，一面系着那铠甲的扣带，一面转头向那侍卫说道："多谢啊，小兄弟。"

那侍卫的脸一下子涨得通红，紧张得说不出话来。

我瞥了他一眼，又老实不客气地说道："哎？头盔也借来试试。"

侍卫愣了一愣，忙又把头盔也摘了下来，手刚递到一半，齐晟就从中途接了过去扣在我的头上，冷着脸交代："你在后面老实地待着，若是有状况一切听李弘的安排。"

我点头应着，也抬眼看他，郑重交代道："齐晟，我们都得活下去，就算城破，也要努力地活下去。葳儿和灏儿还在盛都等着我们，就算为了他们，你我也得活下去。"

齐晟正给我系着头盔，闻言动作一僵，片刻后才点头答道："好！"

那头盔有些大，我戴着很不舒服。

为了激励士气，齐晟的龙旗树得老高，不但城上的人看得清楚，就连城下的北漠人也瞧得明白，于是就更加发狠地猛攻此处城墙。

我听得城外的喊杀声都快震了天，难免有些心惊，忍不住低声抱怨道："齐晟啊齐晟，你叫我说你什么好呢，你这才叫机关算尽太聪明，反误了卿卿性命！有你这么贼大胆的吗？身边就留三万人还敢冒充二十万，你真当别人都是傻子呢！还把我也弄进这平宁城里，这下倒好，皇帝皇后都齐全了，这要是城破就得叫人一锅烩了……"

齐晟猛地低下头来，用唇堵住了我下面的话。

他的唇瓣有些干涩，口气倒还算清新，舌依旧灵活如昔，感觉都还不错，就是下巴上的胡楂子有些扎人……

停！这思路是不是有些跑偏了？

我心里猛然一惊，一把推开了他，偷偷瞥了一眼四周，见李弘等侍卫个个面红耳赤地低着头，不觉更是恼羞，低声骂齐晟道：“你有毛病啊？”

齐晟却是闷声笑了，也不理会我，只转头吩咐李弘：“保护好娘娘。”

说完了就不再管我了。

因为齐晟就在这北城门上，所以北漠人也集中了兵力猛攻这个城门，战事一直从下午延续到太阳落山，冬日天短，只不过眨眼工夫，天色就忽地黑了下来，北漠那边也终于鸣金收兵。

我一直由盾牌手护着躲在后面观战，眼看着北漠人潮水一般地退走了，这才长松了口气，从盾牌后走了出来。城墙上早已是一片狼藉，不过守城士兵虽然伤亡惨重，可因为皇帝一直和他们并肩站一起，所以士气倒是很高涨。

贺秉则身上胡乱地裹着一些绷带，不知什么时候又上了城墙，正指挥着士兵借着停战的工夫修补城墙，安排警戒，抢救伤员。

齐晟走过去和他说了几句，便转身往我这边来了，也不说话，拉了我的手就沿着马道下了城头。

瞧他这些举动，我就琢磨着他许是误会了些什么事，犹豫了一下，还是忍不住拉了拉他的手，低声解释道：“齐晟，我想有些事情你可能误会了。”

齐晟脚下不停，只在嘴里低低地“嗯”了一声。

我本有心和他解释一下自己今天的行为，可刚张嘴说了一个“我”

字，齐晟已是淡淡开口道：“我累了，很累。”他转过头看我，眼神平和而又疲惫，“也饿得很，我们之间的事情等以后再说，好不好？”

我看着他，点了点头，没再说话。

当天夜里，齐晟并没有离开城墙。我随着他把各个城门都巡了一遍，然后就裹了他的大氅躲进了北城楼里。正打算眯觉呢，写意却找了过来，竟然还给我抱了套被褥枕头来。

我差点感动得哭了，一时也顾不上记仇了，连夸了几句写意是个好姑娘，然后便爽利地脱了铠甲钻入了被卷之中，头一沾枕头就睡着了。

睡到半夜，身边就多了一个人。

我睡得迷迷糊糊的，下意识地往一旁缩了缩，给他腾出些地方来，嘟囔着问：“没状况吧？”

就听得齐晟低低地应了一声，然后手一抄把我揽进了怀里抱紧了，低声说道：“睡吧，明天还有硬仗要打。”

我实在是困，立刻从谏如流地睡了。

第二天的战事果然更为激烈了，只一个上午过去，北漠人已是发起了三次冲锋。齐晟亲自执了弓箭站在城垛之后，这才压下了北漠人的冲锋。

待过了晌午时分，北漠最后一次冲锋过后，城墙下却突然意外地安静下来。北漠士兵有组织地往后退了下去，然后一辆大车从北漠军阵后被人缓缓地推上前来。

我听得城下忽地没了动静，心中奇怪，忍不住从齐晟身后往下扒望，就见那车上竖了一个十字木架，上面五花大绑着一人，披头散发，身形纤弱，竟似是个女子。

我有点不敢相信自己的眼睛，使劲地揉了揉，指着木架上的那个白衣女子，结巴着问齐晟："那是……是……是江氏？"

齐晟面容平静，连个喜怒都看不出来，只点了点头，"像是。"

江氏怎么会到了战场上？她怎么又会到了北漠人手上了？怎么还落得个这样的境况？我嘴巴几次张合，最后只能叹道："她……怎么还穿一身白啊？"

齐晟平静的面容终于有了丝裂缝，扭曲了一下，答道："我也不知道。"

城下北漠军阵中又驰出一骑来，在江氏车前绕了个圈，那马上的将领看向齐晟处，用手中马鞭指着江氏，高声问道："南蛮子皇帝，你可认得这个女子？"

城墙上没人答话。

那将领哈哈一笑，又叫道："你的皇后千里迢迢来寻你，你若是不敢认，我可就把她赏给部下了啊！"

这话一出，别说是守城的将士，就是我都听傻了。

齐晟冷笑一声，朗声回道："你们也不知从哪里寻了个女人过来，竟然就敢说是我的皇后，当真可笑。"

那北漠将领一愣，拍马回到车旁，探过身用手抬了江氏的下巴起来给齐晟看，嘿嘿笑道："她可是自己说是你的皇后，对你宫中的事情都清楚得很。你可瞧仔细了，千万别因为怕伤脸面就不认结发妻子了。若她真是你的皇后，我就将她好好送还给你，若她是在撒谎，那我可就把她充作营妓了。"

虽不知道是不是真的是江氏自己假称皇后，但这个北漠人倒是真没安一点好心，不管齐晟怎么回答，这都将是一个极大的羞辱。

齐晟抿唇不语，却是向着身侧的李弘伸出手去。李弘迟疑了一下，将一张强弓递到了他手上。

城下的江氏一直沉默，直到此刻也不曾开口说过一句话，只默默地抬头看着齐晟。

齐晟引弓搭箭，瞄准了城下，竟是要当场射杀江氏。

我心中一急，忙伸手按住了齐晟的手，微微摇头道："这样不行，反而显得咱们心虚，当场射杀一个弱女子，也会有损士气。"

齐晟转头询问地看向我。

我深吸了口气，双手一撑城垛奋力往上高高跳起，尽量拔高了声音，扯着嗓子大声叫骂道："无耻之徒，满嘴胡言！我这个皇后明明就在这里，你竟然还敢找人前来假扮，真不要脸！"

说完摘下了头盔，将束发的带子胡乱一扯，任由满头青丝倾泻而下。就这声音，这头发，这模样，谁要还看不出来我是个女人，那才是眼瞎了呢！

众人的视线都聚集到了我的身上，墙上墙下都是一片静寂。

我琢磨他们这是不信我是个女人呢，还是不信我就是皇后张芃芃？若是不信我是个女人，我就再把外面的软甲脱了站到垛口上去，也叫他们见识一下张氏这曼妙的身材。眼下虽然穿得厚实，不过也绝对是该翘的地方翘，该细的地方细。

这样想着，我的手就往铠甲扣带上摸去，谁知刚一动，齐晟就像是窥破了我的心思，手已是覆了上来，顺势将我往怀里一拉，低声怒道："别胡闹！"

城下的北漠将领也有些意外，又拨马往前走了几步，仰脸看了看我，又看向齐晟，问道："蛮子皇帝，你不会是怕丢面子，找了个侍女来假扮皇后吧？”

齐晟用手揽了我的腰，并不答言。

可我却是最不怵头和人逗嘴皮子的，当下就大声“呸”了一声，叫道：“睁开你的狗眼看清楚，瞧瞧本宫到底是不是大夏皇后。我朝谁不知道皇帝独宠本宫一个，仅有两个孩子都是本宫一人生的。你再回头瞧瞧你们手上那个，就那小身板也能三年生出两个来？也就是你们脑子里塞茅草的北漠鞑子才会信她是皇后！还把个弱女子绑到两军阵前来，哎哟哟，你这脸皮也够厚的，我之前还纳闷儿你们平宁城的城墙怎么这么厚呢，原来竟是照着你那脸皮建的！”

此话一落，城墙上顿时响起了一片哈哈大笑。

城下北漠将领面上有些变色，不过随即便又镇定了下来，高声反击道：“你这女子嘴尖舌利言行粗鲁，哪里有一国皇后仪态，分明就是假扮的！”

我冷笑一声，挣开齐晟的手臂，向城下那人指着身后的守城将士们，朗声说道：“你问问这城墙上的大夏男儿，谁人不知我乃是护国大将军张生的嫡亲孙女，我祖父当年叱咤江北，杀得你们鞑子闻风丧胆。我父亲是当朝的兵部尚书，我叔父镇守靖阳一十七载，我的叔伯兄弟们个个都是军中好汉，我本就是将门虎女，上阵杀敌都不在话下，为何要学那些小家女子做扭捏之态！”

我嗓门子本就高亮，这次又是放开了喊的，顺风一飘顿时传出去老远。余音未落，城墙上已是一片叫好之声。

在这震天的欢呼之中，我斜睨了齐晟一眼，笑着问道：“现在知道了岳家势大的好处了吧？”

齐晟低笑一声，正欲说话，面色忽地大变，猛地伸手过来拽我。我全无防备，被他扯着砸向他的怀中，电光石火之间，一支雕翎箭紧擦着我的肩侧划过。紧接着，就听得一直站在旁侧的李弘失声惊叫道：“皇上小心！”

我心头一震，不及反应，齐晟已是抱着转过身去，将我全部护在了怀里。越过他的肩头，我眼睁睁地看到第二支雕翎箭带着疾风袭来，重重地射入齐晟的背心……

连环箭！第一箭射我，是为虚，第二箭射齐晟，方为实。

若是第一箭射来的时候齐晟能将我推开，而不是将我拉入他的怀里，这第二箭他未必躲不开，可他的手在抓到我的手臂时，却是毫不迟疑地将我拉向了他的怀中。若是第二箭射过来时他肯狠心拉我挡箭，而不是转过身来护我，这第二箭未必能正中他的背心，可他却不加犹豫地转身，以身相护。

齐晟不能死，绝对不能这个时候死！

我的耳边有一刹那的寂静，下一秒钟却又猛地炸开，各种声音蜂拥而至。贺秉则与李弘等人俱都扑了过来，还有人挺身挡上前去，防备着再有冷箭射来。

李弘惊呼道：“皇上！”

我用力支撑着齐晟的身体，一把掰断他背上的箭翎，用冰冷却又镇定的声音吩咐道：“中箭的是皇后，喊皇后娘娘！”

众人俱是一愣，贺秉则最先反应过来，忙扯开了嗓子放声高呼道：“皇后娘娘，皇后娘娘！皇后娘娘中箭了！”

城下的晚了一步，待再喊出“南蛮子皇帝中箭了”的时候，已是被淹没在南夏将士的呼声之中，“鞑子无耻，暗箭伤人，皇后娘娘中箭受伤！杀！杀光了这些鞑子！为皇后娘娘报仇！”

城下北漠人冲锋的号角声响起，贺秉则带着部众引弓还击，又一轮的守城战开始了。

亲卫们掩护着我与齐晟退进城楼内，随行的太医围上前来，割开了齐晟衣甲处理伤处。我愣愣地坐在一旁看着，只觉得手脚有些冰凉。

齐晟的伤在背上要害之处，只能趴在榻上，可他心志极坚，到了此刻仍是保持着神志清醒，交代道："我受伤的消息绝对不能泄露，李弘穿了我的铠甲出去坐镇，一定要再撑得两日，援军定能到了！"

李弘重重点头，快速地换上齐晟刚脱下来的铠甲，抱着头盔向齐晟磕了个头，率先转身出去。

齐晟又向其他将领交代了几句，待人都走得差不多了，这才淡声问太医："伤势如何？"

几个太医互看一眼，谁都没敢说话。

"说吧，朕要实话。"

当中最年长的一个颤声说道："箭头紧擦着心脉而过，拔箭时会有些凶险，若是皇上能忍过，便无大碍。"

齐晟面容平静，缓声说道："你们先退下，选个手稳的人来给朕拔箭。"

几个太医小心地退到稍远处。

齐晟又转头看向我："皇后过来，朕有话要交代你。"

我走上前去，在他身边坐下。他看着我，低声道："这回你怕是要如愿了。"

我心中一痛，却是咬着牙低声回道："放心，你不会这么容易死的。"

齐晟微微一愣，静静地看向我，片刻后低低地叹了口气，说道："我若身死，你就叫李弘先假扮着我，只要再撑得住两日，老五的援军就能到了。到时候由他护着你退往靖阳，再召回杨豫等人，紧闭关门以防鞑子反扑。然后秘不发丧，留老五与贺良臣守靖阳，带着杨豫与贺秉则回盛都，扶灏儿登基即位，听清楚了吗？”

我只觉得眼睛干涩无比，只得用力闭了闭眼睛，没有说话。

齐晟声音渐弱，停了停，又说道：“老九必须杀，不然灏儿的位子坐不住，你别心软。”

我点了点头，涩声道：“我知道。”

齐晟又是淡淡一笑，“你下去吧，叫他们来拔箭。”

我却没动地方，只叫了那几个太医过来，然后紧紧地握住了齐晟的手，平静说道：“我在这里陪着你。”

齐晟眼中闪过一丝意外，随即便又释然了，“好。”

太医们备好了止血之物，有人给齐晟嘴里放了参片，那个最年长的太医用手轻轻地握上了留在齐晟背上的断箭，低声道：“皇上，卑职这就要替皇上拔箭了。”

“等一下！”齐晟却忽地说道。他又抬眼看向我，因疼痛而紧皱的眉头缓缓松开，面上露出一丝浅淡的笑意，“你凑过来，我还有句话没告诉你。”

我没多想，俯下身去将耳朵凑到他嘴边，就听得他低声说道：“芃芃，我心悦你。”

他的唇轻轻地刷过我的耳朵，我被惊得猛地直起身来，惊愕地看向他。

他却是轻轻一笑，对另一旁的太医说道：“动手吧。”

太医没有应声，手却是猛地将断箭拔出，血流如箭一般蹿出，齐晟闷吭一声，身子反射般地随之向上一弹，瞬间僵滞之后便又砸了下来，再无声息。

我的各种感官似是一下子都失去了功能，眼前只余一片血色。也不知过了多久，才听得有人在我耳边低声唤道：“娘娘，娘娘，皇上没事，皇上撑过去了。”

我的心头一松，眼前却忽然一片眩黑袭来，昏过去之前我脑中只闪过一个年头：我真没用啊！

这一昏可不要紧，竟是比齐晟醒得还要晚。睁开眼来，发现躺的地方换了，齐晟正趴在一边瞅着我，“醒了？”

我猛地坐起身来，急声问道：“现在什么时候了？”

齐晟像是趴得不太舒服，皱着眉头变换了一下姿势，待又重新趴好了，这才答道：“老五已经回来了。”

赵王已经回来了？那就是说平宁之围已经解了？我这才算彻底放下心来，哐的一声砸倒在床上，叹道：“太好了！小命终于保住了。”

齐晟低低地笑起来。

我转过头去看他，见他面色虽然苍白，但精神头却是不错，便小心地问道：“你拔箭之前可是说过一句话的，是真话吗？”

齐晟看着我，反问：“你说呢？”

我趁热打铁地往他身边挪了挪，贴近了他脸边，笑道：“我觉得吧，人之将死，其言也善，估计是有那么几分真心的。”

齐晟却是突然恼了，抬手将我推开了，傲娇道：“当时伤口太疼，我忘记当时说什么了。”

我又嬉皮笑脸地凑近了，说道：“我记得啊，你说你爱我的。”

齐晟很不屑地看我，纠正道：“我说的是我心悦你。”

“一样，一样，反正意思是一样的。”我一边笑着，一边从床上爬起身来，跨过齐晟往床下迈，“我饿了，得去找点东西吃，你要不要？”

齐晟忽地一把扯住了我的胳膊，转过头来看向我，问：“你呢？”

我愣了一愣，随即笑道：“悦你，悦你，我也悦你。”

齐晟却不肯松开手，只静静地打量着我，好半晌才叹了口气，轻声道：“你还是在应付我，你依旧不肯全然信我，是不是？”

他的目光太过透彻，我没法再继续嬉皮笑脸下去，想了想，答道：“齐晟，你是皇帝，我是皇后，我们以后相互扶持，同舟共济，这样不是很好吗？我已经决定把性命交到你手上了，你让我把心留在自己这儿，叫我可以更理智，做一个更称职的皇后。你已经赢了，干吗还非得计较那么多？”

齐晟摇了摇头，缓缓说道：“我赌上了性命才换得你的握手，若是只得一个称职的皇后，我太亏了，你的性命和心我都要。”

我忍不住苦笑，“你现在是这样想，可以后未必还会这样想，我给了你心就做不了称职的皇后，就如以前的张氏做不好你的太子妃一样。”

齐晟的手微微一僵，我趁机抽出了自己的手臂，人还没走到门口，却听得齐晟在后面轻声问道：“你一直觉得我对以前的张氏太过无情，是吗？”

我一怔，停下了脚步，缓缓转回身去。

“可我若说自己以前也曾喜欢过那个张氏，你信吗？”齐晟并没看我，只把视线放在了空处，涩声说道，“青梅竹马，两小无猜，她虽骄蛮莽撞，却也率真美貌，都是少男少女，怎会毫不动心？可张家之势太大，已经赏无可赏，若不剪除必成后患，所以张家一日不退，她就一日不能生子。宫廷之中，要女子不育的法子多的是，可我却不忍心叫她家势败了之后还落得个一生无子，所以只能先远着她，冷着她。可她却不懂，她只知爱我，却从不懂我。慢慢地，那点喜欢也就淡了，没了……”

不知为何，明知道他此刻说的张氏和我毫无关系，可我的心中却是酸涩无比，仿佛一张嘴就能吐出苦水来。

我用力摇了摇头，打断他的话：“还是做皇后吧，借着这次北征将张家的兵权渐渐散了，叫他们做个富家翁，我回去认认真真地给你做皇后。”

说完，也不等齐晟说话，便大步地走了出去。

赵王正在廊檐下蹲着，听到动静站起身来看我，一面跺着脚，一面笑着与我打招呼：“皇嫂，好久不见了。”

我点了点头，走到近前看他，笑道：“你和齐晟倒真是好兄弟，他竟然还敢把全部的身家性命都放在你手上，你竟然也没辜负他。你那次说的倒是有几分道理，这真真假假还真不是我能看得透的，惭愧，惭愧，倒是我眼皮子浅了。”

赵王袖着手，十分不好意思地“嘿嘿”笑道：“要不说皇上是个重情的人呢，皇嫂以后总会明白过来的。”

我笑了笑，岔开了话题，问道：“仗打得怎么样了？”

赵王瞪大了眼，故作惊愕地看着我，“皇嫂，你还真不知道呢？皇上叫臣弟带兵出去就是为了拦截鞑子救援上京的援兵，现在援兵都给咱们灭了，上京没得兵救，估摸着都快被杨豫给打下来了吧？”

我一下子愣了，上京一破，那岂不是代表着北漠已是被灭了？

十二月初，杨豫传来消息，北征军攻破上京，鞑子皇帝、太后、后妃等两千皇室宗贵被俘。

齐晟本有心亲去上京，可无奈天气严寒不便行路，他身上又箭伤未愈，所以便耽搁下了，只传旨命杨豫留下人镇守上京后，亲自押着北漠皇族南下。

平宁城行辕内，我随手翻看着各地送过来的奏报，忍不住叹了口气。

齐晟身子还没恢复过来，一直有些懒洋洋的，正盖着狐裘斜倚在软榻上眯着，闻声轻轻地“嗯”了一声，问道：“怎么了？”

我回头看他，叹道：“这冰天雪地的，尤其是那些娇滴滴的后妃公主们，还不知道得遭多少罪呢！该叫杨豫过了年再来的。”

“你倒真有个怜香惜玉的心！”齐晟嗤笑一声，眼也没睁地说道，“我江南的将士都能受得住这寒，这些长在此地的鞑子又怎么会熬不住。放心吧，冻不死几个的。”

我一面摇头暗叹齐晟此人太过心狠，又忍不住问他道：“你敢用老五也就罢了，你怎么还敢用杨豫呢？他不是有一半的北漠血统吗？”

齐晟抬眼看我，答道：“那是因为你不知道他的身世。”

他这样一说，一下子勾起了我的八卦之心，我估摸着这种隐秘之事就是绿篱也不知道的，我若是知道了，回去一定能镇一镇她。我忙走到软榻旁，伸手推着齐晟往里面靠一靠，自己也坐了上去，将脚伸进他的狐裘内暖着，有些兴奋地问道：“说说，快说说，到底是怎么回事？”

齐晟笑了笑，冲我勾了勾手指，待我换坐到他那一头，这才与我扒道：“此事极隐秘，杨豫之母徐氏是江北人士，盛元年间北漠南侵，徐氏流落豫州时曾失身于北漠先锋将崔衍，从那有了杨豫。麦帅与徐氏有旧，怜其遭遇而娶了她，不过却只挂了个夫妻之名。杨豫长成后知道了自己的身世，曾去上京寻过崔衍。崔衍这才知道徐氏给自己生了个儿子，要说崔衍那人对徐氏倒也有情，见徐氏因自己苦了半生，就要将徐氏母子接回上京。谁知崔家人却死活不愿，因徐氏身份特殊，又与麦帅纠葛太深，这事不知怎的捅到了北漠皇帝那里。当年就是麦帅领军将北漠赶出了靖阳关，皇帝一直记恨，便出面应允崔衍接回徐氏母子，暗中却想着借此引出麦帅……”

我听得惊心动魄，忍不住问道：“后来呢？”

齐晟微微眯了眯眼，淡淡答道：“后来徐氏死了，麦帅为救杨豫身受重伤，差点死在北漠。崔衍这才知道自己被人利用，又见徐氏身死，懊悔自责之下也引剑自尽了。一夜之间，杨豫父母俱丧，养父重伤，这一切都是拜北漠所赐，我为何不敢用他攻北漠？”

我久久无语，好半晌才叹息道：“问世间情为何物，直教人生死相许。”

齐晟稍稍一怔，有些意外地瞅了我两眼，复又躺倒在软榻上，眯了眼睛打盹去了。

杨豫日赶夜赶，还是没能赶到年前来平宁城献俘。待他到时已是过了正月十五，出人意料的是他竟然把杨严也给捆来了，父子两个一同跪在了齐晟面前请罪。

原来茅厕君以死士刺杀齐晟后，齐晟将计就计假作受伤，领兵驻扎平宁，一面吸引住北漠兵力，一面命赵王暗中将大军从平宁城带出，伏击北漠各地援救上京的兵马，为杨豫扫清外围障碍。

谁知后来杨严却从平宁救走茅厕君，茅厕君脱身后就将平宁城内的兵力部署泄露给了一支北漠军。对方见援救上京已是不及，索性返回身来往死里打平宁，就想着赶在杨豫攻破上京前逮住齐晟。

杨豫请罪道：“都是这逆子冥顽不灵，救走了齐翰，这才泄露了平宁城的虚实，让皇上身临险境，臣教子不严，请皇上责罚。”

齐晟笑了笑，说道：“杨将军攻下上京是大功，杨严虽是有错，却也是受人蒙蔽，再说朕这里也是有惊无险。杨将军不必忧心，先下去好生歇上一歇，待回盛都后再论赏罚吧。”

杨豫忙磕头谢恩，一旁的杨严却是愣愣地跪着，没有反应。他比与我上次分手时又瘦了许多，神色很是委顿，一直低垂着视线，直到临走时才哑声说道：“我不知道他会把平宁的兵力告诉鞑子，否则，那日我就不会……去救他。”

他说完，用力地磕了一个头，随着父亲退了下去。

虽然自始至终他从没看过我一眼，我心里却明白他的意思。他虽一直追随茅厕君，却从没想过追随着他卖国通敌，如果他知道会是这样的结果，那日就不会弃我而去。

齐晟回过头来，若有深意地看着我，问：“你说我要是不杀杨严，只判他个充军三千里，杨豫会不会很感激我？”

杨豫感激不感激齐晟我想他并不在意，齐晟在意的是我会不会感激他。

我笑了笑，答道：“感激，十分感激，不过毕竟是犯了大错，三千里有点近了，不如再加上两千里吧！”

第十八章 太后的喜事

二月里，齐晟宣布北征胜利，带着两千北漠皇族宗室人员与无数的金银珠宝，由平宁返程。因为人多，又不用赶时间，所以路上走得便有些慢，待到达泰兴时，都已是进了三月。在泰兴歇了两日，渡江时我与齐晟上了龙船，由阜平水师军舰护送着渡江。

江上的风还有些凉意，扑到面皮上有些刺人。看着茫茫的江水，我不觉有些出神。那一年，我也曾与齐晟同船渡江过，只不过那次是由阜平去往泰兴，他站在船头，而我藏身舱底。

五年过去，我终也能光明正大地站在了船头上。

正胡乱想着，就听得李弘在后面出声说道："江上风大，皇上请娘娘回舱内。"

我回过头去，上下打量着这位老熟人。那年也就是他偷偷带着我出了阜平行宫，又领着我在这宛江上转了一圈后，一剑将我逼落了江中。那时倒不知道他会是齐晟心腹，后来更是以亲卫队长的身份随侍齐晟左右。

我一直撩着眼皮打量这位李侍卫，时间久了，他脸上就有了些尴尬之色，低垂了目光，以手按剑往后退了半步。

他这下意识的动作反倒是提醒了我，不管做男人还是做女人，都该以德报德，以直报怨，肆意恩仇才是。

我上前两步，不急不忙地抽出他腰间的宝剑，看了看那锋利的剑刃，问他："李侍卫剑法也是不错的吧？"

李弘抬眼看我，"娘娘……"

我将剑尖抵在了他的胸口，笑着问："那能不能指教一下，若是只想刺破人的皮肉，却不伤人心脉，这力道该如何掌握？"

李弘苦着一张脸，说不出话来。

我将剑尖又往前递了几分，见那头上冒出血迹来，这才笑着抽回了剑，说道："哎哟，对不住了，我一时没掌握好力道，李侍卫快点下去找人包扎一下吧。"

李弘低头看了看自己的胸口，无语。

我又问："李侍卫，你应是会水的吧？"

李弘默了下，闷声答道："小人明白了。"说完，自己转身跳入了江中。

嘿，这倒也是个灵透明白人！

李弘水性果然不差，跟着船游了大半个江面，竟然没怎么被落下，被捞上来的时候，也只不过嘴唇有些发紫，身子也隐隐地有点哆嗦。

我心中那口恶气总算出来些，顿时舒服了不少。齐晟知道了却是哭笑不得，用手点了点我的额头，最后只是无奈笑道："也好，女人就是该小心眼一点。"说完了就吩咐写意给李弘送热姜汤过去。

大军是在三月二十六进的盛都城，整个盛都城都沸腾了，当时的热闹已经不能用言语形容。南夏北漠对峙三百余年，其间，你打我，我打你，大仗小仗无数，两国都出现过强势之君，都试图一统天下，可却从没人能真正地实现过。

而现在，齐晟做到了。

太皇太后哭得老泪纵横，双手合十对天而拜，哭道："列祖列宗保佑，叫我朝能一统天下，成祖皇帝遗志已达，本宫终于能安心地去见他了。"

拜完了天，老太太又转过身来搂我，"孩子，难为你了，你是个好样的。"

我忙应景地掉了几滴眼泪，装模作样地用帕子擦着眼角。

齐葳与齐灏姐弟俩半年多没见我，都有些生疏了，站在那里打量了我半天，这才扑进了我怀里。抱着他们两个软软的小身子，我这才真心实意地落了泪。

齐晟一连在前朝忙了好几天，又是祭天又是祭祖，抽空还得论功行赏。当然，就是再忙他也没忘了罚有罪之人。

杨严被判了充军五千里，直接发配到漠北打仗去了。

茅厕君先是刺杀皇帝，又是暗通敌军，本该是个死罪，宋太后披头散发地跑到大明宫哭闹了一场，又拿出了先帝留下的不准齐晟伤害手足的遗旨，这才算是保下了茅厕君的一条性命，却是被削了爵位，废为庶人，流放岭南。

倒是张家最是省心，无功无过，无赏无罚。不过此次北征军中又涌起不少新贵，各大世家的兵权再次被分散了，张家也毫不例外。

张放专门进宫与我见了一面，商讨了半天，终于决定扳正张家日后的发展方向，务必要坚定地走“纯将”路线，力争将“军中世家”做好做久。

这场热闹一直持续了两个来月才算停了停，朝中政务慢慢走上了正轨，齐晟虽忙碌依旧，可总算能抽空回后宫歇口气。

谁知这个时候后宫里却是突然出了事。

事情的起因很简单。王昭容去陈淑妃那里串门子，途径御花园的时候觉得身上有些凉，就叫身边的小宫女回去取披风。不想小宫女跑得急了些，一个不小心就冲撞了正在御花园赏菊的黄贤妃。

王氏这人平日里看着有些木讷，可在这些宫妃里却是最入齐晟眼的，以前侍寝的次数也比别人多些。

黄氏本来就一直瞧她不顺眼呢，一看是她身边的宫女撞到了自己手里，二话不说就叫人上前扇那宫女耳光。

王氏得了信赶过去，不愿意叫黄氏就这样打自己的脸，于是很仗义地挺身而出挡在了那宫女的身前，娇喝一声，“我看谁敢动手！”

王氏位分虽然比黄氏低，可她毕竟是一个昭容，黄氏身边的宫女怎么敢打她，如虹的气势一下子就颓了，怯怯地收回了手臂。

黄氏一看这个更怒了，一面感叹着身边人靠不住，一面自己捋起袖子就上去了。

王氏一拦，黄氏的巴掌没落到宫女脸上，却是打到了她的身上。王氏只愣了一愣，便果断地选择了自卫反击。

宫妃们虽然看起来个顶个的高贵娴雅，可她们也是女人。既然是女人，那打起架来都差不多，基本上就像是一个师傅教出来的，踢、打、掐、抓、撕、挠招招不落。

你扇我一耳光，我再还你一巴掌，接着你再打我一巴掌，我紧跟着再抽回去一下……那是演电视用的，不实用的。

被实践检验过的真言是：一把头发在手，要抽要打都有。

黄氏与王氏两个完全不要了宫妃的体面，打得很热闹。四周的宫女们忙上前去拉，王氏宫里的一个宫女不知拉了黄氏哪里一把，黄氏双眼一翻，竟然就晕死过去了。

这一下子众人都吓住了。

亏得王氏还算镇定些，忙指挥着宫女们将黄氏架到了最近的陈淑妃那里，然后一面派人去请皇后，一面派人去召太医。

待我被人请过去的时候，云鬓散乱、花容失色的王氏正在殿外站着，一看我过去立刻就给我跪下了，泣道：“臣妾错了，甘受皇后娘娘责罚。”

我横了她一眼，没理会她，抬脚迈入了殿内。

宋太医正给昏迷的黄氏诊着脉，神色却是有些慌张，我仔细一看，好嘛，竟然还起了一脑门的汗珠。

我问道：“怎么样？”

宋太医没回话，起身先哆哆嗦嗦地跪下了，这才结巴道：“皇后娘娘，这，这，这……”

我有些纳闷儿，“到底怎样？有话直说。”

宋太医低垂着头，继续结巴，“还、还、还请皇皇后娘娘屏退他人。”

我心里虽然有些奇怪，不过照着他说的做了。待陈淑妃她们退出殿外后，这才听得宋太医紧张地说道：“贤妃娘娘身体无大碍。”

我松了口气，只要别打坏了人就成。

宋太医小心地瞄了我一眼，又继续说道：“她、她、她有了三个多月的身孕了。”

我愣了一愣，这才反应过来他这话的意思，当下说道：“好事啊！”

宋太医脸上的神色却是十分古怪，偷偷扫了一眼四周，然后悄悄伸过来一只手，比画了一下，“三个多月。”

都三个多月了？那更好啊，胎儿已经稳固了，也不容易出什么事了。难怪黄氏之前一直闹身子不好呢，原来竟然是有了，现在想来是一直瞒着的。要说这后宫的女人心思真是复杂，连怀个孩子都跟做贼一般瞒着。

不过，我怎么就觉得哪里有点不对劲呢！

宋太医生怕我不识数一般，执着地在我面前比画着他的三根手指，强调：“三个多月了，三个……”

我脑子轰的一声，顿时明白过来症结所在了。

皇帝回宫两个月不到，皇妃却有了三个多月的身孕……这与那“丈夫出征二十载，回家儿子整十八”的传奇倒颇有些相似之处。

关键问题都是……这到底是谁干的？

我与宋太医大眼对小眼，相望无言。

怎么办？这事要赶在现代社会，大不了一个离婚完事，若是律师请得好了，没准黄氏还能从齐晟这里讨些赡养费过去呢！

可这不是现代啊，按历史书上的说法就是万恶的封建集权的旧社会啊。你敢给皇帝戴绿帽子，皇帝能叫你死一户口本外加一通讯录啊！

我思量了半天，还是觉得这事我一个人处理不了，干脆就叫人看住黄氏与王氏、陈氏三个并她们身边的宫女，自己则带着这宋太医直接奔了太皇太后那里。

太皇太后听了这事先是一愣，紧接着脸色就变了。不过姜还是老的辣，她先叫我借着打架这事将黄氏与王氏两个都禁了足，然后这才暗中派心腹审问黄氏身孕之事。

很快黄氏的贴身宫女便招了，奸夫竟然是太医院的一名年轻太医。

黄氏前一阵子光闹身子不好，三天两头地召太医过去诊脉，大伙都没把这当一回事，谁知道她竟然把太医召到床上去了……

我一时都傻了，暗叹黄氏的胆可真不小。当然，那位太医的胆子更是大，绿帽子都戴到皇帝头上来了。

这事不能瞒齐晟，我挑了个他心情不错的时候，委婉地和他说了此事。

我这里做着齐晟会火冒三丈的准备，谁知他听了却只是挑了挑眉头，眼都没离开折子，不在意地说道：“黄氏赐条白绫，王氏与陈氏两个直接送入庙里就是了。”

我听得傻了，惊愕问道：“黄氏怎么样也就算了，可这事与王氏和陈氏两个有什么关系？”

齐晟抬眼看我，似笑非笑地问道：“你觉得此事中，她们两个能脱了干系？”

我虽一直觉得这事是有些巧，可却也没想着齐晟处理事情这样简单粗暴，一时就有些发愣。

齐晟察觉到了，问我道："怎么了？"

我笑了笑，掩饰道："宫中嫔妃本就不多，这一罚倒好，差不多阵亡了一半，明年怎么也得新选些秀女入宫了。"

齐晟只不在意地笑了笑，却没说话。

我迟疑了一下，还是忍不住问道："黄氏那里能不能不死？"

齐晟有些意外，"你可怜她？"

我赶紧摇了摇头，"随口一说，算了，当我没说吧。"

齐晟目光深切地看我良久，淡淡说道："黄氏也送进庙里吧。"

说完便出了我的兴圣宫，一连几天没有露面。

绿篱知道了这事对我又是劈头盖脸一阵训，恨铁不成钢地说道："皇上分明是有意驱除宫中妃嫔，这还不是为了娘娘，娘娘非但不领情，还替那黄氏求情，糊涂！这下皇上一定误会娘娘对黄氏是有兔死狐悲之意了！"

"不是误会，是真有。"我看着绿篱，平静说道，"说到底，其实我与黄氏等人是一样的，要说有差别，无非就是齐晟现在爱我，因为爱，所以宠，也是因为不爱，才对黄氏等人绝情。可又有谁替黄氏等人想过，她们也是被名正言顺地抬进这宫中的，又何其无辜？"

绿篱听得惊愕，忍不住叫道："黄氏不守妇道！"

"妇道？"我不由得笑了，"齐晟对她们可又履行过夫道？难不成就该她们守一辈子活寡？若是我，怕是也会守不住的。"

绿篱张着嘴，半天没说出话来，最后只能说道："我说不过娘娘，不过这事皇上却没错，是娘娘妇人之仁了。"

我也没了继续说下去的兴趣，只笑了笑。

绿篱眼珠转了转，忽地低声问我道：“娘娘可知道江氏的事情？”

我一愣，那日平宁城下，江氏被捆于两军阵前，后来齐晟中箭，我就再顾不上她是生是死了。再后来，我也一直没问。那样的战场，武艺高强的将军尚会阵亡，更别说她那样一个弱女子了。

绿篱嘿嘿冷笑两声，说道：“娘娘定然是小瞧江氏了，她可没死，后来又被我们家那位爷给救了。”

我愕然道：“赵王把她救了？”

绿篱点头，不屑地撇了撇嘴，继续说道：“娘娘可知她是怎么落到鞑子手里的？去年皇上将她送出了宫，听说给她安排了去处的，若是她肯安稳，倒是能衣食无忧地过一辈子。那贱人却偏不死心，见皇上御驾亲征，竟然追去了江北，谁知却被鞑子逮住了。她也无耻，为求自保竟然诈称是皇后娘娘，叫鞑子送她去皇上那里，说她能劝说皇上从北漠退兵。”

我从最初的惊愕，到后面的淡定，最后已是听得津津有味了。

这都不能算是话本小说了，这都快成传奇小说了。

“江氏也是命大，竟然没死，我们家那位爷回援平宁的时候，在乱军中就把她给救了。”

我听得两眼冒光，就差抓把瓜子来嗑了，想也不想地问道：“这两人不会又旧情复燃吧？他还能给江氏一个王妃做？”

绿篱一拍大腿，嚣张叫道：“他敢！他要是敢再和江氏牵扯不清，我就抱着他儿子跳井去！”

我忙摁下绿篱，劝道：“别冲动，别冲动！有事好好商量，动不动就撒泼上吊的不是好女人！”

绿篱眼中闪出一丝狡猾，问我：“娘娘也觉得这样不好？”

我没多想，忙点头，“不好，不好，还是换个平和点的法子比较好。”

正说着，齐晟却是从外面进来了，看到绿篱在我这里，原本就不悦的脸色更是黑了一色。

绿篱眼角一瞄，一甩帕子跪在了我的腿边，抱着我的腿放声大哭道："娘娘，您可得给奴婢做主，赵王殿下要是复娶江氏，奴婢可是没活路了。谁人都知道那江氏是不肯与人共夫的。奴婢没地方去，还请娘娘收留，奴婢必会知恩图报，忠心伺候娘娘一辈子的。"

"胡闹！"齐晟怒声喝断了绿篱的哭求，"他当皇家脸面是什么了？江氏怎能再入皇家？送走，送走！"

绿篱转身就向齐晟磕了个头，爽快应道："奴婢领旨。"

说完用帕子抹了抹眼泪就退下去了。

我抬头怔怔地看向齐晟，问道："咱们两个是不是都被这丫头利用了？"

齐晟面色一僵，恼羞成怒，一甩袖子转身又走了。

有了齐晟的圣旨，绿篱办事极是利索，回头就派人将江氏送出了盛都。赵王也没什么反应，不悲不喜的，只到城门外送了送江氏，然后便回王府抱儿子去了。

我就觉得，我和齐晟是被那夫妻俩一起给算计了。

又过了没几日，茅厕君也要走了。他的流放地是岭南，远离盛都，自此算是离开了权力中心，又加上通信不便，齐晟总算是能放下点心来了。

岭南贫苦，宋太后光怕儿子吃苦受穷，不但把自己的私房钱都贴给了茅厕君，还恨不得把半个皇宫的东西都搬到岭南去。

临走前，茅厕君进宫来给宋太后磕头，竟又顺道来我宫里求见。我本不想见他，可想了想还是叫人把他请进殿内，把他送我的那枚金三角还给了他。

茅厕君低头看着那金三角，淡淡地笑了笑，问道："娘娘是要弃盟了吗？”

我想了想，答道：“什么盟不盟的，这不是觉得岭南路途远，想给你添点路费嘛，好歹也是块金子。”

茅厕君脸色又一刹那的僵滞，他低垂了视线，轻声说道：“平宁之事，我纯是困兽之举，实属无奈。”

我叹口气，道：“我知道，所以我不怪你。”

茅厕君抬眼看我，怔怔看我片刻，忽地没头没脑地问我道：“如果当初娶你的那个人是我，事情到现在是不是就全不一样了？”

我一惊，忙说道：“这玩笑可开不得！”

茅厕君回过神来，伸手将那枚金三角缓缓地推了回来，低声道：“我既然送出就不会收回，东西是，誓言也是。”

说完便站起身来，冲着我拱手行了一礼，转身往外走。

我看着他的背影，觉得做人还是留点余地的好，便又出声叫住了他，说道：“若是遇到了难事，就叫人给我捎个信来。”

茅厕君回过头来看了我一眼，笑了笑，走了。

秋去冬来，不知不觉中，大统元年就这样到来了。齐晟立了齐灏为太子，秋天的时候，我又被诊出了喜脉。第二年夏，二皇子齐湘出生。同一年夏，李昭仪因身体不好，自请出宫养病，齐晟准了。

大统三年春，有朝臣奏请齐晟广选秀女以填充宫室，齐晟只以一句“此乃朕的家事，不劳爱卿费心”了结了此事。

我一看全国范围的选美是不成了，便想着再从宫里筛一遍，矮子里还能拔将军呢，更别说这一宫上千个宫女了。

我瞒着齐晟，辛辛苦苦地从宫女里挑出十个年轻貌美的出来，特意集中到一块儿培训。结果不知怎么却走漏了消息，于是自己这里还没看够呢，齐晟就把这十个美人提去了大明宫，一转手都赐给了北面回来的功臣们。

不是自己手里的人，送起来真大方啊！

我气得差点吐血，私底下抱着齐晟的龙袍狠狠地咬了几口，这才又仪态万方地去了大明宫，劝齐晟道："后宫本就是为了繁衍皇嗣而存在的，皇上执念了。"

齐晟笑着回我道："我也觉得宫中孩子还是有点少，咱们两个再加把劲吧。"

于是，不及三个月，皇后又悲催地怀上了。

写意被齐晟赐婚给了李弘，小福儿成了我身边得力的大宫女，腿脚一如既往地利索，在大明宫与兴圣宫之间跑得那叫一个欢实。

平淡的日子总是过得飞快，眨眼工夫，三皇子就能走路了。

我这里不断造人，赵王与绿篱那里也没闲着，像是和我们比赛一般，孩子也是一个接一个地往外蹦。不过，赵王一直没有再娶正妃。每当提到这事的时候，太皇太后就忍不住眼圈发红，总觉得亏了赵王，然后便叫各世家推荐合适的女子。

事情一进行到这里的时候，绿篱就会进宫看我，偏偏都赶在齐晟在的时候。她也不说别的，只是抱着我的腿哭诉说想我，心里放不下我，幸好太皇太后有意给赵王纳正妃了，一旦新人入门，她把王府后院事务交接完毕，就再进宫来伺候我。

齐晟每次都忍不下，第二天就跑一趟太皇太后那里，也不知和老太太说些什么，老太太就会暂时忘了给赵王纳妃的事。

如此几次之后，等太皇太后再提给赵王纳妃的时候，各世家都是已不当一回事了，家里适龄的姑娘也都因各种原因不能嫁赵王了。最后没法子，齐晟也不忍心看着赵王兄弟打光棍，就把王府里仅有的一个孺人扶成了正妃。

赵王府消停了，齐晟总算放心了。

我却很是闹心起来，因为后宫的嫔妃们不知为何一个接一个地看破红尘。

齐晟的嫔妃本就极少，就是一年少一个都熬不上几年，大统五年的时候，宫里硕果仅存的一个刘丽妃也要潜心向佛去了。

我去了刘丽妃那里苦劝："年纪还这样轻，干吗非这般想不开？有什么事不能解决呢？这些年过去，宫里的老人就剩下你我了，以前七八天才能轮上一宿的旱日子都熬过来了，现在皇上除了留在我这里就是去你那里，怎么却要闹着出家了呢？庙里哪有宫里好？整天吃斋念佛的，留下来吧，也当给我做个伴，有我一口肉吃就不叫你吃素！"

说着说着，我自己都忍不住动了感情，红了眼圈。

没想着刘丽妃比我情绪还激动，抱着我的大腿哭求："娘娘，您就叫臣妾去了吧，臣妾这都给皇上值了好几年的夜了，是碰都没碰过皇上啊，有苦说不出啊！以前好歹还有别的姐妹值个上半夜，现在就只剩下臣妾一个了啊，整整一夜都得是臣妾盯着啊。臣妾年岁渐长，熬一宿好几天缓不过劲来啊！您瞅瞅臣妾这黑眼圈，扑了多厚的粉都遮不住啊！"

我一时有些傻眼，呆呆地看着泪流满面的刘丽妃说不出话来，好半晌才与她商量道："要不，我和皇上商量商量，叫他不召你过去侍寝了？"

刘丽妃却是死活不依，寻死觅活地出家去了。

我瞧这宫里空荡荡的实在不像样子了，只得亲自劝齐晟选秀女，苦口婆心地劝他道："何必非得这样呢？宫里莺莺燕燕热热闹闹多好，我都不在意这些，你何必非得抓着这些不放呢？”

齐晟只是笑笑，答我道：“我用人心换人心，一年不行，就十年，十年不行，就一辈子。”

我挺无奈的，“齐晟，你不懂。”

“那你告诉我。”他说。

我张了嘴想说，却又不知道能和他说些什么。我能告诉他说只要他一天是皇帝，他就是我的主宰，当我的性命都握在他的手上的时候，我怎么能不顾生死地去爱他？

他不懂，爱的基础不是宠，不是疼，而是平等。而他是皇帝，我是皇后，我们永远都不会是平等的。

大统十年的时候，太皇太后终于驾鹤西游了。齐晟与这位皇祖母感情极深，很是消沉了一阵子。第二年，更有光明正大的借口不选秀了。

待到大统十三年的时候，我与齐晟早已是老夫老妻，连孩子都生了三男二女，足足有五个了。那一年，齐晟将满朝的青年才俊都捋了一个遍，挑出一些看着顺眼的，又查了人家祖宗八代，这才将我们的长女玮元公主嫁了出去。

我便与齐晟商量道：“咱不生了，成吗？这都马上就要当外祖母了，我真是没脸生了。”

齐晟认真地考虑了好几个晚上，终于答应了要认真考虑一下我的建议。

大统十四年时，皇太子齐灏已年满十六岁，是该给他纳太子妃的时候了。

我这一辈子是享不了美人恩了，齐晟又不肯给我广选天下美人的机会，这次好容易逮到一个光明正大的机会，于是便把全部的热情都投到了太子选妃的事上，恨不得把全天下的好姑娘都给自家儿子挑了出来。

环肥燕瘦，千娇百媚，真真是乱花渐欲迷人眼。

千挑万选之后，还是由齐灏自个拍了板定了太子妃，后面给他选其他东宫妃嫔的时候，我教导他道："你若是喜欢，多娶几个姑娘也没关系，反正咱们也是有房子有地，不愁养不起！可若是不喜欢人家姑娘，那就一个也不要娶，别耽误人家一辈子。"

太子毕竟还年轻，还不太懂美色的妙处，忙点头道："儿臣心中只喜欢宁儿一个，不用再娶了。"

齐晟若有所思地看看我，第二天就约我去逛翠山的古寺，问我道："芃芃觉得不幸福？"

在香烟缭绕的佛堂内，我前所未有的诚实，答道："幸福，很幸福。"

只是……有时候想起来这样的幸福背后是几个女子青灯古佛的一辈子，我就觉得心里不踏实。

齐晟问道："这就是黄氏她们出家的寺庙，她们就在这里，你想见一见吗？"

我愣怔了片刻，最后还是摇了摇头，"不想见。"

齐晟却是笑了，凑近了低声说道："亏得不想见，你若是想见，我还真没法给你变出几个大活人来。"

我听出这话里有话，怔怔地看着他。

他淡淡一笑，伸出手来抚摸我的头发，轻声道："芃芃，我知你这人心其实最软，又怎么忍心叫你受良心煎熬？她们……我都放了，虽不能保证荣华富贵，却也容她们选择自己要过的日子。"

他叹了口气，拉着我转身出了佛堂。

回到宫里的时候，他却又高兴起来，回身对我笑道："眼瞅着就要二十年了，你今年生辰的时候，我送你份惊喜。"

我点了点头，心里头也因白天的事而十分高兴，当天夜里就投桃报李地服侍了他一回。齐晟不服老，结果第二天早上，他便又误了早朝。

在我生辰之前，齐晟离宫去江北狩猎，说定要给我打几只白狐来做礼物。

我其实不太喜欢这些皮草，不过看他高兴，便也点头应道："你说的啊，别说空话。"

他点头笑着，上马而走。

半个月后的一个夜里，有快马飞驰入宫，说齐晟狩猎时被惊了马，坠马身亡。

我身子一僵，全然失去了控制，只心中还留着一丝清明，暗道这果真是一份大惊喜！

太子早已大了，又帮着齐晟处理朝事多年，乍闻噩耗虽然悲恸却没惊慌，带着兄弟们照章守法地处理了齐晟的后事，然后便登基为帝了。

我也便跟着挪了挪地方，终于成太后了。

守了二十年，我终于能坐上太后那个位子了，可为什么心中没有丝毫喜悦，却只想放声大哭？

偏生又哭不出来，只觉得胸口堵得难受。

我就开解自己，我与齐晟好歹也一起过了二十年，不谈情啊爱的，就是养个猫啊狗的，这么长日子也处出感情来了，更何况是个活生生的人，心里难受是自然的，待缓过这个劲来，自然一切都会好起来。

好歹成太后了，皇帝是自己的亲儿子，上面也没有正经的婆婆，只要不卖国不夺权，估计是没人敢管我的。

我就想着，等身体好了就搬出这皇宫去，找个山清水秀的地方盖个大园子，把各样的美人都养一些，每日里光看着都赏心悦目。

又想着自己现在年纪也不算大，正是徐娘半老的时候，就算是为了避免内分泌不调，也得偷着养几个面首才好。

不过这事得隐秘着点，怎么也得给皇帝儿子留个面子。

……

关于未来生活，我想得很多，想得也挺好，只可惜身子却是极不争气，怎么也爬不起床来。

玮元公主齐葳已进宫陪我多日，见我整日里吃了睡睡了吃的，像是没骨头一般躺在床上不肯起身，便干脆叫全了几个兄弟姐妹，齐齐跪在我的床前，苦求道："母后，求您节哀吧，您这个样子，就是父皇在天之灵知道了，也会伤心的啊！"

齐晟的在天之灵？他有个屁的在天之灵，这都死了两个多月了，早不知道跑哪里投胎去了。

可看着这几个孩子都跪在地上哭求，我也是心疼，说道："你们都回去吧，我这就好了，放心吧。"

齐灏是皇帝，心思最多一些，立刻就接道："母后一天不肯延医问药，儿臣们就不起来。"

我没法子，只得向他们妥协了，叫他们给我请个太医来，然后该干吗干吗去。

太医很快就来了，跪在地上诊了会子脉，头上却是滚下豆粒大的汗珠来。

我奇怪了，问道："难不成还是绝症？"

太医身子抖得更厉害了，伏在地上结巴道："不……不……不是。"

我奇道："那你抖什么？"

太医又继续结巴道："太后娘娘这是……是……是……喜脉。"

我怔了一怔，闭目停了片刻之后，才低声说道："你先退下去吧，这事谁也不要说，皇帝也不行。"

太医重重地磕了个头，退了下去。

我躺在床上，只觉得心中口中都是一片苦涩。齐晟倒是走得干净利索，却是给我留下个遗腹子，这事叫我怎么和儿子女儿们说?

第二天，赵王进宫来探病，看我还歪在床上，对着我挤鼻子弄眼的，笑得不怀好意，说道："皇嫂这病臣弟知道怎么治。"

我听了就纳闷儿了，问他："怎么治？"

赵王冲着门口拍了拍手，就见门外走进一人来，身形高大，戴着兜帽，看不清面容。

赵王冲我嘿嘿一乐，说道："这人定能治好皇嫂的病，臣弟先告退了。"

说完竟就绕过门口那人，走了，顺手连殿门都替我关上了。

我听赵王那话里话外的意思，是给我这个新出炉的太后送面首来了?这青天白日的，他也太大胆了吧?也不怕齐晟气得从皇陵里爬出来?

门口男人伸手摘下了兜帽，缓缓抬起头来，露出硬朗深邃的五官。他冲着我咧嘴一乐，低声问道："芃芃，你总算是成了太后，可是如愿了？"

我猛地坐起身来，惊愕地看向他，说不出话来。

他又笑着问我："这可算是个惊喜？"

我愣愣地坐了许久，直到泪水湿了双眼，面前的事物都看得模糊起来，这才回过神来，点头道："惊喜，真是惊喜。"

他却笑得越发灿烂起来。

我又说道："齐晟，来而不往非礼也，我也送你一个惊喜，好不好？"

齐晟很是意外地挑了挑眉，问："什么惊喜？"

我也冲他咧嘴笑了笑，答道："太后……怀孕了。"

番外

齐晟小朋友的生活随笔

泰和十一年，十月十二

我说皇后为什么会突然叫我陪着她去御花园赏花，原来竟是准备了这么一场戏给我瞧。

张氏真蠢，就真的上了皇后的当，还真与江氏争执起来，齐齐落了水。到底是谁对谁错……不管了，这个时候，我只能选择救江氏。

泰和十一年，十月十五

皇后扣了江氏在兴圣宫，说是要处死她。没办法，我只好陪着老五一同在兴圣宫外跪着，地上真凉！

想不到张氏竟然也来了，稀奇！她竟然也懂得什么叫大局了？

皇后终于把江氏放了出来，我也跟着老五冲了上去。不过老五手快，赶在我之前把江氏抱了过去。

架着江氏出来的那个小太监一直往我这边瞄着。我故意慢慢地收回了手，握紧了拳。不过，江氏的脸色的确惨白，我突然有些不忍，她成这个样子，到底是为了我。

泰和十一年，腊月初八

我从江北大营返回盛都，张氏带了东宫那一伙女人在宫门外等着我。

开始时她一反常态，不把眼神黏在我身上，倒是时不时地去瞟黄氏几个。我还道她长进了不少，没想到一进殿她就现了原形，当着宫女的面就挑逗于我，竟然还想着再用一次催情药，这女人果然是胸大无脑！

泰和十二年，元月十五

张氏穿了一身的大红，很乐和，还有心思和小宫女开玩笑。她当我不知道红配绿是狗臭屁吗？

一路上，她却挺安静，也不黏我，我顿感欣慰，这女人总算是长进了些。

进大殿前，我牵起了她的手，她还明显地迟疑了一下，然后看都不敢看我一眼，突然间，我很想笑。

江氏依旧消瘦，俏生生地站在那里看着我。明明说好了要做戏，可是我却有些不忍心回应她的眼神。我是不是太对不起她了？

张氏很出人意料地淡定，竟然和老五僵持起来。

还亏得老九出来打圆场，不过，他和张氏怎么还眉来眼去了？还三六曲，三六一十八，不就是十八摸吗，真当我不识数吗？

皇祖母一如既往地喜欢张氏，还将我们两个的手放在了一起。张氏很害羞的样子，不过回到席上却是很激动，抓着身旁小宫女的手都不松开了。我看到了！

江氏给我使了眼色，我偷偷地离席，跟她到了太液池边上。江氏把老五平日里与大臣们的来往记录交给了我，还不及说别的，就听得有脚步声从林子里传来。还是江氏聪慧，立刻把话题引到张氏的身上去了。

张氏真蠢，也不想想为什么会有人引她来这里。

还有，杨严，你当你上了树，我就不知道了？

泰和十二年，元月十七

性格突然大变，又突然会唱稀奇古怪的歌曲，宫中守卫森严，不可能在我眼皮底下换一个人进来的……张氏在搗什么鬼？

这世上真的有换魂这种事吗？真的有乔氏那样的人存在？

可为什么现在的张氏更没脑子了？众目睽睽之下，她竟然就敢放声大唱，荒唐，真是荒唐！禁足三个月，叫她好好学学宫里的规矩！

另，那曲调可真难听！

泰和十二年，五月初一

打岔，绝对是故意打岔，我和她说大小，她非要和我扯黑白！

这人绝对不是张氏！原来的张氏绝对不能说出这样的话来。竟然还是个软硬不吃的女人，怎么办？没办法，先认下吧。看她的谈吐，以后若是做了皇后，虽然言行可能会荒唐些，可心胸却是有的，倒是个不错的皇后。

只是眼下她会不会坏我的事？现在绝对不能给张家摇摆的借口！

我轻易不许人诺言，中了邪一般竟然许了她，可她竟然能说出那样的话来！

我不生气，不生气！祖父说过，不论事情到了何种地步，生气都是最没用的，只能叫人头脑混乱。

还不如原来的张氏叫我省心呢！

笨，笨得要命，竟然还不会断句！足足看了一个时辰，竟然连亲妈都没认出来！

我能掐死这个女人吗？

老五和江氏到得真早，老五神态轻松，看样子我交代他的事都办妥当了。江氏怎么又穿了一身的白？不好看，有点晦气！

张家的人很懂事，把院子安排在了紫竹林边上，见那些人的时候能方便不少。只是张氏太叫我生气，软硬不吃，油盐不进，我偏不信问不出你的来历来！

好吧！我暂时认了，我以后再问！

江北的人终于来了，江氏掩护着我进了紫竹林，与那些将领谈了半晌，出来的时候江氏还站在外面等着。这是一个懂事的女人，一直很懂事。

往外走的时候，江氏说她心中从来就只有我。

我突然觉得挺对不住老五，既要用他，又要防他，还要他背着这样一个名声。

泰和十二年，五月初二

江氏今天终于没有穿白！太不容易了！

张氏眼神很飘忽，一会儿看老九，一会儿看杨严，时不时地还瞄我两眼，她心里一定有事！

张放老匹夫竟然还威胁我！你真当我没了你张家就坐不上大位不成？

张氏怎么会和老九坐在一起闲谈？她还低着头，一派害羞之态。她有多久没在我面前露过这样的情态了？心里突然很恼火。

她竟然还敢和我叫板！紫竹林怎么了？这个蠢女人真不知道老五昨晚为什么去找她吗？

我真的不能掐死她吗？

那好吧，那我就勉为其难地宠幸她一回吧！

……

感觉很奇妙，原来女人在床上也可以是这么的……热情奔放？

可这算她睡我，还是算我睡她？

不过，酒醒之后的她可……真害羞，一时慌得连裤子与裙子都分不清了。我突然觉得她也没那么叫人厌烦了，她已经不是原来的那个张氏了。

可是，她到底是谁？竟然还知道威胁我了。

笑话！

另，女人果然还是脱光了更可爱一些。

泰和十二年，五月初四

万万想不到，睡了一夜，竟把她的胆子给睡大了，敢和我针锋相对、句句不让了！

蠢也就罢了，偏偏还这样泼，竟然还拿江氏和老五来激我……我昨夜定是睡昏了头，才会觉得她有些可爱！

口口声声要给我守寡？

真以为我不杀你、不休你，就没法治你了？

来来来，咱们走着瞧！

泰和十二年，五月初八

出息的吧！才不过三天就找来了。哎哟，你那脾气呢？你那气节呢？你那股子欲与贞洁共存亡的狠劲呢？

不理她，就先晾着她！

她这一回倒是学乖了不少，一直老老实实地站在边上候着，只在看到宫女们围过来伺候我时脸色微微涨红了些。

她这是嫉妒，还是害羞了？

算了，先不管这些了，这样软哒哒的总是比跟我耍横的时候可爱些。

泰和十二年，五月十四

这个蠢女人，她竟然连骑马都不会！偏偏等到明天就要击球比赛了，大晚上的才过来寻我说。

你甭向我眨眼睛扮无辜，你当我看不出来你这是故意使坏吗？

行啊，你既做初一，那我就做十五好了。不会骑马，没关系，咱们夜训，临阵磨枪呗！

啊啊啊啊！这是哪里来的女人啊？她到底有没有廉耻之心啊？我说一句脱外裙，她竟然就把自己脱得只剩下了小衣小裤！

你这是要骑马，还是他妈的想骑我？

你又眼巴巴地看着我干吗？！

累！真心累！教了她一晚上，也不过是刚能坐到马上的水平。就这骑术，到场上哪里是去击球，分明是去找死。

算了算了，明儿还是给她寻个由头不要上场好了。

瞧她走路那姿势，应是大腿磨破了。该！叫你再脱这么利索，这么光溜！

喊什么喊？你当我愿意扛你呢？这么老沉！

果然，还不如原来的张氏叫我省心呢！

泰和十二年，五月十五

果不出我所料，张氏真的落马了，幸亏撞上的是贺秉则，否则，这女人小命怕是都不保了。

不过，江氏为何也会落马？那马鞍下的钢针到底是谁放的？若说是之前的那个张氏，倒可以说是因妒下手，可现在这个张氏……不可能，她没这个心眼，也没动机。

是老九，还是皇后？

这是又要挑拨我与张氏的关系？还是说得到了什么风声，也怀疑起张氏的身份，以此加以试探？

心累，真是心累。每日里都琢磨着这些阴谋诡计，和自家人斗来斗去，何时才能踏平北漠，扫荡四国？

另，张氏这女人为何脱衣服总是这样利索？她怎么看着没有一点女人的羞耻心呢？不过，这样大胆的她看起来的确挺勾人的，尤其是那几声“嗯啊”，竟听得我心头有点发热……

装傻！又是装傻！能耐得你，有本事你就一直装下去吧！

恼火，气死我了！

泰和十二年，五月十九

江氏受伤颇重，老五不肯离京，父皇虽瞧着有些不悦，不过却也允了他留守盛都。也好，京中有他在，我也能放心些。

张氏这女人真是奇怪，竟来问我黄氏与陈氏几个能不能跟着她同去行宫。以前的张氏恨不能把这些女人都赶出东宫，何曾这样贤惠大度过，她这是生怕别人不起疑心吗？

蠢女人！你们家祖传的善妒呢，都就着你的八宝粥一起喝掉了吗？

心里突然十分不爽！

泰和十二年，五月二十一

果不出所料，老九他们已对张氏的身份起疑。

张氏这女人瞧着精明，满肚子装的却都是稻草，以她的智商，绝对要露馅儿！不论是老九还是张家，定会以为是我暗自将张氏换掉了，弄了个假的来操纵。怎么办？

这女人也是记吃不记打，明明已经上过朝阳一次当，这回竟然还乖乖地咬了人家的钩，蠢得都叫人肝肠寸断！

事后小聪明她倒是耍得挺熟练。老九会来勾搭你？他要想勾搭早就勾搭了，怎会等到现在才来？明明是来试探你的！

蠢！笨！糊涂！

留着这女人简直就是留着个祸根在身边，不知什么时候就给你捅娄子。

杀，还是不杀？

瞅瞅，竟然还拿自己相貌身材说上事了，这女人怎么就这么没脸没皮，不知害臊？

好吧，身材也的确算是难得，瘦而不柴，肥而不腻，前凸后翘，抱起来偏偏温润腻滑柔若无骨……打住！我这是都想到哪里去了？

一定是被这蠢女人带沟里去的！

另，编故事都不会编，处处都是漏洞，你当王母娘娘是你们村西头王大户的婆娘吗，摔她一个琉璃盏就要没完没了？

泰和十二年，六月初三

今天与父皇把北巡诸多事宜都一一敲定了。许是因为不用自己亲去江北吃苦受累，父皇心情大好，顺手把番邦贡来的舞姬赐了我两个。

长者赐，不敢辞。没办法，只能带回自己宫里去。

张氏竟然派身边的小宫女前来请我。稀奇，真是稀奇。怎么，这是听到我带了美人回宫，所以就沉不住气了吗？如此看来，也不过尔尔嘛，我还以为她那贤惠大度能一直装下去呢！

不去不去，今儿偏偏不去，就先晾一晾她。

另，这番邦美人搔首弄姿的模样太难看了，父皇口味可真重！

同样都是前凸后翘、凹凸有致，可张氏比起她们来就好看得多！哎？我怎么会想到张氏身上去？

泰和十二年，六月初六

老九和皇后他们果然有行动了。

给老九相亲？哼哼……糊弄谁呢？他又不是今儿才成人，早不相看，晚不相看，偏偏要在这行宫里相看几大世家的女儿，分明是醉翁之意不在酒，明摆着就是为了张氏来的！

说来也是蹊跷。张氏这蠢女人虽然言行荒唐些，可她自年后起就一直被我禁足，不论是皇后还是老九，她都只见了不过有数的几面，他们到底是从何处断定此张氏非彼张氏的？

不管怎样，张家既已对张氏起疑，这张氏怕是就不能留了。

张氏这个傻女人还丝毫不知自己的处境，竟然还有心思和宫女们一起戏水。看她那样蠢呆呆却故作精明的模样，心里突然有些不忍……这个女人，其实也算可爱，起码比之前的那个张氏有趣得多。

要是能设法留下她就好了。

张氏，张氏……罢了！事到如今，绝不能再给老九任何机会，张家绝不能为他所用。

另，张氏行事虽然荒唐，有句话却说得挺对，贺秉则与那张二小姐还是生米煮成熟饭比较好，最起码，张二小姐就不会落到老九手上了。不过，这该怎么和贺秉则那小子说？好像有点不太好吧？

密信该如何写才好？头大！

张氏，张氏……

泰和十二年，六月初七

心情不好，什么也不想写。

泰和十二年，六月十二

北巡出发在即，皇祖母把我叫过去说了半日的话，无非还是老一套，话里话外都是叫我与张氏好好相处，又说张氏是成祖给我选中的妻子，品性、相貌都是拔尖的，绝对错不了。

皇祖母真是有些上年纪了，一件事翻来倒去地说个没完，听得我有些心烦。

张氏，张氏……不论是之前的那个，还是现在的这个，以后都不会是一个好皇后，我到底还在犹豫什么？

从皇祖母那里回来的时候路过花园子，那两个番邦舞姬竟然晃到我眼前来了。还迷路？迷你个大头鬼！春好居花园子统共就巴掌大，你们还迷路，脑子里装的都是稻草吗？

张氏那么蠢的人都不会在这里迷路！

滚滚滚！

心烦！瞅着谁都不顺眼。

泰和十二年，六月十八

我给了张氏一张手令。

看着她小心翼翼地把那手令收好，我心里突然有些不是滋味。这个女人，她相信我的这张手令可以在日后限制住我自己。该说她傻还是天真？又或是说不管她嘴上如何戒备我，可在心里，她还是信任着我的。

信我许她的后位，信我可以给她一个平安喜乐。

傍晚时分，李弘前来寻我，与他吩咐完一切，待他出门时，却又忍不住唤住了他。李弘垂首待命，我却又说不出什么来，最后只得又挥挥手叫他离去。

都到了这个时候，老九他们已经咬钩，我万万不可再有动摇。

张氏张氏……此生无缘吧。

泰和十二年，六月十九

张氏从李弘手中逃脱了。

得到这个消息时，我一时有些发怔，竟不知心中是悲是喜，尽管这样一个活着的张氏落到老九手上，将会给我带来无穷无尽的麻烦。

谋士劝我说事到如今张氏更不能留，且必须要她死在老九船上。道理我都懂，可在登上老九船舰，张氏哭喊着扑进我怀里的那一刻，明明知道这女人在耍心机，我的心还是软了，一时间什么都不想理会。

这些黑衣人是从哪里冒出来的？

这女人，竟然为了救一个小宫女连自己的性命都不顾了，她到底还能蠢到什么地步？真想弄死她！还跟我喊，有种你自己把她提上来！

蠢，笨，没脑子！

可这世间，如果也能有她这样一个蠢人，不论到了什么时候，不论到了什么境地，都会紧紧握住我的手，风雨同舟，不离不弃，那该有多好。

沉！真是死沉死沉的，也不知道这两个女人到底是谁这么沉！

老九又来做好人了！想弄死他！

危急之际，是自保还是救她？

生死不过转瞬之间……再后悔，已是晚矣。

另，以后再也不穿着铠甲下水了！

泰和十二年，六月二十

她还活着！

满肚子的话都堵在嘴边，却不知道该说什么。此时此刻，只一个念头盘桓在心头：她还活着，真好！

明明想关心她，为什么却会问出那么蠢的一句话来？

想抽自己。

老九竟然还活着，竟然一直和张氏在一起。

更想弄死他了。

冷静，必须冷静。这个时候，老九绝对不能死，否则以父皇的糊涂，这个黑锅定然要我背上。老九应是也想到了这点，还维持着那张假面皮，假惺惺地过来帮我正骨。

可是，还是想直接弄死他。

张氏这个蠢女人，竟然把一件好好的长袍穿成了那般模样，还撕自己的裙子来给我包扎，你是不是傻？

刺客还在搜寻我们几个，我只得带着张氏。他们这般紧追不放，看来是一心要置我和老九于死地了。会是谁在背后下手，想得那渔翁之利？我与老九出事，朝中谁会得利？

不可能，不可能是老五。他是我最信任的兄弟，我的手足，是最不该背叛我的人。

可是，除了他，谁还有这等手段？江氏落马受伤，老五留守盛都……一切的一切，看起来都是那么顺理成章。

老九这厮定也是猜到了老五身上，笑容里俱是讥诮。

只有张氏那个傻女人，还在那里捋这到底是怎么回事，还问我昨夜是怎么落水的。哼！不告诉你，就是不告诉你！

瞅瞅她说的这都是什么话，竟然还叫我理解老五，满嘴的胡言乱语！这也就罢了，竟然还敢当着我的面就和老九眉来眼去！

想吐血！

想弄死老九！

我强亲了她，她却狠狠打了我一拳。她想掐死我，说她恨我，因为我许了她后位，却又对她失信。

我终于无言以对。

突然想起成祖说过的一句话，他说这世间最难找的就是后悔药……此时此刻，深以为然。

心里难受，什么都不想写了。

另，骨头折了可真疼！

泰和十二年，七月初二

这一天终于等到了！登上皇位那一刻，我心里是难言的激动，可面上还必须淡定，绝对淡定！

可惜张氏不在身边。

算了，不写了，没心情。

另，户部尚书是只老狐狸。

泰和十二年，七月十七

我把江氏接进了宫。

从五月击球赛可以看出，老五那里是再容不下她了，而她本就见嫌于张家，我若再置之不理，她唯有死路一条。

江氏伤还未好，脸色苍白难看，神情却是淡淡的，只与我说道："皇上，我之前所作所为皆是自己选择，您并不欠我什么，若是存着补偿的心理接我入宫，则大可不必。"

她说这话的时候就一直盯着我看，等着我的反应。

对于她那点小心思，我突然有点厌烦，忍了又忍，才把那句"那你爱哪去哪去吧"强行咽了下去，只挥了挥手，命人把她抬去了幽兰殿。

罢了罢了，我连张氏浑成那样都不与她计较，又何必与江氏一般见识。

今儿都十七了，算着日子，张氏那女人也快抵京了，也不知她现在是何样心思，必然还是恨着我的吧。

宛江之上，她曾咬牙切齿地说恨我……

泰和十二年，七月二十三

今日张氏回宫，我特意去宫门迎她。她虽消瘦不少，精神瞧着却还不错，只眼中对我的戒备之色难以遮掩，尤其待我说完册后之后，她那双眼睛瞪得更是溜圆。

这是不肯信我？！

张氏这个蠢女人！我哄她时，说什么她都肯信，现如今我欲真心待她了，她却不肯信我了！

真是气得我脑仁疼！

可是……又能怨谁呢?

泰和十二年，七月二十四

张轩进宫必然要将盛都之事报与张氏知晓，若她知道江氏未死且被我接入宫中，会如何反应?

若她心生妒忌，寻我来闹就好了，到时我便可把江氏的事解释给她……

泰和十二年，七月二十六

到今天已有足足三日，张氏那里仍是没有半点动静。她对江氏不在意也就罢了，竟然还把老九招进殿内独处！张氏这女人，就是再蠢也不该做出此事来，她这般行事，存心是想气死我。

我不生气，不生气，生气怕就正中那女人下怀了！

另，人上了岁数真是爱唠叨，皇祖母那般有大智慧的人，竟也能为着一件事与我念了半个时辰，听得我头大如斗！

泰和十二年，八月初二

江氏又病了，真无语。

张氏那里仍是没有动静，难道她还不知道江氏在宫里?不行，我要沉住气，只有等得她先来问，我才可以占得主动。

忍住，一定要忍住。

泰和十二年，八月初八

今儿皇祖母又把我唤去念叨了一番，劝我要与张氏夫妻和睦。可夫妻和睦也得张氏肯来寻我“和”啊！光说我一个有什么用？您老人家把张氏也叫过来劝上一劝啊！

郁闷！

说来也是奇怪，皇祖母怎会对张氏这般青睐有加？听闻张氏的姨祖母曾是成祖宠妃，皇祖母须得有多大心胸才能做到这般？实在敬佩。

也不知道张氏这女人现在心胸如何，她现在按兵不动可是因为还未封后？他日她为皇后，可能容得下一个江氏？万一她不肯，我又该把江氏送去哪里呢？不论怎么说，江氏落得这般境遇，毕竟是为我。

心烦！

另，老九这厮真是能忍。

泰和十二年，八月十一

皇祖母说失了的人心只能再拿真心去换，凉了的人心得放在自己胸口去焐……

真的是这般吗？

泰和十二年，八月十八

她是故意的，绝对是故意的！

好心好意带她去幽兰殿，就想着给她一个解释，不愿她把江氏这根刺埋进心底，可瞧瞧她和我说的那些都是什么话，瞧瞧她又和江氏说了些什么！不吃江氏的醋也就罢了，竟然还对她嘘寒问暖，怜惜关切！

她什么时候这么贤惠大度了？

这还是个女人吗？火大！

泰和十二年，八月十九

今天张氏封后，从今以后，终有人能与我站在一起，并肩看这天下。她脸上是难以自制的兴奋，脸颊红通通的，眼睛格外明亮，唯独在看向我的时候，会突然黯一下……

不知为何，我突然有一种奇怪的感觉，如果此刻我没站在她的身旁，她许是会更高兴一些。

晚上就有点喝高了，和张氏说了许多的话，把那些很久远的、埋在心底不敢叫人知晓的事都翻出来说给她听，而她却依旧无动于衷，叫我去幽兰殿寻江氏。

心累！简直就是对牛弹琴……

泰和十二年，八月二十三

老九去寻张氏，张氏又把他单独留在了殿内……明知道他们两个不敢有什么私情，可是心里还是窝火。

我若直接派刺客弄死老九，太后那里会如何反应？纵是手握先帝遗诏又能把我怎样？无非就是来我这里寻死觅活罢了！

可惜皇祖母那里糊弄不过去，她老人家最不喜看到皇家手足相残。

罢了，还是忍忍吧！

泰和十二年，九月初二

近来张氏的侍女绿篱在大明宫附近布下了不少眼线，初时我还以为她是来监视我的，不想略一打听，竟然是监视后宫嫔妃。

张氏这是开窍了，知道要和后宫诸妃争宠了吗？

稀奇！

哭笑不得之余，心中竟还有些莫名的欢喜。

泰和十二年，九月二十一

张氏竟然开始给幽兰殿送滋补品，次次都是一大堆，就摆在殿门口，差点堵住了门……真想掰开她的脑壳，看看里面都装了些什么！

泰和十二年，十月十七

江氏又急召了太医。

自入冬后她的身子越发不好，尤其遇到阴雨天气，断骨处更是痛痒难忍，已经几次昏死过去。

不论说些什么，她落得这般境地，总是和我脱不了关系。

另，老五那里还是时常买醉，昨日见了他本想训斥一番，无意间看到他鬓角上的几根白发，却忽觉心酸，犹记得他初来母后宫中时的情景，小小的个子，站在那里仰着头看我，乖巧地叫我三哥……

眨眼间，竟已是快二十年过去。

罢了，罢了。

泰和十二年，十一月初一

张放这只老狐狸，竟然在朝堂上替老九开脱！

张家这是打算要和老九跳到一条船上去了？

张氏呢？她又在其中起到了什么作用？那日老九送与她的那枚金三角到底是何寓意？

泰和十二年，腊月初八

我就不懂了，张氏怎的对腊八粥这般热爱？！喝了满满一大碗还不够，竟然又来了一大碗！

就真有那么好吃吗？我想尝尝……

泰和十二年，腊月十七

贺良辰从云西返回，说云西那边已经万事俱备，只欠东风。

东风，东风……还远不到时候。

张氏这个没心没肺的女人，若是知晓我要对张家下手，会作何反应？可会信我不论张家如何，她都将会是我的皇后？

她不会信的。

一朝被蛇咬都要十年怕井绳，更何况她当初差点命丧宛江。

唉……

泰和十二年，腊月二十四

江氏病重，已经卧床不起，太医说她郁结于心，难有起色。

看一看江氏苍白如纸的面色，待再看到张氏那红扑扑的脸蛋子的时候，不由得感叹还是她这般没心没肺吃了就睡的好，真是叫人省心。

若她不是张家人就更好了。

另，皇祖母今日拿话点我了，我料她应是早就知道江氏藏在宫中，只是给我面子，一直不肯说破而已。

泰和十二年，腊月三十

一年过去不过眨眼……

建业元年，元月十五

张氏这女人，竟然在晚宴上就把老五给打了！你便是要打他泄恨，也寻个时机、找个场合好不好？怎能在这个时候打他？

幸好没打他头脸，否则这事都不好收拾。

咦？好像有哪里不对……

老九一如既往地装模作样，越看越觉得他不顺眼，张氏刚才打的那个人怎么不是他？

晚宴真无聊！

身边的张氏还不消停，跟她身边的宫女嘀嘀咕咕的，也不知在说些什么。我一时没忍住，问了她一句，竟然说是喝高了，有点头晕。

哼哼，喝高了？糊弄谁呢？她喝高了可不是这个表现。

带着张氏去给皇祖母敬酒，皇祖母拉住了我低声交代，说女人都像猫，不能冷着，不能晾着，须得好好哄，她才肯和你亲近。转头看一眼张氏，却觉得她更像蠢狗多一些……

我一时忍不住想发笑，碍着场合才强行忍住了。

皇祖母又拉住张氏低声说了几句，也不知道会说些什么。

顺毛驴？皇祖母竟然会说我这个？

张氏想知道皇祖母用了什么动物来形容她，眼巴巴地瞅着我，一双眸子亮晶晶的，像是盛下了满天的星辉。我心里突然有些发痒，莫名其妙地说了假话，只为着晚上能有借口去她那里。

她身边的那个绿篱听闻我要过去，立刻就哄张氏喝酒。

忽地想起上次张氏醉酒后的情形，吓得我忙把酒杯从她手里夺了过来，可转念一想，却又把酒杯塞给了她。其实，喝醉了酒也不是全无好处。

张氏许是也想到了在张家园子那次，有些羞恼，借口喝多了，先带着宫女回宫了。

我也想跟着她走，可惜皇祖母与太后都还在，我不好提前离开。

晚宴更无聊了。

唉，皇祖母怎么还不走？精神头也太好了些！

张氏不在身边，连个可以逗弄的人都没有，也不知张氏回宫之后会不会又偷偷喝酒，以酒意遮脸，做什么事都可以大胆一些。

我喜欢热情大胆的她……

经过此夜，我们的关系也许能和缓一些。我须得告诉她，不论张家如何，不论我对张家怎样，她都将一直是我的皇后，为我生儿育女，与我白头到老。

啊！皇祖母总算要回宫安寝啦！这晚宴终于可以散啦！

不行，先不能着急去张氏那里，这般兴冲冲赶过去，没得叫她笑话，还是先去御花园走一走，沉一沉气。

张氏没有喝酒，不过却也打扮好了在等我，言行很是大胆。

很好，很好……

若是幽兰殿那里不出事就更好了！

自进宫后，江氏身体就一直时好时坏，大多时间都在卧床休养，前几天本瞧着好了些，不想今日却不知为何又突然吐了血，昏死过去。太医说有两种法子，一是用温药调养，吊着一口气苟延残喘；二是下那虎狼之药，只要能熬过去，便也就大好了。

写意不敢擅自做主，只得遣人来寻我。

看着昏迷不醒的江氏，我一时竟也有些迟疑。依她的性子，该会是选择第二个法子吧。

唉，终究是我对不起她。

另，要不要找老五来见她一见？如若真的有个不好，也许这便是最后一面了……

建业元年，元月十七

江氏足足昏迷了两天才清醒过来，见我面后第一句话竟是说底下人不该去叫我，这般三番五次地折腾，纵是有再多的情分也会消磨干净，接下来只会叫人觉得厌烦。

不得不说，江氏猜人心思的确很准，起码比张氏那个蠢女人强了太多。

许是刚刚经历过生死，江氏心思大变，说她已经看破情爱，只愿与我做一谋士。待他日我功业大成，她便孤身远去，永不回转。

女人的话，大多不可信，张氏还说她自己是天上散仙下凡历练呢！

建业元年，元月二十一

朝堂之上，张放老匹夫又替老九解了围。如此看来，两家私底下免不得已有勾连。

先动老九，还是先动张家？这个问题须得好好思量一下才好。

建业元年，二月初八

江氏说得也有几分道理，张家老太太一向谨小慎微，便是与老九有所来往，也不会留下什么把柄。

若要动张家，还须迫得他们先自乱阵脚……

可张氏呢，张氏那里该如何对待？她本就不肯信我，我若是再欺瞒她，只怕是会离她更远。

建业元年，二月二十二

自元宵节那日之后，再不曾去过张氏那里，想去见她，却又不知该如何面对，心中矛盾至极。

听闻她每日里都要领着那帮子嫔妃去太后与太皇太后那里请安，为何却不知来看一看我？

这女人也真真可恶！

建业元年，二月二十五

张氏怀了身孕！是真的怀了身孕！

得到宋太医禀报，我再顾不得许多，只想冲去兴圣宫中见她，可到见了面，却又一时不知如何是好。

若她知道自己又被我设计利用，会作何反应？

直到瞧着她用手托腰，我才明白过来，不论怎样，她腹中已有我的孩子，从今以后，我们再不是不相干的两个人。

我要做父亲了呢！真好。

就说张氏这蠢女人绝不会叫我痛快一会儿，不领我的好意也就罢了，正经话说了没两句，就又扯到了江氏身上，竟然还要我把江氏那“孩子”落到她的名下，好占据嫡长之位……

我怎么会喜欢上这样一个女人？真是眼瞎！

想吐血。

想掐死这女人，一了百了。

建业元年，二月二十六

张氏突然召了张家二姑娘进宫，也不知都说了些什么。

绿篱那丫头装傻充愣，不肯为我所用，既然这般，还须得在张氏身边放个人才好。

用谁呢？

建业元年，三月初二

绿篱这丫头还真是个人才！写意恐怕不是她的敌手。

建业元年，三月初五

兴冲冲去兴圣宫看张氏，却又吃了一肚子气回来。我也就是看在她是个孕妇的分上，不和她计较罢了，不管怎样她都怀着孩子呢，我忍！

傻玩意儿，准是还不知道自己是真的有孕，还一心想糊弄我呢。

另，酸儿辣女这话到底准还是不准？也不知张氏怀的是男是女，若是男的也就罢了，若是女孩，长大了还要嫁人，也不知会寻个什么样的夫君……好想现在就把那小子揍一顿出气。

建业元年，三月十一

不知是哪个多嘴，竟然把江氏“有孕”的消息传到了皇祖母那里，她老人家盛怒之下使了强硬手段，直接派人带着落胎药去了江氏那里。内侍来报此事时我倒没有着急，直到写意送来消息说张氏那傻人竟然冲去了幽兰殿。

得亏我闪身快，不然撞到张氏身上怕是要出事。

只可惜这女人丝毫不领情，还叫我进殿去看江氏，真是气得我肺都疼！

她这么蠢，脾气又臭又硬，会不会把我的孩子都给生歪了？

呸，呸，呸，坏的不灵好的灵！

建业元年，三月二十八

张氏终于知道了自己是真的有孕，她竟然不想要这个孩子，不想要我的孩子……她依旧是不肯信我。

皇祖母说凉了的心放进怀里就能焐热，可我焐了它这么久，为什么它还是那么冰凉？

心口难受，什么也不想说，什么也不想写。

另，我瞳仁真的带点蓝色吗？对着镜子瞅看半天也没看出来啊。

建业元年，五月十五

击球赛后，贺秉则忽地寻我赐婚，说他要娶张家二姑娘，要明媒正娶，也不知道张家二姑娘都给他灌了什么迷魂汤！

想起二月里张氏曾召张家二姑娘进宫过，莫不是那时候有所交代？一问贺秉则，果然是二月里张家二姑娘才与他真正亲密起来，失身于他。

我竟看错了张氏，她才不是没心没肺，而是满心算计。

原来，她不是不懂我的心，只是一直对我装傻充愣。

郁闷，越喝越郁闷。

我带张氏去玲珑山上，她还是不肯告诉我实话，连真名都不肯说，只说了张氏的闺名给我。

好，从今以后，我便叫你芃芃。

我行其野，芃芃其麦。

我给她讲“芃芃”二字的由来，讲我与张氏、江氏以及老五之间的过往……她很聪慧，什么都是一听就明白，只是存心气我。

我不生气，不生气，就是不生气。

念了一百遍还是不管用，想吐血，早晚有一天我会被她气死。

另，今儿许她的誓言逻辑上有点问题，细究起来不能成立，幸亏她没发现。

建业元年，五月十七

写意说皇后在给我选美，却把最漂亮的那几个留在了自己身边调教，只先给我送那些不大漂亮的。

这是个什么套路？难道她已生了妒忌之心？

如此看来，她对我许是还是有些喜欢……

建业元年，六月初三

本看在芃芃的面上，想给张家一个善终，不想张放这厮却不承情，可恶！

另，今儿我总算是发现了芃芃给我宫里送人的规律，想吐血。

建业元年，六月十九

贺秉则又来求我给他赐婚，说张家二姑娘的肚子等不得了。

恼火，真没出息！

建业元年，七月十二

芃芃的肚子越发大了，像个西瓜扣在肚子上，好玩。

建业元年，九月二十四

昨夜芃芃肚子突然发动，直折腾到今日午间，这才生下了一个女孩。

芃芃体力耗损过大，自生产后一直昏迷不醒，太医看过后说没有大碍，我这才放下些心来，转去看我们的女儿。

小娃娃真可爱，软软的，嫩嫩的，眉眼间有着芃芃的影子，口鼻处却是像我。这便就是血脉融合吧，我和芃芃的点点滴滴融在一起，长成了一个这般美丽的小人儿，真是神奇。

皇祖母抱了抱她，太后也抱了，偏偏不要我抱，有点不爽。

我偷偷拿手去戳小娃娃的脸蛋，被皇祖母发现了，又训了好几句。皇祖母挥手轰我，说："别在这里添乱，守着你媳妇去！"

我老老实实地去了芃芃床边，握着她的手等着她醒来。

天黑时分她才醒来，面上却无半点为人母的喜色，甚至都不说看一眼女儿，一心只想着吃鸡汤面。为什么？她不喜这孩子，是因为不喜女儿，还是因为这孩子是我的，她从一开始就不想要？

心里难受。

另，我给女儿起名"葳"，只盼着有一日芃芃能懂得我的心。

建业元年，十月十一

芃芃这个笨女人，抱孩子还不如我抱得好，若不是她连孩子都给我生了，我真怀疑她到底是不是个女人。

小娃娃长得真是好，她们都说像我，废话，我是她爹呢！

本来好好的，黄氏几个却来讨人嫌，真是没眼力。

芃芃眼神飘乎乎的，老是在我和几个嫔妃之间打转，也不知道在寻思些什么，怎么看都不像是在琢磨好事。

另，黄氏胸没有芃芃大。

建业元年，十一月初二

皇祖母说要焐人心，可芃芃的心焐不热，只能谋。

建业元年，腊月二十五

今儿葳儿竟然笑出声了！真是好。

建业元年，腊月二十九

又是一年过去了……

建业二年，元月十五

芃芃带着宫女出去了一遭，回来和我说她又把老五打了……打就打了，偏偏还打了头脸，晚宴才刚刚过半，老五便一去不回，你叫我怎么向皇祖母那里交代？

头大如斗！

没办法，只能帮着他们遮掩！

张氏酒量不怎么样，喝酒倒是爽快。皇祖母瞧着说她颇有男子之风，不知怎的，我竟也有同感。她心思粗糙，言行无忌，喝酒爽快，又一向喜欢怜香惜玉，可不就是个“真丈夫”吗？

突然觉得哪里有点不对劲……

本想着去她宫中歇下，不想却得到她那样一段话，她越说越是出格，我越听越觉心惊……她到底是什么人？到底是男是女？她不停地骗我，一个谎言破了就再说一个，为转移我的注意力，不惜屡次提及张氏。她遮掩的到底是什么？

那答案昭然若揭，无比荒唐。

我不能细想，只想一想便觉疯狂！

两年多来，她藏得这样好，而我又蠢成了那般模样！

脑子里一时满是杀念，恨不得杀了她一了百了，可心中却有个声音在喊“杀不得”，她是我的皇后，是我孩子的母亲，她的血脉已与我融合在一起，便是她自己，也已经长进了我的生命里，如何还能再剔出来？

也许就是我猜错了，而她也只是笨，才说出那叫人误会的话。

心乱如麻，无从下笔。

建业二年，元月十六

我惜她怜她，珍她重她，为了她甚至自欺欺人，她却为了一个侍女的命与我用尽心机……愤怒之余，却又觉满腹苦楚。

江氏曾问过我到底喜欢张氏什么，我未能答上来。

为什么喜欢，又从什么时候开始喜欢，便是连我自己都说不清楚。情不知所起，一往而深。当初听江氏说时只觉牙酸，如今想来却是字字心酸。

罢了，罢了，掩卷而泣，自此封笔。

齐晟君的面首生涯

在大夏朝，张太后豢养面首这事不是秘密。

据说，这面首年纪不小，脾气挺大，恃宠而骄，对着太后都敢使性子，甩脸子。

据说，此人备受太后宠信，以致他忘乎所以，素日里连见了皇帝陛下都不跪不拜，嚣张至极。而皇帝事母至孝，非但不恼，对其还尊崇有加，礼让三分。

又据说，这厮霸道好色，但凡见了美貌的女子都不肯放过，因着这个，太后身边连美貌的宫女都见不着。

还据说……

这据说得多了，难免有些人心思浮动。

等再据说“某日为着一美貌宫女，这厮竟然敢当面顶撞太后，惹得太后大怒，半夜里将其从寝宫内赶了出来，几日不见”的时候，就有人生了点别的心思。

然后，没两日，朝中有一大臣之妻进宫觐见太后，言自家儿子“貌美，身躯伟岸，有非常材用，可以近侍”。

再然后……就没有然后了。还没等到此子得以“近侍”，飞黄腾达，这家人突然就倒起了霉，先是这位大臣因着一件小事就失了官，紧接着家里又遭了大火，火才扑灭，不知怎的又惹到了赵王，一家子竟是在盛都待都待不下去，只得卷着铺盖回了老家……

齐晟：找死！

张芃芃：智障！

赵王：惹祸精！

某年，面首君生辰，不但宫中诸巨头皆早早备了寿礼，便是朝中重臣，也有不少偷偷托人送了珍宝进宫，唯独张太后那里，毫无动静。

赵王妃得知消息，先叫赵王约了面首君出宫，这才敢进宫探望太后，私下里问道：“怎么？娘娘还跟那一位置气呢？”

张太后冷哼了一声，道：“那厮口味实在挑剔，年年费心尽力送礼，就没一次能哄他高兴！莫提莫提，提起来就是一肚子气！既然这般难哄，今年索性就算了，闲得去累这心！”

赵王妃闻言掩嘴而笑，道：“还不是娘娘不懂风情，猜不到人家心思。要臣妾说，娘娘还备什么礼啊，您自己就是份大礼。”

张太后面露不解，“嗯？”

赵王妃瞄一眼四周，凑到张太后耳边低语：“您不如等那位生辰那日，好好梳妆打扮一番，于月下陪他喝几杯小酒，两人饮得微醺之时，正好就可以……”

“快些拉倒吧！闲得才去——”张太后摆手，不等赵王妃说完便打断了她，话说到一半却忽又停下，眼珠子转了一转，面上却是露出笑来，道，“不过，你说得也有几分道理。好主意！就这么办！”

不知怎的，赵王妃就觉得太后那笑容似有几分古怪，可待再细看，却又看不出什么异样。她便当是自己看花了眼，抛下了杂念，只又嘱咐道：“此事须做得隐秘才得效，娘娘切莫叫人知道。”

张太后应下，赵王妃这才得意而去，回王府直向赵王请功，笑道：“你就等好吧，今年这生辰那一位必定过得高兴，绝不会再提你去跟他打猎。”

果然，到面首君生辰那日，赵王试探地约面首君喝酒，面首君直接拒绝，道：“芃芃约我去湖边，说是有事，咱们这酒改日再喝也无妨。”

赵王瞧着面首君面上虽还淡然无波，眼中却难掩喜色，心里忽就有些不大踏实，待到朝中事毕，特意邀了皇帝一起去了太后宫中，寻了个宫女来问：“太后这几日心情可好？”

宫女答：“太后这几日心情极好，翻了许多梳妆打扮的书籍来看，还命奴婢们备了好些胭脂香粉试用。”

皇帝听了，便对赵王道：“怕是五皇叔过虑了。”

赵王缓缓摇头，又问：“太后今天表现如何？”

宫女又答：“自己关在殿中梳妆打扮了整整一个下午，不仅不许奴婢们帮忙，便是连看都不让奴婢们看一眼。天黑后，太后这才戴着帷帽出去了，说是和人有约，瞧着心情是极好，哼着小曲走的。”

皇帝忍笑，转身又与赵王道：“五皇叔真是想多了。”

赵王也没了主意，只觉得有哪里不大对劲，偏生又说不出来，只得满怀心事地回了赵王府。赵王妃上前帮他解衣，瞧出他有心事，便问了一问，得听了缘由，也是笑道：“这回还真是你想多了。太后下午还派人送了一套有关梳妆打扮的古籍给我，给我捎话说‘女为悦己者容’，要我也好好打扮，给你个惊喜呢！”

赵王愣了一愣，忙道：“书在哪里？”

赵王妃从案头书匣中取了本书出来，“喏，我还没来得及看呢！”

赵王翻开那书细看，其上皆是讲历朝女子如何梳妆打扮之事，叙述详尽，配图精美，极为不错。

赵王想了一想，又把书合上，只细瞧那书侧截面，瞧着其中几页颜色明显与前后不同，赶紧又翻到那几页去看，这一看不要紧，竟是失声叹道：“完了！”

那赵王妃闻言一骇，忙也凑过头去看，就瞧着那几页讲的正是大唐妆容，配了一副当时流行的酒晕妆，惨白白的脸，红团团的颊，再添上浓黑短粗的桂叶眉，一点点的樱桃口，脸上贴了花钿又点了面靥……端的是五彩缤纷，一时不觉也是怔了。

与此同时，宫中太液池边观荷亭内，面首君手持酒盏轻轻抬眼，静静看着月色下姗姗来迟的张太后。待太后将头上帷帽摘下，他一时竟是瞧得呆了……

呜呼！难怪世人皆说美色误人，想面首君那样一个“泰山崩于前而色不变”的人，竟也能失手丢了酒盏……

绿篱

屋子里燃着一对火红的龙凤喜烛，因燃的时间长了，又没人进来修剪烛芯，火苗就有些跳跃，晃得屋子里的光影也有些恍惚。

绿篱垂着眼帘坐在床沿上，平静的面容上看不出丝毫情绪。

曾有一个人用很不屑的语气说她满肚子的小算计，都是想如何攀上个高枝，有个富贵体面的生活罢了，她从不懂什么叫“愿得一人心，白首不相离”。

绿篱记得很清楚，那一年她十四岁，正是豆蔻年华，怀春时节。

太子、赵王和楚王几个年轻的皇子都来了张家园子，小姐便又邀了一些豪门贵女过来，在凝碧阁后面的亭子里设了一场菊花宴，由她带着几个侍女在那里伺候着。

她给楚王换茶，楚王对着她笑了一笑，她被他的笑容晃失了神，一失手就把整盏茶都扣到了他的锦袍上。她又羞又窘，全没了往日的急智，只知道掏出帕子来去擦那茶渍……正慌乱间，就听得一边的江氏低低地嗤笑了一声。

这是一种从鼻腔里发出的声音，却把不屑与讥诮表达得淋漓尽致。

她本就羞窘，那声音入耳，更是觉得脑子嗡的一声，像是全身的血都涌了上来。

小姐也有些生气，骂她道：“笨手笨脚的，还不快点带着楚王殿下去换件衣服！”

楚王却是不在意地笑了笑，只轻轻地摆了摆手，说：“不妨事，就这样吧。”

她强忍着泪，一个人悄悄地退了下去，找了个隐蔽地方偷着抹泪。

可事情就爱这样凑巧，偏偏就叫她听到了江氏与旁人说的那番话。

从那一刻起，她就告诉自己，以后绝不攀什么高枝，绝不给人做妾，绝不能叫江氏这样的人瞧低了。

谁承想，绕来绕去，她却依旧要给人做妾，还是连江氏都看不上的赵王。

正胡思乱想着，就听见门外有脚步声，紧接着，门便被人从外向内推开了。

绿篱抛下一切乱七八糟的思绪，脸上堆了不多不少恰到好处的笑容，抬眼看了过去。

赵王一身家常便袍，立在门口看了她好一会儿，这才慢慢悠悠地走了进来，随意地往她身边一坐。

绿篱却是惊得一下子从床沿上蹿了起来，双手扯着衣角，低着头又羞又怯地问："殿下要安歇？"

赵王稳稳地坐着，只问："睡不睡？"

绿篱一愣，立刻满面羞红，好半晌才小声地问："真睡还是假睡？"

他想了想，答："真睡吧。"

绿篱迟疑了片刻，红着脸轻轻地在床的另外一头坐下了，继续低着头娇羞地揉衣角。

赵王瞥了她一眼，又问："脱不脱？"

绿篱脸上红得快能滴出血来了，扭捏着就是不肯说话。

赵王没法，只得又自己补充道："真脱。"

绿篱这才飞快地瞄了他一眼，声音小得如蚊子嗡嗡，"你……先脱……"

赵王："……"

赵王不由得感叹自己功力还是比不上这个丫头，无语望着床帮良久，终叹出一口气来，转头看她，道："绿篱，别装了，咱们俩都不装了。"

绿篱睁大了眼，做出一个不解的神色，直直地看过去。

赵王自顾自地起身给自己倒了杯茶，瞥了她一眼，淡淡问道："我现在问你要一句实话，你是打算和本王好好过日子呢，还是另有想头？"

绿篱傻愣愣地看了赵王半晌，这才缓缓地垂下了眼帘，似是自言自语般低声说道："不管有多少想头，不就是为了能好好过个日子吗？"

赵王静静地看着她，没说话。

绿篱一直低垂着头，也不说话。

赵王就眼瞧着有大滴大滴的眼泪，珠子一般地滚了下来，落在她放在膝头的细白的手背上，四下里溅了开去。他的心就有些发软，暗道不管这丫头有多少心机，却也是个不容易的。

不知怎的，他忽地没有了你来我往相互试探的劲头，长长地叹了口气，柔声说道："算了，睡吧。这府里里外有不少眼睛盯着呢，我今天夜里就在你这里歇下了。你若怕我，就抱了被子去外间榻上睡去。"

这样说着，他就踢掉了脚上的鞋子，上了床。

绿篱稍一愣怔，忙从床边站起身来，上前伺候着赵王安歇。

赵王生来就是皇子，是被人伺候着长大的，早已是习以为常了，倒也没觉得不自在，在绿篱的服侍下，如往常一样躺下了。他闭了眼打算睡觉呢，却发现绿篱悄无声息地竟然也在床边躺下了。

赵王这才觉得有些诧异，睁开眼侧过身去看绿篱，见她只简单地卸了头上的环钗，用被子裹着自己，紧贴在床边上，侧身背对着他躺着。

再仔细一看，被子下面的身子还隐隐战栗着，怎么看怎么可怜。

他撑起身子，对着她的后背说道："哎……"

这一声不要紧，她噌的一下子从床上蹿了起来，一脸紧张地问他："殿下有什么吩咐？"

赵王反而被她吓了一跳，干张了张嘴，好半天才出声道："你到外屋去睡吧，大晚上的，咱们孤男寡女地睡在一起，不好。"

绿篱听了，脸上一红，低下了头想了想，说道："奴婢给殿下值夜。"

赵王忙摆手道："算了吧，算了吧。"

绿篱这才抱着被子去了外间。

赵王长舒了一口气，在床上摊开了手脚，舒舒服服地睡了。

外间的榻上，绿篱却仍是睡不着，又不敢随意地翻身，只好僵着身子直挺挺地躺着，脑子里想起了许多事。

小时候离家太早，很多事情都记不太清了，连对父母的印象都淡了，只记得家里像是有许多姐姐妹妹，然后有一天，有个婆子进了家门，将她们姐妹几个扒拉了一个遍后，就将她从家里抱了出来。

后来，她就进了张家的大园子里当小丫鬟。再后来，也忘了是因为什么事，她就入了那位贵人的眼。

那时，她好像还不叫绿篱。

时间过去了那么久，可那日的情景她却依旧记得清楚无比。那贵人随意地问了她几句话，又笑着问站在一旁的张老公爷，说："张生，你说朕把这个小丫头放在芃芃身边好不好？芃芃性子太躁，得有个心细的人在她身边护着才好。"

张老公爷恭敬地站着，只一个劲地点头说好。

那贵人又抬眼去看不远处一直沉默着的女子，看似随意地问她："阿麦，你说呢？"

那个叫阿麦的女子没有立时答话，反而走到了她的面前，蹲下身来平视着她，温和地问她：“你愿意跟在你们家孙小姐身边吗？”

这个叫阿麦的女子，与她在张园里看到的所有夫人太太都不同。她长得很好看，身姿高挑，肩背挺直，一身普通的棉布衣衫，身上闻不到半点的脂粉香气，面庞明明已经不再年轻，却依旧叫人挪不开视线。

她一时像是看呆了，竟然忘记了回话。

那女子淡淡地笑了笑，又重新问了她一遍。

她惊醒过来，对着女子明亮温暖的目光，忙向她打着保证，表着忠心。她一下子说了许多的话，那女子却只伸出手来摸了摸她的头顶，轻声说道：“小丫头，你记住，这世上最贵重的是人心，不能买，只能换。”

她听得似懂非懂，点了点头。

那女子便又笑了笑，问她：“也许未来会遇到很困难的事情，你怕不怕？”

她摇头，口气坚定地答道：“奴婢不怕，奴婢什么都不怕，连死也不怕！”

那女子听了，神色却是有些异样，许久后才低低地叹息了一声，低声说道：“其实死并不可怕，很多时候，活下去才是最需要勇气的事情。”

这一句，她却是完全不懂了，连头也不敢随意地点了。

就这样胡思乱想着，窗外竟然渐渐亮了。

绿篱深深地吸了口气，从榻上坐起身来，转头看了里面一眼。床上传来的呼吸声依旧平稳缓长，赵王似是仍在熟睡之中。

绿篱的心中忽地亮堂起来。既然娘娘从皇上手中抢下了她的命来，她就不能辜负了娘娘的这份心，她要好好地活下去，不管未来有多困难。

活着，总比一个死人有用！

赵王这样一个人，连江氏那种贱人都能糊弄得了，难不成她就玩不转他？想到这里，绿篱忍不住用力地握了握拳，心里更多了几分坚定。

同一时刻，床上的赵王也睁开了眼，听到外屋传来窸窣的穿衣声，他不由得勾了勾嘴角。不就是个小丫头吗，又困在了自己的赵王府里，不管她到底有多少能耐，只要自己对她远着点，躲着点，她还能翻出天去？

思及此，赵王也放松地伸了一个懒腰。

天亮了，这又是新的一天了！

赵王

他是皇子，最不得宠的皇子。

众人都知道当今太子不得圣宠，却不晓得他这个五皇子其实更不得宠，更准确地说，他不是不得圣宠，而是从一出生就遭到了父亲的忽略，甚至所有人的忽略。

他的生母不过一介卑微宫女，承幸于她来说是一场意外，而能生育下皇子，更是她从未想过的事情。她是个好女人，却没有好的运气，她这一生，先是默默无闻地做着宫女，后来悄无声息地生下皇子，最终又在寂寞无声中死去。

那一年，他尚不及三岁，只能模糊地记住她的影子。

后来，不知又过了多久，一场大病过后，他被人带去了尚是太子妃的静贤皇后宫中。那天的事情，他一直记得很清晰，静贤皇后先叫侍女拿了块糕点给他吃，然后用手摸着他的头顶，良久之后，长长地叹了口气。

她把自己的亲生儿子唤了过来，把他的手郑重地交到儿子手中，温柔地吩咐："以后，要带着弟弟一起玩。"

那是一个比他足足高了一头的男孩子，他爽快地应了一声，拉着他的手飞快地跑出了大殿，口中叫着："走，我领你去湖边捉鱼去！"

身后追出来一堆宫女内侍，跟着他们忙前忙后，左右护卫，个个脸上都堆着讨好的笑，诚惶诚恐，紧张小心，生怕他们有半点的闪失……那是他身为皇子却从未享受过的待遇。

而给他带来这一切的，是他的三皇兄，后来的太子，也是他一生追随的君主，效忠的帝王。

那时，静贤皇后尚在人世，主位东宫，三哥还是太子嫡子，天之骄子。

他在静贤皇后身边待了八年，随着她从东宫搬入皇后所在的兴圣宫，又看着她经历荣宠，遭受冷落，看着她失意，病倒，死亡，最终被葬入翠山的皇家陵寝。她临终前曾经回光返照，精神格外好，把他和三哥都叫到了床前，说了很多的话。

她嘱咐了三哥许多，可最后留在她身边的却不是三哥，而是他。

“我最放心不下的就是你。”她依旧是轻轻握着他的手，声音温柔，“你这孩子看着随和，没心没肺一样，实则心思最重，又从不肯在人前表露，凡事只闷在自己心里。”

他不说话，只是微笑，可笑着笑着眼眶就红了。

静贤皇后轻拍他的手，又道：“我已经交代了晟儿，他自会看顾你。可是，你也要信他才好。”

他重重点头，轻声应她：“母后放心，儿子会一直跟着三哥。”

“好孩子，你放心，你三哥他不会负你。”静贤皇后说完了这句话后，含笑而逝。

与他的生母不同，静贤皇后的丧礼很隆重，可也不过只是隆重，满宫中真正悲伤的人只有两个。三哥未落一泪，十四岁的少年已初显挺拔之姿，肃立在母亲灵前，身影悲戚落寞。

他看了许久，走上前去默默握住了三哥的手。

三哥回头看他，眼中的悲伤浓得化不开，只是轻轻与他说道：“老五，从今往后，我再没有母亲了。”

从今以后，三哥将与他一样，都再不会有母亲了。

兴圣宫很快就有了新主人，贵妃宋氏入主中宫，成了炙手可热的新后，而老九也就此成为皇后嫡子，更得父皇宠爱，风头直压身为太子的三哥。世人最是势利，不知从什么时候起，宫内宫外就悄悄有了种说法，说九殿下比太子殿下更宽厚仁和，更似陛下。

这世上的事都不是空穴来风，既然有人会拿九殿下去和太子比，那必然就是有人在替老九望着那太子之位。

彼时他还小，这种闲话听得多了，不免会有些害怕。

而三哥那里，却依旧是我行我素，仍如祖父在世时一般，常年停驻在江北，或厮混在江北大营，或按部就班地代帝巡边，偶尔回到盛都，也很少往父皇身边凑，只闷在东宫里，又或是去城外张家的园子。

园子里住着两位年轻姑娘，一个是张家千娇万宠的嫡生大小姐，一个是寄人篱下的孤苦弱女。她们一个是热烈张扬的带刺玫瑰，一个是清丽静雅的空谷幽兰，盛开在她们最美好的岁月里，争奇斗艳，各有千秋。

他看得出来，三哥心中更喜欢娴静的兰花，可成祖钦定下的太子妃却是那朵玫瑰。

三哥曾经动摇过，可那犹豫也不过转瞬即逝。静贤皇后已逝，母族式微，不足倚仗，他需要强有力的岳家为他的上位保驾护航。所以，他只能迎娶军中第一权贵张家的女儿。

此举有利便就有弊。

帝王总是多疑的，他本能地怀疑着身边的每一个人，哪怕那是他的亲生儿子。父皇开始忌惮三哥在军中的威望，不许他再轻易离宫，更不许他再去江北大营厮混，欲彻底斩断太子与军中将领的联系。

而身处太子阵营的他，自然也免不得被人监视，处处遭到掣肘。他们一时仿佛陷入了绝境，四面是敌，进退维谷。

江氏就是在这个时候找上门来的。她说她有法子打开这坚冰一样的局面，很简单，他娶她为妃，借此与三哥决裂，待摆脱父皇忌惮之后，再暗中为三哥所用。

江氏盯着他，问他可能为三哥做出这般牺牲。

他想了想，却是问她为何要为三哥做出这般牺牲。三哥对她好感颇多，即便现在碍于张氏不得娶她，可只要她能耐住寂寞，等到三哥日后登基为帝，必可纳她入宫，以她的聪慧与机敏，许是就能宠冠后宫。

“就像林太后等成祖一般，在山中苦候七年，终得成祖封后吗？”江氏反问他，唇角轻轻弯起，带着淡淡的讥诮，“如你所说，我若也耐心等待，齐晟许是也会纳我入宫。可和别的女人共享一个男人，我不愿意。”她说完又看他，问，“怎样？你可敢娶我？”

他沉默良久，答她：“好，我娶你为妃。”

她笑了，赞他对三哥忠心耿耿，日后定成一代贤王。

他微笑摇头，张了张口，却仍是把那话压在了舌下。她不知道，他不只是对三哥忠心耿耿，他还对她倾心不已，娶她，他心甘情愿。

多年以后，另一个女人曾问过他，说当年江氏那般辜负你，你可还恨她？

恨吗？他问自己。想来应当是恨过的，可等时间久了，她走得远了，再深的爱与恨也就慢慢淡忘了，只记得生活里的点点滴滴，和那个为他生儿育女的眼前人了。

（完）

图书在版编目（CIP）数据

太子妃升职记：全新修订版 / 鲜橙著. -- 北京：作家出版社, 2017.2（2017.5重印）
ISBN 978-7-5063-9358-4

Ⅰ. ①太… Ⅱ. ①鲜… Ⅲ. ①长篇小说—中国—当代
Ⅳ. ① I247.5

中国版本图书馆 CIP 数据核字 (2017) 第 031916 号

太子妃升职记：全新修订版

作　　者：鲜橙
出 品 人：高路　华婧
责任编辑：丁文梅
特约策划：谭飞
特约编辑：谭飞
封面设计：郑力珲
封面绘图：辰露
内文装帧：阿墨
书名书法支持：黄金亮
运营统筹：张曈
出 品 方：北京中作华文数字传媒股份有限公司
出版发行：作家出版社
社　　址：北京农展馆南里 10 号　　邮编：100125
电话传真：86-10-65930756（出版发行部）
86-10-65004079（总编室）
86-10-65015116（邮购部）
E-mail：zuojia@zuojia.net.cn
http://www.haozuojia.com（作家在线）
印　　刷：中煤（北京）印务有限公司
成品尺寸：145mm × 210mm
字　　数：450 千字
印　　张：19.75
版　　次：2017 年 4 月第 1 版
印　　次：2017 年 5 月第 2 次印刷
ISBN 978-7-5063-9358-4
定　　价：55.00 元